传记文学理论

赵白生 著

A Theory of Auto/Biography

Zhao Baisheng

北京市社会科学理论著作出版基金资助

A Theory of Auto/Biography
传记文学理论

Zhao Baisheng

赵白生 著

北京大学出版社
北京

图书在版编目(CIP)数据

传记文学理论 / 赵白生著 . —北京：北京大学出版社，2003.8
（传记文学研究丛书·1·）
ISBN 978-7-301-06517-4

Ⅰ.①传… Ⅱ.①赵… Ⅲ.①传记文学—文学理论 Ⅳ.①I055

中国版本图书馆 CIP 数据核字（2003）第 077454 号

本课题的研究得到"北京大学创建世界一流大学计划"的经费资助。

书　　名	传记文学理论
著作责任者	赵白生　著
责任编辑	张　冰
标准书号	ISBN 978-7-301-06517-4/I·0645
出版发行	北京大学出版社
地　　址	北京市海淀区成府路 205 号　100871
网　　址	http://www.pup.cn　新浪微博：@北京大学出版社
电子邮箱	编辑部 pupwaiwen@pup.cn　总编室 zpup@pup.cn
电　　话	邮购部 010-62752015　发行部 010-62750672　编辑部 010-62767347
印刷者	北京虎彩文化传播有限公司
经销者	新华书店
	890 毫米×1240 毫米　A5　8.6245 印张　220 千字
	2003 年 8 月第 1 版　2024 年 9 月第 9 次印刷
定　　价	32.00 元

未经许可，不得以任何方式复制或抄袭本书之部分或全部内容。
版权所有，侵权必究
举报电话：010-62752024　电子邮箱：fd@pup.pku.edu.cn
图书如有印装质量问题，请与出版部联系，电话：010-62756370

目　　录

引言　"吾丧我":传记记传 …………………………………… 1

第一章　传记文学的事实理论 ………………………………… 5
　　第一节　传记事实:"心灵的证据" …………………………… 5
　　第二节　自传事实:"我与我周旋" …………………………… 14
　　第三节　历史事实:"真相与想像" …………………………… 26
　　第四节　三维事实:"自传是别传?" ………………………… 32

第二章　传记文学的虚构现象 ………………………………… 42
　　第一节　传记文学虚构的本质 ………………………………… 42
　　第二节　传记文学虚构的成因 ………………………………… 52
　　第三节　传记文学虚构的形态 ………………………………… 70

第三章　传记文学的结构原理 ………………………………… 83
　　第一节　身份的寓言 …………………………………………… 83
　　第二节　影响的谱系 …………………………………………… 110
　　第三节　整体性原则 …………………………………………… 119

第四章　传记文学的阐释策略 ………………………………… 135
　　第一节　使命书:制度性自我 ………………………………… 135
　　第二节　非我篇:否定的隐喻 ………………………………… 148
　　第三节　心理说:理念幻想曲 ………………………………… 163
　　第四节　时势论:英雄无心影 ………………………………… 174

第五章　传记文学的经典诉求…………………… 200
　　第一节　新传记的三板斧………………………… 200
　　第二节　文学史的忏悔录………………………… 216

结　语………………………………………………… 229
参考书目……………………………………………… 232
大事年表……………………………………………… 253
后　记………………………………………………… 271

引言 "吾丧我":传记记传

传记文学,魅力四射。她的文学价值、历史意义、心理效用和教育功能,是独一无二的。正因为如此,她的重要性才日益被人认识。托马斯·卡莱尔(Thomas Carlyle)指出:"历史是无数传记的结晶。"[1]拉尔夫·爱默生(Ralph Waldo Emerson)认为,传记的作用应该在历史之上。他说:"确切地说,没有历史,只有传记。"[2]大诗人叶芝(W. B. Yeats)对传记更是推崇备至。他以不朽的诗才给传记文学下了一个非凡的定论:"一切知识皆传记。"[3]

在中国,《史记》的影响个案不胜枚举。传记文学的重要性早已被文化转型期的先驱人物所认识。梁启超对传记文学可谓一往情深,他的大量传记影响巨大。郭沫若在自传里写道:

> 那时候的梁任公已经成了保皇党了。我们心里很鄙屑他,但却喜欢他的著书。他著的《意大利建国三杰传》……以轻灵的笔调描写那亡命的志士,建国的英雄,真是令人心醉。我在崇拜拿破仑、俾士麦之余便是崇拜的加富尔、加里波蒂、玛志尼了。[4]

胡适是另一位不遗余力地为传记文学鸣锣开道者。他除了自

---

[1] Thomas Carlyle, *Critical and Miscellaneous Essays*, Vol. 2, Centenary Edition (London, 1895), p.50.

[2] Ralph Waldo Emerson, *Essays* (Boston, 1925), p.10.

[3] W. B. Yeats, "Introduction to The Resurrection," *Explorations* (London, 1962), p.397.

[4] 郭沫若:《郭沫若全集·文学编》第11卷,北京:人民文学出版社,1992年,第121页。

己动手写传记之外还不断劝别人写自传,这是因为他深深地认识到传记文学的价值——"给史家做材料,给文学开生路。"[1]

尽管传记文学如此重要,可是传记文学的研究却严重滞后。从国外情况来看,传记文学的研究远远落后于传记文学的写作。20世纪初,卡尔·范·道伦(Carl Van Doren)指出:"传记这块领地,批评几乎毫无涉足。"[2]半个世纪之后,这种状况并没有改观。詹姆斯·克理伏(James L. Clifford)在《作为艺术的传记》一书的序言里写道:"跟诗歌、小说和戏剧不同,传记从来没有成为精深的批评研究专题。"[3]直到80年代,伊拉·布鲁斯·奈达尔(Ira Bruce Nadel)仍然面对着同样的事实:"批评……对传记的风格、结构或语言鲜有论述。"[4]不过,对于这三位研究者所描述的现状,有两点需要补充。首先,在传记文学的研究领域里,对传记文学史的研究出过一些专著。有的研究成果,如乔治·密硕(Georg Misch)的自传史研究,甚至达到了相当高的水准。这一时期传记文学研究的另一个特点是,传记创作谈纷纷发表。但正如范·道伦、克理伏、奈达尔所说,学术意义上的批评研究几乎是空白。最近二十年,国外传记文学研究异常活跃,但又出现了新的问题——传记文学的研究严重失衡。研究专著基本上一边倒,自传研究空前劲猛,而传记研究却门庭冷落。此外,日记、书信、年谱、忏悔录、回忆录、谈话录、人物肖像、人物剪影、人物随笔等依然少人问津。传记文学的家族谱系如此庞大,不全面研究这个谱系,我们的理论就难臻完

---

[1] 胡适:《四十自述》,上海:亚东图书馆,1933年初版,1941年七版,第6页。

[2] Carl Van Doren, "Biography as a Literary Form", *Columbia University Quarterly*, 17(March 1915), p.180.

[3] James L. Clifford, *Biography as an Art* (New York: Oxford University Press, 1962), p. ix.

[4] Ira Bruce Nadel, *Biography: Fiction, Fact & Form* (London: Macmillan Press Ltd., 1984), p. viii.

善。所以,传记文学仍然在召唤它的"亚里士多德"。[1]

我国的传记文学研究目前处于草创阶段。尽管胡适、梁启超和朱东润分别在北京大学、清华大学和复旦大学开设过传记文学的课程,但遗憾的是,凭他们的影响,却没有能够造就出一批传记文学研究的专门人才。80年代初,唐弢就指出这样一个事实:"几十年匆匆逝去,传记文学依旧是学术方面薄弱的一环。"[2] 韩兆琦主编的《中国传记文学史》填补了一项空白,结束了我国到1992年"还没有一部传记文学史"的历史。[3] 但传记文学的理论研究仍然没有大的突破。在写《传记通论》时,朱文华说,他"每每苦于找不到集中和系统的论述传记理论和写作问题的参考书"。[4] 杨正润在《传记文学史纲》里写道:"现代意义上的传记研究当时在我国几乎是一片空白"。[5] 在总结近十年来传记文学理论研究的成果时,俞樟华和邱江宁指出:"在创作繁荣的背后,关于传记文学理论的研究,却相对冷落,严重滞后。"[6] 如果总结一下我国目前的传记文学研究的话,我们看到,传记文学史的研究已初具规模,相继出版的专著有韩兆琦主编的《中国传记文学史》(1992)、杨正润的《传记文学史纲》(1994)、李祥年的《汉魏六朝传记文学史稿》(1995)、陈兰村主编的《中国传记文学发展史》(1999)和张新科的《唐前史传文学研究》(2000)。[7] 但传记文学理论的研究还需要

---

[1] David Novarr, *The Lines of Life: Theories of Biography*, 1880–1970 (West Lafayette, Indiana: Purdue University Press, 1986), p. xi.

[2] 唐弢:《晦庵序跋》,长沙:湖南人民出版社,1986年,第75页。

[3] 韩兆琦主编:《中国传记文学史》,石家庄:河北教育出版社,1992年,第1页。

[4] 朱文华:《传记通论》,上海:复旦大学出版社,1993年,第268页。

[5] 杨正润:《传记文学史纲》,南京:江苏教育出版社,1994年,第639页。

[6] 俞樟华、邱江宁:"近十年来传记文学理论研究概述",《20世纪中国传记文学论》,陈兰村、叶志良主编,天津人民出版社,1998年,第271页。

[7] 张新科的专著虽然"不再详细勾勒发展的线索",但"把重点放在发展规律的探寻上",不妨说是一部别具一格的史传文学史。见张新科:《唐前史传文学研究》,西安:西北大学出版社,2000年,第17页。

传记文学理论

大量的奠基性工作。汪荣祖的《史传通说》中西会通,古今兼说,堪称范例。值得一提的是,最近几年涌现了四部引人注目的专著。韩兆琦的《中国传记艺术》(1998)、俞樟华的《中国传记文学理论研究》(2000)、李战子的《语言的人际元功能新探——自传话语的人际意义研究》(2000)和郭久麟的《传记文学写作与鉴赏》(2003)。此外,全展王成军、许德金、杨国政等都发表了系列论文,专著已在陆续问世。

每个行业多半有自己的"三字经"。传记文学的"三字经"是什么呢?

"吾丧我"?!

这三个字几乎隐含了传记文学的全部禅机。机锋虽然不能一下子参透,但写一本书作为入场券,是有实悟之心的。传记文学眼里只有传主,但传主心里有没有传记文学,这是要留意的。吾我抛尽,传记文学见。

写下这点,权当引子,目的是为了切入正题:传记记传。

第一章 传记文学的事实理论

第一节 传记事实:"心灵的证据"

事实是界定传记文学的一个关键词。小说、戏剧和诗歌之所以被划分为虚构性作品,而历史、传记和报道则属于非虚构性作品,一个重要的原因是它们对事实采取了截然不同的叙述策略。小说家可以把自己的小说刻意写成曹雪芹所说的"满纸荒唐言",也有权像杨绛那样在小说的"前言"里"郑重声明":

> 小说里的机构和地名纯属虚构,人物和情节却据实捏塑。我掇拾了惯见的嘴脸、皮毛、爪牙、须发,以至尾巴,但决不擅用"只此一家,严防顶替"的产物。[1]

相反,传记作家就不能享受这样的特权。对他来说,凭空"虚构"地名和机构是不可思议的,随意"捏塑"人物和情节触犯了传记文学的大忌,更谈不上"掇拾"各个部位来冒名"顶替",张冠李戴。不可否认,"小说家言"与"传记之道"有共通之处,但从事实这个角度出发,它们的差异是显而易见的。马克·萧芮(Mark Schorer)既写过小说,又做过传记。对于两者的不同,他体会尤深:

> 当一位小说作家转向传记写作时,他会立即发现它们的差异(随后,他也会发现它们之间的相似点)。作为一个小说作家,他是一个自由的人;作为一个传记作家,不妨说他是戴

---

[1] 杨绛:《洗澡》,北京:三联书店,1988年,第1页。

着锁链写作。小说家甚至在以真人真事为依据时也可以编造内容,而且还可以随心所欲地自由处理这些内容。传记作家给定了内容,他必须与事实严丝合缝。当然,这是一个负担,可是他常常发现,这个负担也是乐在其中。因为事实可能会变得异常友好,它们常常富于雄辩,甚至隐含着诗意。或许,这是想像的虚构所望尘莫及的。[1]

传记作家"必须与事实严丝合缝",也就是说,传记作家所戴的"锁链"不是戏剧作家的三一律,也不是律诗诗人的形式规定,而是一条事实的"锁链"。

传记文学建基在事实之上,这点共识经过批评家的论述而成为定论。在《批评的剖析》里,诺斯若普·费耐(Northrop Frye)认为,传记是"事实的作品",而不是"想像的"的产物。[2]然而,一个值得注意的问题是,当我们仅仅满足于用事实来描述传记的时候,我们很快就发现这样的概括相当笼统。非虚构性作品里的其他文类,如新闻报道、历史著作等,也都用事实说话。换言之,我们并没有触及传记里事实的本质。社会学家爱弥尔·杜克海姆(Emile Durkheim)为了寻求社会学自身的原理,非常重视对"社会事实"的界定。在他看来,如果什么事实都划归在社会学的名下,那么"社会学将会失去自己独特的研究对象,它的领域就会跟生物学和心理学混为一谈"。[3]同样,史学理论里对"历史事实"的不断定义表明,历史学家对自己研究对象的独特性一直保持着清醒的头脑。相比之下,大多数传记作者和学者却相当惘然。他们铁鞋踏破去

---

[1] Mark Schorer, "The Burdens of Biography", *Biography as High Adventure*, ed. Stephen B. Oates (Amherst: The University of Massachusetts Press, 1986), p.78.

[2] Northrop Frye, *Anatomy of Criticism* (Princeton: Princeton University Press, 1957), p.245.

[3] Emile Durkheim, *The Rules of Sociological Method*, ed. Steven Lukes, trans. W. D. Halls (New York: The Free Press, 1982), p.50.

第一章 传记文学的事实理论

搜寻事实,绞尽脑汁地论证事实,煞费苦心地叙述事实,但一个不容忽略的事实是,他们往往对与自己日日为伍的事实认识不足。他们几乎没有人像社会学家和历史学家那样把自己的事实上升到本体论的高度。那么,传记作家和传记批评家所面对的事实是什么呢?

传记事实。

传记事实与传记材料相互关联,但本质上却不是一回事。一视同仁地对待这两者,而不能够把它们丁是丁卯是卯地分开处理,是传记文学创作和研究中长期存在的一个误区。造成这种现象的原因可能不少,但其中关键的一条原因是,传记作者和研究者没有把传记的自主性放在首位,常常有意无意地用传记来为某个目的服务。梁启超就是一个显著的例子。他在历史这个大框架里来论述传记,实际上明确地给传记内定了位置:传记不过是历史的一个分支。他的《中国历史研究法补编》有一章概论五种专史,而作为"人的专史"的传记则是其中的一种。在"人的专史"里,合传、年谱、专传和人表又不加区分地平行而列,各占一章。一般来说,年谱和人表以传记材料见长,而合传和专传则是传记事实的结晶。梁启超虽然偶尔提及年谱和传记之间的差异,但这并没有根本改变他对传记资料的一贯态度。如果我们具体落实到他的"专传的做法",并把其中的"孔子传的做法"作为个案,我们就可以更清楚地看到,对他来说传记材料的重要性几乎是压倒一切的。尽管梁启超声称"做《孔子传》的头一步是别择资料",[1] 但实际上这也是他传记做法的最后一步。通观全文,梁启超丝毫没有跃过这头一步。他先讲如何别择孔子言行方面的资料和采取资料的原则。对于那些制造孔子神话的伪材料,梁启超不忍丢弃,建议收录在《孔子传》正文之外的《附录》里。在言的方面,他详细论述了六经

---

[1] 梁启超:《中国历史研究法补编》,上海:商务印书馆,1933年,第147页。

里哪些部分可以入《孔子传》。至于选择的理由,他承认"也无标准,只好凭忠实的主观武断"。[1] 接着,他讨论六经之外拣取传料的标准。最后,他说:

> 今天只讲别择资料的方法,其实作《孔子传》的最困难处也在别择资料,至于组织成文,如何叙时代背景,如何叙孔学来源,如何叙孔门宗派,这无论叙什么大学者都是一样……[2]

不难想像,在这样的传记做法指导之下写出的只能是《孔子学案》,而不是生龙活虎的《孔子传》。梁著《管子传》就是这种做法的一个范例。传记资料应有尽有,而传主个性了无踪影。究其原因,只看重历史学家的搜求考证资料的功夫,而忽略传记作家点铁成金的写作过程。在这个过程中,对传记事实的发掘和打磨无疑是关键的一环。

"一个真正的传记作家",乔治·圣兹伯里(George Saintsbury)指出:

> 不应该满足于仅仅展示材料,不管这些材料编排得多么精确有序。他的功夫应该用在回忆录、书信、日记等等材料之外。作为一名有造诣和才智的艺术家,他应该把所有这些材料在头脑里过滤,然后再呈示在我们面前,不是让我们只见树木,而是让我们看到一幅完整的画,一件作品。这是纯粹的一堆细节和素材所无法比拟的。[3]

圣兹伯里的这段话当然不是针对梁启超有感而发的,但它却击中了保罗·缪里·肯道尔(Paul Murray Kendall)所说的"巨型传

---

〔1〕《中国历史研究法补编》,第155页。
〔2〕同上书,第157页。
〔3〕 George Saintsbury, "Some Great Biographies", *Macmillan's Magazine*, 66 (June 1892), p.107.

第一章 传记文学的事实理论

记"(behemoth biography)的要害。这类汇编式传记对材料细大不捐,收罗无遗,但它们充其量也不过是"传记的研究而不是传记",因为它们"日益屈服于事实"。[1]

不可否认,"屈服于事实"的传记材料有其自身不可替代的价值,年谱、人表、名人录、国家传记和传记词典等因为它们的信息服务功能而成为图书馆的常备军。它们最突出的特点就是在充分研究的基础上尽量把各类事实实事求是地收罗汇编在一起。客观、准确、全面是它们的准绳。最好的例子莫过于《国家传记词典》里的培根词条。而它与约翰·奥卜锐(John Aubrey)《简传》里的培根形象大异其趣。在《国家传记词典》里,我们看到的是一板一眼的内容,有条不紊的秩序,五脏俱全的罗列。但是我们感受不到任何生命的气息,也就是说,我们看到的往往是人的化石,而不是血肉毕露的原形。奥卜锐却不同。在他的笔下,培根有一副"蜂蛇的眼睛"。他的餐桌上必备"香草野花",他说它们确实能够提神益智。他心爱豪宅美院,俊奴靓仆,可他一旦在朝廷失宠,这些人都作鸟兽散。他把他们比作"屋倒害虫飞"。"有人告诉他阁下是打量左右的时候了。他回答,我不打量左右,我打量上面。"[2]

这里,传记材料和传记事实的分野判若云泥。那么,什么是传记事实呢?

权威的论述没有直接涉及传记事实这个术语,但吉光片羽往往闪烁出难得的洞见。富有哲学眼光的普鲁塔克(Plutarch)对传记里如何选择事实成竹在胸。在他看来,

> 人的品德和劣迹并不总是体现在他们最杰出的成就里。相反,跟最大的围攻或至关重要的战役相比,不太显眼的行

---

[1] Paul Murray Kendall, *The Art of Biography* (New York and London: W. W. Norton & Company, 1985), pp. 131–132.

[2] John Aubrey, *Aubrey's Brief Lives*, ed. Oliver Lawson Dick (Ann Arbor: The University of Michigan Press, 1957), pp. 9–12.

为,片言只语,一句玩笑却常常揭示出一个人的真实性格。[1]

这里,我们不难看出普鲁塔克在选择事实时的倾向。他已经非常明确地意识到历史的"西瓜"和传记的"芝麻"之间的功能性差异,"芝麻"往往会成为打开性格之门的钥匙。这个观点在18世纪的英国文坛盟主塞缪尔·约翰逊(Samuel Johnson)那里得到了回应:

> 传主的某些表现和事件会给他带来世俗的伟大,但传记作家的任务不是动不动就去浓墨重彩地描绘这些表现和事件,而是应该把心思放在家庭私事上,去展现日常生活的细枝微节。这里,外在的可有可无的附属物没有了,只有人和人之间谨慎和品德的砥砺。[2]

普鲁塔克和约翰逊虽然没有像梁启超那样写过传记做法,但我们清楚地看到他们的传记作品相当忠实地体现了他们的传记观。他们大刀阔斧地劈出了传记里事实的畛域:不是那些惊天动地的丰功伟绩,气吞山河的豪言壮语,流芳百世的经典作品,而是"一句玩笑","片言只语","不太显眼的行为"。对于这些"日常生活的细枝微节",弗吉尼亚·吴尔夫(Virginia Woolf)别具慧眼,意识到它们的一份平凡具有难以磨灭的价值。她在几篇传论里对传记里的事实反复论辩,并希冀以此厘断传记和小说的楚河汉界。她说,传记的基本特征就是它"必须以事实为根基",而"传记里的事实是指那些除了艺术家之外还可以由别人来证实的事实"。[3]不同于小说的想像世界,传记的事实世界更能触发想像力,因为传

---

[1] Plutarch, *The Lives of the Noble Grecians and Romans*, trans. John Dryden (New York: Modern Library, 1932), p.801.

[2] Samuel Johnson, *Rambler*, No.60, 13 October 1750.

[3] Virginia Woolf, "The Art of Biography", *Atlantic Monthly*, 163 (April 1939): pp.506–610.

第一章 传记文学的事实理论

记里的事实是那些"创造力强的事实,丰润的事实,诱导暗示和生成酝发的事实"。[1]

这些是什么事实?吴尔夫没有进一步地阐述,也没有更深一层地界定,但是她的纲领性论述睿智逼人。在她的"诱导暗示"下,我们很难不接着往下走,把传记里的事实弄它个水落石出。如果我们更进一步,我们不妨说吴尔夫所说的种种事实应该是传记事实。

在我们明确界定什么是传记事实之前,我们先来分析两部传记的实例。这也许可以避免徒有事实之论,而没有事实之实。《史记》是别择传记材料和传记事实的典范作品。韩兆琦的论述极为精辟:

> 司马迁搜集材料是很辛苦的,但使用材料却不多是多多益善,他着力于突出人物的性格,写出那些最有代表性的东西。例如写蔺相如,他抓住了完璧归赵、渑池会、将相和三件事;写魏公子,他突出了请侯嬴和盗符救赵两件事;写田单他只写了火牛阵一件事。这些人并不是没有其他事情可写,例如田单后来当了齐国宰相,还当过赵国的宰相,但是司马迁都没有写,他认为使田单永垂不朽的是火牛阵,而不是当宰相,他认为要突出这几个人物的性格和精神气质,有这几件事就足够了。[2]

同样,司马迁在《管晏列传》里也是把重点放在鲍叔与管仲的交谊和晏子御者的妻语等两三件事实上。对于自己为什么要这样选择,司马迁解释得非常清楚:

> 太史公曰:吾读管氏《牧民》、《山高》、《乘马》、《轻重》、《九

---

[1] Virginia Woolf, "The Art of Biography", *Atlantic Monthly*, 163 (April 1939): pp. 506-610.
[2] 《中国传记文学史》,第92页。

府》,及《晏子春秋》,详哉其言之也。既见其著书,欲观其行事,故次其传。至其书,世多有之,是以不论,论其轶事。[1]

确切地说,司马迁所说的"轶事"就是传记事实。

无独有偶,西方的普鲁塔克也深谙选材三昧:

> 在《亚历山大传》的序言里,普鲁塔克同样表达了歉意,因为他没有写尽两位英雄所有的著名行为。不过,他添了一句:"我不是在写历史,我写的是传记。"……他这里所提到的那种历史,他在别处称之为"正史",那种"准确记录事件的细节"的历史。相反,普鲁塔克删略正史的内容,凸显能够揭示人物性格的事情。普鲁塔克把它们叫作"心灵的证据"(《亚历山大传》),"需要知道的最重要的事情和最美丽的事情"(《伊米流斯传》)和"值得铭记的事情"(《特修斯》与《罗默流斯》比较论)。[2]

普鲁塔克回避"正史"的内容,跟司马迁的"论其轶事",可以说是殊途同归,因为"轶事"就是指"世人不大知道的关于某人的事迹,多指不见于正式记载的"。[3]他们往往舍历史的大道不走,另辟蹊径。除了各自高远的写作追求之外,他们都本着一个朴实的愿望:写出那一点点属于人的东西。因此,他们的传记有了相同的切点:"轶事"和"心灵的证据"。名称虽然不同,但所指却是一回事——传记事实。

在传记事实的选择上,普鲁塔克匠心独运。这体现在《希腊罗马名人传》的多数篇章里,但最好的例子莫过于《埃尔西巴厄迪斯

---

[1] 司马迁:《史记》第七册,北京:中华书局,1982年,第2136页。

[2] C.P. Jones, "Plutarch", *Ancient Writers: Greece and Rome*, ed. T. James Luce (New York: Scribner, 1982), p.972.

[3] 中国社会科学院语言研究所词典编辑室编:《现代汉语词典》,北京:商务印书馆,1996年,第1495页。

第一章　传记文学的事实理论

传》(*Alcibiades*)。普鲁塔克做传时有自己的道德准绳,而这位将军出身的政治家显然不合他的理想,但个人的道德观并没有让他戴上墨镜,专拣性格的污点开刀。一方面他皮里阳秋,另一方面他又能绘事若衡。他的突出长处淋漓尽致地表现在下面的两段文字里:

> 时乖命蹇,风来运转,他的行为会随之而前后不一,变化无端。可是他真实性格里的主导激情还是一种出人头地的雄心和愿望。当他还是孩子的时候,几件轶事里的言辞说明了这一点。摔跤时,他一看自己大势已去,又害怕被摔得四脚朝天,就把对方的手放在嘴里,使出浑身的力气咬了一口。对方立即松手,说道:"你咬人,埃尔西巴厄迪斯,像个娘们。""不,"他回答道,"像头雄狮。"[1]

第二则轶事显示了他性格的另一面:

> 埃尔西巴厄迪斯花了七十个迈纳买了一条狗。这条狗非常高大,极为标致。尾巴是它的主要装饰物,可埃尔西巴厄迪斯叫人把这条尾巴砍了。为此,熟人们惊叹不已,告诉他全雅典都在为狗喊冤,大家一致声讨他,要他做个解释。埃尔西巴厄迪斯哈哈大笑,说道:"我想要的事正好发生了。我希望雅典人谈论这件事。这样,他们就不会去谈我那些更糟糕的事了。"[2]

在《传记史纲》里,卫尔伯·克罗斯(Wilbur L. Cross)认为:"普鲁塔克所关心的只是他笔下人物的个性。"[3]约翰·噶拉笛(John A. Garraty)对此也有同感:

---

[1] Plutarch, *The Lives of the Noble Grecians and Romans*, p.234.
[2] Ibid., p.238.
[3] Wilbur L. Cross, *An Outline of Biography: From Plutarch to Strachey* (New York: Henry Holt and Company, 1924), p.6.

13

他的故事巧慧、有趣,但不仅仅如此。像埃尔西巴厄迪斯传里狗的事件,这些故事都有寓意,总是用来彰显个性。[1]

在埃尔西巴厄迪斯的传记里,里德·卫狄默(Reed Whittemore)更为看重内容的博实,但他首先肯定普鲁塔克是一位"铁杆的轶事家"(a confirmed anecdotalist)。[2]这些观点同中有异,可是都没有触及普鲁塔克传记里最核心的品质。雄狮与狗尾很难兼容,然而普鲁塔克却把它们糅为一体。"雄狮"般的"主导激情"奔腾于前,切除狗尾的雕虫小技尾随其后,前后呼应,作者的褒贬不但跃然纸上,传主的个性也呼之欲出。"轶事家"一词当然不能全面概括普鲁塔克的终身职志,但这个词却抓住了他的成就里本质的东西,即他对传记事实的那种理性激情。

传记事实,狭义地说,是指传记里对传主的个性起界定性作用的那些事实。它们是司马迁所说的"轶事",它们是普鲁塔克传记里的"心灵的证据",它们是吴尔夫笔下的"创造力强的事实,丰润的事实,诱导暗示和生成酝发的事实"。简言之,传记事实是一部传记的生命线。

第二节 自传事实:"我与我周旋"

自传事实是用来建构自我发展的事实。

自传作家往往强调自己给自己写传时所具有的得天独厚的优势。一个人的动机是隐而不现的,他觉得没有人比他更了解自己的内心冲动。情感有时会把人拖进沼泽地,有时又使人陷入江河,深浅冷暖,自然只有自己知道。思想的来龙去脉,信仰的皈依过

---

[1] John A. Garraty, *The Nature of Biography* (New York: Alfred A. Knopf, 1957), p.47.

[2] Reed Whittemore, *Pure Lives: The Early Biographers* (Baltimore and London: The Johns Hopkins University Press, 1988), p.26.

第一章 传记文学的事实理论

程,理想的灰飞烟灭,外人很难有切肤的体验。不少自传作家对传记作家根本上是怀敌意的。《亨利·亚当斯的教育》(*The Education of Henry Adams*)是自传里的经典,它的作者对传记作家和自传作家之间关系的论述也同样经典。在亨利·亚当斯(Henry Adams)看来,传记是"他杀",自传是"自杀",与其"他杀",不如"自杀"。因此,他在给亨利·詹姆斯(Henry James)的信里写到:

> 本书只不过是坟墓前的一个保护盾。我建议你也同样对待你的生命。这样,你就可以防止传记作家下手了。[1]

事实证明,自传作者亚当斯丝毫没有先见之明,他不但被"他杀",而且被多次"他杀"。[2]众刀之下,遍体鳞伤。他的盾不但没有起到保护作用,反而成了诱饵。亚当斯的传记作家厄内斯特·塞缪尔斯(Ernest Samuels)做传的目的正好说明了这一点:

> 《亨利·亚当斯的教育》是第一流的文学名著,这是不争的事实,可是同样不争的事实是,他所阐述的哲学主题使他这个人和他作为作家的成就模糊不清。我的传记出自这样一个愿望:展示"盾牌"后面的人。[3]

传记作家和自传作家不能相互替代,一个管窥别人,一个锥探自己。工具不同,方向不同,对象不同,所捕捉的事实当然迥异。

---

[1] Henry Adams, *Letters (1892 – 1918)*, ed. Worthington Ford (Boston, 1938), p.495.

[2] 仅20世纪90年代之后,关于他的传记就有:Edward Chalfant, *Improvement of the World: A Biography of Henry Adams, His Last Life, 1891 – 1918* (North Haven, CT: Archon Books, 2001); Elizabeth Stevenson, *Henry Adams: A Biography* (New Brunswick: Transaction Publishers, 1997); Brooks D. Simpson, *The Political Education of Henry Adams* (Columbia: University of South Carolina Press, 1996); Patricia O'Toole, *The Five of Hearts: An Intimate Portrait of Henry Adams and His Friends, 1880 – 1918* (New York: C. N. Potter, 1990).

[3] Ernest Samuels, *Henry Adams* (Cambridge, Massachusetts, and London, England: The Belknap Press of Harvard University Press, 1995), p. viii.

与传记事实以个性为焦点不同,自传事实的轴心是自我。

自我在中国古典自述性作品里就已初显端倪。在《太史公自序》里,我们读到的是一个"发愤"的我:

> 昔西伯拘羑里,演《周易》;孔子厄陈、蔡,作《春秋》;屈原放逐,著《离骚》;左丘失明,厥有《国语》;孙子膑脚,而论兵法;不韦迁蜀,世传《吕览》;韩非囚秦,《说难》、《孤愤》;《诗》三百篇,大抵贤圣发愤之所为作也。此人皆意有所郁结,不得通其道也,故述往事,思来者。[1]

表面上看,这段话与作者的自我无关,可是在自序里能够如此滔滔不绝,一气呵成地列出七位作家,九部作品,没有"推己及人"的深层体验,几乎很难做到。所以,李长之说,这是司马迁的"自白","他完全是以一个创作家而作的一种创作过程的自白,说到前人处却只是印证而已。"[2]

对魏晋人自我的觉醒,宗白华有过精辟的论述:

> 魏晋人生活上人格上的自然主义和个性主义,解脱了汉代儒教统治下的礼法束缚,在政治上先已表现于曹操那种超道德观念的用人标准。一般知识分子多半超脱礼法观点直接欣赏人格个性之美,尊重个性价值。桓温问殷浩曰:"卿何如我?"殷答曰:"我与我周旋久,宁作我!"这种自我价值的发现和肯定,在西洋是文艺复兴以来的事。[3]

曹操的《让县自明本志令》是"这种自我价值的发现和肯定"的范文。年轻时,"内自图之";归隐时,"泥水自蔽";得势时,"然常自损";有功时,难免"若为自大"。然而,他却能以"《金縢》之书以自明"。遥看千古圣贤,每每"舍书而叹,有以自省"。曹操下笔,

---

[1]《史记》第十册,第3300页。
[2] 李长之:《司马迁之人格与风格》,北京:三联书店,1984年,第307页。
[3] 宗白华:《美学与意境》,北京:人民出版社,1987年,第185页。

第一章 传记文学的事实理论

"孤"字当头,"孤"字结尾,通观全文,满目皆"孤"。心中只有一"自",能不"孤"乎?没有"孤"芳自赏,"孤"步自封,而是"孤"家"自明","孤"帆"自省",所以他能"推弱以克强,处小而禽大"。[1] 曹操的"自明本志令"是一首悠扬的自我之歌。

"无功于时","有道于己"。唐初王绩《自作墓志文》里的这种自我追求虽然显得有些无奈,但却不失为大量在野"逸人"的写真。[2] 这与文天祥的"国事至此,予不得爱身"的自我表现形成两极态势。[3] 明清的自传文层出不穷,但代表性较强的作品还数宋濂的《白牛生传》和王韬的《弢园老民自传》。宋濂的自我取向——"以贤圣自期"——摹写了主流自传的永恒主题,[4] 而王韬的"巍然硕果仅存,老民一人而已",[5] 流露出晚清知识分子在外忧内患的夹击下所特有的自恋、自狂、自悲的复合心态。

尽管我国古典的自传文表现了丰富各异的自我形态,但我们却不能像梁启超那样把这些处于萌芽状态的自传文看做现代意义上的自传,并据此得出结论:

> 本人做自传,欧洲、美洲很多,中国比较的少;但中国也不过近代才不多,古代却不少。《太史公自序》便是司马迁的自传;《汉书叙传》便是班固的自传;《论衡自纪》、《史通自叙》,便是王充、刘知几的自传;《汉书·司马相如·扬雄传》所采的本文,便是司马相如、扬雄的自传,这可见自传在中国古代已很发达了。[6]

对于这种观点,提倡传记文学的热心人胡适和郁达夫都不能

---

[1] 曹操:《曹操集》,北京:中华书局,1959年,第41—43页。
[2] 王绩:《王无功文集》,上海:上海古籍出版社,1987年,第184页。
[3] 文天祥:《文山先生全集》卷十三,上海:商务印书馆,1939年,第267页。
[4] 宋濂:《宋濂全集》卷一,杭州:浙江古籍出版社,1999年,第81页。
[5] 王韬:《弢园文录外编》卷十一,北京:中华书局,1959年,第331页。
[6] 梁启超:《中国历史研究法》,北京:东方出版社,1996年,第225页。

苟同。在胡适关于传记文学的多次演讲里，他都开门见山地指出，他要讲讲"中国最缺乏的一类文学——传记文学"。[1] 郁达夫更走向了另一个极端："中国所缺少的传记文学，是那一种东西呢？正因为中国缺少了这些，所以连一个例都寻找不出来。"[2] 需要指出的是，在胡适和郁达夫的用法里，传记文学既包括传记，也涵盖自传。难道说胡适和郁达夫都不了解梁启超所举的例子？

反驳梁启超的观点相对来说不是很难，他所举的例子无论从作者的写作意图，还是从作品自身的存在形态来说都不具有自传最基本的自主性。它们都不是独立的存在，而是藏之名山之作的附件。从文类的角度来看，我们把一些作品的部分，特别是头尾，单独抽出来分类恐怕难以被人接受。可是梁启超所举的例子正好有些特殊，如何解释为数众多的冠以"自传"、"自叙"、"自为墓志铭"等的文章？还有更多的以"传"的形式出现的"自述"？

《五柳先生传》文虽不长，但却在中国传记文学史上留下了悠长的影子。细看一株柳，当然难窥自传传统的全林，可它却有助于说明我们的问题：自传事实在中国自传文里的表现形态。对于自传在中国古代是否已经很发达这个问题，这个个案分析或许可以提供一个有力的依据。

> 先生不知何许人也，亦不详其姓字。宅边有五柳树，因以为号焉。闲静少言，不慕荣利。好读书，不求甚解；每有会意，便欣然忘食。性嗜酒，家贫不能常得。亲旧知其如此，或置酒而招之。造饮辄尽，期在必醉；既醉而退，曾不吝情去留。环堵萧然，不蔽风日。短褐穿结，箪瓢屡空，晏如也。常著文章自娱，颇示己志。忘怀得失，以此自终。
>
> 赞曰：黔娄之妻有言：不戚戚于贫贱，不汲汲于富贵。极

---

[1] 胡适："传记文学"，《胡适文集》第12卷，北京：北京大学出版社，1998年，第62页。
[2] 郁达夫：《闲书》，北京：中国文联出版公司，1993年，第12页。

第一章 传记文学的事实理论

其言,兹若人之俦乎? 酣觞赋诗,以乐其志,无怀氏之民欤? 葛天氏之民欤?[1]

自传的头号问题是"我是谁"。面对自报家门这一关,陶渊明意在创格,不料无心插柳柳成行。如果说胡适的"差不多先生"是中国传记文的部分缩影,那么陶渊明的"不知何许人"则几乎成了中国某类自传文的固定格式。陆羽的《陆文学自传》、白居易的《醉吟先生传》、陆龟蒙的《甫里先生传》、应㧑谦的《无闷先生传》无不步其后尘,柳树底下好乘凉。为什么要隐姓埋名? 钱钟书的解释是:"如'不知何许人,亦不详其姓氏',岂作自传而并不晓己之姓名籍贯哉? 正激于世之卖名声、夸门地者而破除之尔。"[2] 这也就是鲁迅对陶渊明的一贯看法:"可见他与时事也没有遗忘和冷淡。"[3] 言在此而意在彼,这是寓言。五柳,醉吟,甫里,无闷,这些标题仿佛出自庄子的寓言,给读者的第一反应是,它们的寓意是什么。本质上,自传是一门"参照的艺术",[4] 要求参照体(自我)和参照符(文本)互为指涉,遥相呼应。寓言因素的过分介入,破坏了"参照的艺术"的起码幻觉,使得《五柳先生传》成了一部名副其实的"反自传"。

用传记来写自传,让自我穿上他者的外衣出现,这是一个独特的想法。这种写法的优势显而易见。自我中心是自传的原罪,而用传记的形式来表现自传的意识,既回避了过分的自我张扬,又满足了永恒的立传冲动。具体到陶渊明的身上,我们可以看到他用这种形式是有其用心的。对隐士来说,外在的形隐相对来说比较

---

[1] 陶渊明:《陶渊明集》,逯钦立校注,北京:中华书局,1979 年,第 175 页。
[2] 钱钟书:《管锥编》第四册,北京:中华书局,1991 年,第 1228—1229 页。
[3] 鲁迅:《而已集》,《鲁迅全集》第三卷,北京:人民文学出版社,1981 年,第 516 页。
[4] John Paul Eakin, *Touching the World: Reference in Autobiography* (Princeton: Princeton University Press, 1992), p. 3.

容易,真正难的是内在的心隐。安贫乐道,做做纸面文章是很有意思的,一旦落实到日复一日、年复一年的现实生活,连"期在必醉"的酒都没有,那就未免有些凄惨了,所以他必须不断地安慰自己"不戚戚于贫贱,不汲汲于富贵"。一定要心隐,即使自我隐不掉,也要使它变得悠然起来。在这样的心态驱使下,陶渊明不是像曹操那样正视自我、让自我抬头,而是宁愿用传记的形态帮助他把真我隐去。

可是这种以传记体出现的自传性作品也有自身难以克服的局限。[1]由于自我是以他者的面目出现,所以作者就不容易把自我写得切实、详尽。"不"字连篇,实境难在。不提供确定的自传事实,《五柳先生传》读起来像一首抒情诗,含混而美丽。"不求甚解"就是一例。具有讽刺意味的是,论者反陶渊明之道而行之,对"不求甚解"拒绝不求甚解。在《管锥编》里,钱钟书旁征博引,大解特解"不求甚解"。[2]袁行霈指出:

> 所谓"不求甚解",就是不为烦琐的训诂;所谓"会意",就是以己意会通书中旨略。这是与"破碎大道"的"章句小儒"大相异趣,而符合魏晋以来新的学风的。[3]

宇文所安(Stephen Owen)甚至认为:"《五柳先生传》谈读书之乐,谈苦学与书趣的不同。在此,我们还可以读到由于读书的乐趣他是如何欣然忘食的。"[4]"不求甚解"之所以如此多解,一个重要的原因是,作者并没有实写、详写,而是"抽象的抒情"。省略了"少

---

[1] Cf. Pei-yi Wu, *The Confucian's Progress: Autobiographical Writings in Traditional China* (Princeton: Princeton University Press 1990).

[2] 《管锥编》第四册,第1229页。

[3] 袁行霈:《中国诗歌艺术研究》,北京:北京大学出版社,1987年,第184页。

[4] Stephen Owen, *Remembrances: The Experience of the Past in Classical Chinese Literature* (Cambridge, Massachusetts and London, England: Harvard University Press, 1986), p.83.

第一章 传记文学的事实理论

年罕人事,游好在六经"[1]的过程,删去了"奇文共欣赏,疑义相与析"[2]的一面,陶渊明与其说在模写特定的事实,还不如说在"梳理""压积情绪"以"自我调整"。[3]一个"欣然",一个"晏如",都是梳理的结果。

《五柳先生传》组织事实的另一个特点是静态的排列。书、酒和家贫是文中三个主要的事实,它们之间虽有联系,但都没有一定的发展。即使以写得较为详细的酒来说,我们也只看到作者"率真性情"[4]的一面。至于其他方面,陶渊明没有给读者留下丝毫痕迹。在《中古文学史论集》里,王瑶对陶渊明的"寄酒为迹"写过透彻的论述:

> "但恨多谬误,君当恕醉人";"一士常独醉,一夫终年醒,醒醉还相笑,发言各不领";这说明了他饮酒是为了逃避,借酒来韬晦免祸的……另一方面,"悠悠迷所留,酒中有深味";"一觞虽独进,杯尽壶自倾,日入群动息,归鸟趋林鸣,啸傲东轩下,聊复得此生";这是写饮酒之乐的,是一种小有产者满足于现实生活的情趣,也就是一种安于现状的麻醉。[5]

如果说"韬晦免祸"、"安于现状的麻醉"和"率真性情"有关联的话,那么它们是一个什么过程,它们之间是如何发展的,文章没有提供多少线索。对"家贫"的描述也同样反映了《五柳先生传》这种静态的写法。"贫富常交战,道胜无戚颜"[6]、"宁固穷以济意,不委曲而累己。既轩冕之非荣,岂缊袍之可耻"、[7]"不戚戚于贫

---

[1] 《陶渊明集》,第96页。
[2] 同上书,第56页。
[3] 沈从文:《抽象的抒情》,长沙:岳麓书社,1992年,第13页。
[4] 杨正润:《传记文学史纲》,第171页。
[5] 王瑶:《中古文学史论集》,上海:上海古籍出版社,1982年,第190页。
[6] 《陶渊明集》,第126页。
[7] 同上书,第148页。

贱,不汲汲于富贵",三者之间是否有迂回交错,还是义无返顾地从一个境界到另一个境界扶摇直上,读者不得而知。这种内在自我的发展轨迹,只有作者本人清楚,但静态的描写无法包容流动的发展过程。所以,温迪·拉尔森(Wendy Larson)说,这类自传的最重要的特点是"非时间性"。[1]"时人"说《五柳先生传》是"实录",[2]似乎有些牵强;说它"不传事迹,只传精神……整篇文章有一种空灵的美"更近事实。[3]《五柳先生传》有它的美,美得像一幅静物画。

简言之,《五柳先生传》里的自传事实具有寓言化、抒情化和静态化三个特点。这些特征或割裂了文本与自我的对应纽带,或模糊了事实与理解的必然联系,或隐藏了自我的发展轨迹。由于自传事实的这些特征,我们说《五柳先生传》还不是现代意义上的自传,它只是一篇优美的自传小品,是自传文学萌芽时期的一粒种子,已经冒出了芽,但仍然处于胚胎状态。上述的分析至少可以部分说明,中国古代的自传文有一些,但真正意义上的自传并不多。

西方自传大规模的出现也只是近代才有的事。尽管密硕把西方古典自传追溯到伊苏格拉底(Isocrates)和旧约的《诗篇》和《先知书》,但"这个文类的第一部伟大作品被普遍认为是奥古斯丁的《忏悔录》"。[4]对于这部西方自传的原型,罗伊·帕斯卡尔(Roy Pascal)的阐述颇有见地:

> 或许,《忏悔录》在文学史上的核心意义可以用奥古斯丁对记忆的敬畏来说明。在富有反思意义的第十卷里,他谈到

---

[1] Wendy Larson, *Literary Authority and the Modern Chinese Writer* (Durham and London: Duke University Press, 1991), p.22.
[2] 钱基博:《中国文学史》(上),北京:中华书局,1993年,第169页。
[3] 韩兆琦:《中国传记艺术》,呼和浩特:内蒙古教育出版社,1998年,第206页。
[4] Georg Misch, *A History of Autobiography in Antiquity*, Vol. I (Cambridge, Massachusetts: Harvard University Press, 1951), p.17.

第一章 传记文学的事实理论

记忆的"巨大而无限之宫"。……正是从记忆里,他把人格的散片"重构"。但是他不是把自己表现成亚里士多德式的完美,也不是像马库斯·奥里流思(Marcus Aurelius)那样建立一个基本模型,而是展示他的心路历程……自传不是一幅肖像画,而是透视里的变化过程。……行为不仅仅因为发生过才被叙述,而是因为它们代表了精神成长的阶段……[1]

对于为什么要选择这些行为,奥古斯丁在自叙的后面部分有过反思性的反问:

主啊,永恒既属于你有,你岂有不预知我对你所说的话吗?你岂随时间而才看到时间中发生的事情?那末我何必向你诉说这么一大堆琐事?[2]

从权威的诺顿文选来看,"这么一堆琐事"主要包括:第一卷的童年、第二卷的梨树、第三卷的迦太基学生、第四卷的朋友之死、第五卷的米兰教授、第六卷的世俗野心、第八卷的皈依和第九卷的母亲之死。[3]如果我们研究一下"这么一堆琐事"的内在逻辑,我们就可以看到它们的背后有"一个基本的方向":过去所有的一切,无论是苦难,还是诱惑,最后都导向"自我的降伏,对上帝彻底皈依的完全认同"。所以卡尔·乔沁姆·温础博(Karl Joachim Weintraub)把奥古斯丁《忏悔录》里这个自我变化的过程归结为"追寻一个基督徒的自我"。[4]帕斯卡尔所说的"历程"和"变化",温础博所指的"方向"和"追寻",都说明了同一个问题:奥古斯丁的目的不是仅仅

---

[1] Roy Pascal, *Design and Truth in Autobiography* (Cambridge, Massachusetts: Harvard University Press, 1960), pp. 22 – 23.

[2] 奥古斯丁:《忏悔录》,周士良译,北京:商务印书馆,1989年,第231页。

[3] Maynard Mack, ed., *The Norton Anthology of World Masterpieces*, Vol. 1, 4th Edition (New York: W. W. Norton & Company, 1979), pp. 691 – 727.

[4] Karl Joachim Weintraub, *The Value of the Individual: Self and Circumstance in Autobiography* (Chicago & London: The University of Chicago Press, 1978), pp. 35 – 36.

叙述"一堆琐事",而是通过这"一堆琐事"来揭示自我发展的轨迹。

奥古斯丁显然不是第一个感受到这种自我流动性的人,但他是第一个把这种自我流动性详尽无遗地叙述出来的人。自此之后,蒙田意义上的"生成"[1]奠定了自传的结构率。"一堆琐事"因呈现自我的"生成"而被赋予特别的意义。它们不再是"一堆琐事",而是展示自我生成的一组自传事实。

事实的经验化是自传事实的又一个特征。对一个十六岁的青年来说,偷梨是司空见惯的琐事,可是它却使人"联想起新约和旧约里的事件,其意义大大地超越了它表面的琐细"。[2]那么,事实是怎样被赋予意义而转化为经验的呢?

实际上,奥古斯丁对偷梨行为本身的叙述非常简单:

> 在我家葡萄园的附近有一株梨树,树上结的果实,形色香味并不可人。我们这一批年轻坏蛋习惯在街上游戏,直至深夜;一次深夜,我们把树上的果子都摇下来,带着走了。我们带走了大批赃物,不是为了大嚼,而是拿去喂猪。虽则我们也尝了几只,但我们所以如此做,是因为这勾当是不许可的。[3]

然而复杂的是他对这一行为的阐释。他首先从心理上来剖析这个事实:

> 当我作恶毫无目的,为作恶而作恶的时候,究竟在想什么。罪恶是丑陋的,我却爱它,我爱堕落,我爱我的缺点,不是爱缺点的根源,而是爱缺点本身。我这个丑恶的灵魂,挣脱你的扶持而自趋灭亡,不是在耻辱中追求什么,而是追求耻辱

---

[1] Michel de Montaigne, *The Essays of Montaigne*, trans. John Florio (New York: The Modern Library, 1933), p.725.

[2] James Olney, *Memory & Narrative: The Weave of Life-writing* (Chicago and London: The University of Chicago Press, 1998), p.1.

[3] 《忏悔录》,第30页。

第一章 传记文学的事实理论

本身。[1]

接着从宗教上入手他再度追问:

> 在这次偷盗中,我究竟爱上什么?是否我在这件事上错误地、倒行逆施地模仿我的主呢?是否想违犯法律而无能为力,便自欺欺人想模仿囚徒们的虚假自由,荒谬地曲解你的全能,企图犯法而不受惩罚?[2]

然后他的目光转向了社会关系:

> 假如我是单独一人,我便不会如此——据我回忆,我当时的心情是如此——我单独一人,决不会干这勾当。可见我还欢喜伙伴们的狼狈为奸,因此,说我只爱偷盗不爱其他,是不正确的,但也能说是正确的,因为狼狈为奸也不过是虚无。[3]

尽管他对这一琐事已经形成穷追不舍之势,但最后觉得仍然意犹未尽:"谁能揭穿其中曲折复杂的内幕?"[4]

可见,外在的事实不断地被内化。

针对这个偷窃的事件,罗伯特·艾尔巴兹(Robert Elbaz)指出:"故事的目的不在故事本身,而在于对它的阐释。"[5]通过反复的阐释,奥古斯丁达到了他的目的:"我的天主,这是我的心灵在你面前活生生的回忆。"[6]把一件琐事层层剥笋,作者展示了心灵的巢痕。事实已不仅仅是事实,它因为与心灵的互动获得意义而成为经验。所以帕斯卡尔说:"自传作者叙述的不是事实,而是经验:人

---

[1]《忏悔录》,第30页。
[2]同上书,第33页。
[3]同上书,第34页。
[4][6] 同上书,第35页。
[5] Robert Elbaz, *The Changing Nature of the Self: A Critical Study of the Autobiographical Discourse* (London & Sydney: Croom Helm, 1988), p.21.

与事实或事件的交汇。"[1]确切地说,自传作者叙述的不纯粹是事实,也不纯粹是经验,而是经验化的事实,即自传事实。

事实会说话吗?

弗拉迪米尔·纳博科夫(Vladimir Nabokov)的答案毫不含糊。对于果戈理在艺术上走下坡路,他一针见血地指出:

> 他的处境是一位作家最糟糕的处境:他已经丧失了想像事实的能力,并且相信事实本身会存在的。问题是,赤裸裸的事实不是以自然的状态而存在。它们从来都不是真正的赤裸裸。[2]

同样,自传里的事实也不会自动裸露。它们之所以赤裸裸地展示在我们面前,完全是因为自传作者纵横组合的结果。纵的一方,他把事实组成一个发展链,让读者看到自我的演进过程。横的一面,他把事实周围的动机和盘托出,使读者从意义中领悟到经验。自传事实就是这种纵横组合的结晶。

第三节 历史事实:"真相与想像"

历史学家对历史事实历来聚讼纷纭,说法不一。这些争论的背后隐藏着他们各自的历史哲学。也就是说,如何界定历史事实直接关系到历史学家的首要问题:"什么是历史。"表面上看,历史学家没有什么差异,他们的日常工作都是与过去的各种事实打交道。当然,这些事实的来源不同,仅就印刷品而言,有国家文件,有官方档案,有报道,有日记,有书信,有作品,有回忆录;它们的表现形式也不同,有考古学家的实物发现,有当事人的口述录音,有民

---

[1] Pascal, *Design and Truth in Autobiography*, p.16.

[2] Quoted in Elizabeth W. Bruss, *Autobiographical Acts*: *The Changing Situation of a Literary Genre* (Baltimore and London: The Johns Hopkins University Press, 1976), p.128.

第一章 传记文学的事实理论

间遗留下来的传说,有目击者的现场实录,可是怎样选择这些来源不一、形式各异的事实,并把它们写进自己的历史著作,从而使它们成为历史事实,历史学家们却表现出惊人的差异。究其原因,他们对历史事实的观点大相径庭。

一般来说,我们可以看到对历史事实有三种不同的观点:实证的观点、主体的观点和辩证的观点。

历史到底是谁的历史?当文德尔·费力普斯(Wendell Phillips)获知黑奴弗里德里克·道格拉斯(Frederick Douglass)写了一部自述时,他首先想到的是一则寓言:"你会记得那则'人与狮'的古老寓言。狮子抱怨道,'当狮子写历史的时候',它就不会这样被人歪曲。"[1]在白人奴隶主的眼里,黑奴是他的私人财产,鞭打宰割是天经地义的事,可是每一位黑奴都有一个梦:追求人的自由和尊严。写作主体的差异,写出的历史截然不同,这就难怪白人奴隶主 A. C. C. 汤姆逊(A. C. C. Thompson)读到《道格拉斯自述》(*Narrative of the Life of Frederick Douglass: An American Slave Written by Himself*)时,忍不住要著文反驳,说他颠倒黑白。他甚至声称:该书的"每一页都有醒目的谎言"。[2]

当爱德华德·哈里特·卡尔(Edward Hallett Carr)试图回答"什么是历史事实"的时候,他的着眼点就是作为历史编撰者的历史学

---

[1] Wendell Phillips, "Letter", *Narrative of the Life of Frederick Douglass: An American Slave Written by Himself*, ed. Benjamin Quarles (Cambridge, Massachusetts and London, England: The Belknap Press of Harvard University Press, 1996), p.17. 参阅"人和狮子同行",《伊索寓言》,罗念生、王焕生、陈洪文、冯文华译,北京:人民文学出版社,1990年,第121页。该篇的译文是:人对狮子大声说:"人比狮子强得多。"狮子说:"狮子强得多。"他们继续走去,遇见一些石碑,上面刻着几只被征服的狮子,倒在人们脚下,那人指着石碑对狮子说:"你看,狮子怎么样?"狮子回答说:"如果狮子能雕刻,你会看见许多人倒在狮子脚下。"

[2] A. C. C. Thompson, "Letter from a Former Slaveholder", *Liberator*, December 12, 1845, p.88.

家。"在你开始研究事实之前,首先研究历史学家。"[1]这是他的一个核心观点。这里,我们很明显地看到卡尔的历史天平上的先后轻重。作为一位成就斐然的历史学家,他所阐述的观点不但有自己的经验垫底,而且还引用了几位权威历史学家的思想作后盾。他们包括杰弗里·巴勒克拉夫(Geoffrey Barraclough)、卡尔·贝克(Carl Becker)和柯林武德(R.G. Collingwood)。巴勒克拉夫很明确地阐述了他的历史观点:"严格地说,我们所阅读的历史尽管依据的是事实,但绝不是事实。它不过是一系列被接受的判断而已。"[2]贝克也表达了类似的历史理念:"对历史学家来说,历史的事实并不存在,除非他自己动手把它们创造出来。"[3]这种史观的顶级代表当推R.G.柯林武德。"历史学家必须在自己的心灵里重演过去。"[4]虽然没有他的名言"一切历史都是思想史"那样盛传,但它更凸显了史家的作用。

在死的事实和活的史家之间,研究者把重心放在后者身上明显具有认识论的优势。首先,史家开始强调自己的认识主体,并加以反思。这是观念上的一次飞跃。在专制的事实目前,史家不再仅仅满足于做一个奴婢式的编年史家,他要把"判断"、"创造"和"心灵"融入事实。其结果,我们所看到的不是纯粹的事实,而是在历史学家想像里"重演"过的历史事实。不少史家虽然拒绝承认自己的主观介入,但他们谁也否认不了选择本身就涉及"判断",叙述过程多少含有"创造"的行为,对事件的阐释没有"心灵"的投入就难以赋予历史以生命。说到底,历史事实是史家的胎儿。

---

[1] Edward Hallett Carr, *What is History?* (London: Macmillan & Co Ltd., 1962), p.17.

[2] Geoffrey Barraclough, *History in a Changing World* (Norman: University of Oklahoma Press, 1955), p.14.

[3] Carl Becker, *Atlantic Monthly*, October 1910, p.528.

[4] R.G. Collingwood, *The Idea of History* (Oxford: Oxford University Press, 1971), p.282.

第一章　传记文学的事实理论

其次,把史家放在第一位改变了历史里时间的落脚点。死的事实是过去的,活的史家生活在现在的问题之中。强调史家就容易把现在的问题带入过去的事实,使历史成为过去现在时。相反,如果漠视史家的存在,一味立足过去的事实,唯古是瞻,就难免陷入复古的泥潭,不能自拔。很明显,强调史家的主体性是和克罗齐意义上的"当代派"一脉相承的。可是在外在的事实和内在的主体之间,在过去的事实和现在的史家之间,一反19世纪的实证思维,走向另一个极端,是不是矫枉过正了呢？难道要回到对事实的实证主义立场吗？

美国史学名家巴芭娜·塔奇曼(Barbara Tuchman)虽然无意为实证主义的史学观辩护,但她的观点却颇得实证真传。卡尔指出:"历史事实的硬核客观而独立地存在于历史学家的阐释之外,这个信念是一个荒诞的谬误,可是很难消除。"[1]塔奇曼针锋相对,宣称自己就坚定地相信这个"荒诞的谬误"。她进一步阐述自己的立场:

> 在我看来,证据比阐释更为重要,事实即历史,不管你解释不解释。我认为美国拓展时,边疆缩小的影响是独立于弗里德里克·杰克逊·特纳(Frederick Jackson Turner)的意志而存在的。特纳不过注意到这种现象。同样,有闲阶级的作用独立于索斯坦因·范伯仑(Thorstein Veblen)的意志而存在;海上霸权对历史的影响独立于马汉上将(Admiral Mahan)的意志而存在。[2]

塔奇曼用雄辩的事实说明"事实即历史"。但她是否想过她和卡尔所谈的本质上不是一回事。她看重的是"事件的历史",而卡

---

[1] Carr, *What is History*? p.6.
[2] Barbara Tuchman, *Practicing History: Selected Essays* (New York: Knopf, 1981), p.205.

传记文学理论

尔关心的是"叙述的历史"。[1] 特纳的《美国历史上的边疆》(The Frontier in American History, 1920)、范伯仑的《有闲阶级的理论》(The Theory of the Leisure Class, 1899)和马汉的《海上霸权对历史的影响》(The Influence of Sea Power upon History, 1660–1783, 1890)之所以出类拔萃成为经典而处理同类题材的其他历史学者却默默无闻,不能不说明史家的关键作用。"叙述的历史",在某种意义上说,是叙述者的历史。没有叙说者的司马迁,我们很可能就看不到"这一个"项羽:

> "言语呕呕"与"喑恶叱咤";"恭敬慈爱"与"剽悍滑贼";"爱人礼士"与"妒贤嫉能";"妇人之仁"与"屠坑残灭";"分食推饮"与"玩印不予",皆若相反相违;而既具在羽一人之身,有似双手分书、一喉异曲,则又莫不同条共贯,科以心学性理,犁然有当。[2]

问题是,《史记》里那些点评项羽的话——王陵的话、陈平的话和韩信的话——从何而来,有何凭据?叙说者的历史有没有一个事实的根基?换言之,"叙述的历史"与"事件的历史"形成一个什么关系?

辩证的历史事实观目的不在于调和历史事实和历史学家之间的两极分化而走一条折中的道路,但这种观点的纠偏倾向是十分明显的:

> 这也就可能使人联想到一种既承认作为历史研究客体的客观历史实际的存在,又承认历史学家的头脑的创造性认识功能的对历史事实概念的解释。就把这种解释称为辩证的解释吧。它认为历史事件是如此地复杂,其差异与相互作用又如此多变,以至构筑事实(建立在简单化假设基础上)便成了

---

[1] 参阅乐黛云:"传记文学史纲序",《传记文学史纲》,第2页。
[2] 《管锥编》第一册,第275页。

第一章 传记文学的事实理论

一种获取简单化的事实知识(它们可采取模型的形式)的必不可少的方法,从而我们可通过相对的和近似的真实而接近绝对的真实。……在辩证的解释中,经常不断地把对其认识稳步改进的历史实际与研究者所构筑的历史事实进行对照。这也就是说,依靠不断增加或不断变化的资料积累,我们在修改着我们的构筑,使它们从证实得较不充分的或较不具体的假设变成证实得较为充分的假设。[1]

在书中,耶日·托波尔斯基(Jerzy Topolski)还把这种辩证的历史事实观与他称之为"主观主义"的历史事实观和"实证主义"的历史事实观区别开来。从他对历史事实的分析中,我们可以看出这种史观的两个特点:发展的观点和系统的观点。首先,托波尔斯基在解释时很注意分清历史学家认识主体的阶段性。在特定的阶段,历史学家的认识达到一定的层面。这样,历史学家的认识就被看做是一个过程,而不是一个一次性完成的片段。这种史观最重要的贡献在于,它认识到认识主体本身的局限。他的事实来源、他的知识背景,特别是他构筑事实的假说和方法,都不是十全十美的。因此,这个主体需要不断的发展来完善。

托波尔斯基从控制论出发专门用一节来讨论历史事实的系统性特点。撇开他为建构自己的理论而摆的龙门阵不说,仅就上述的引文而论,我们说他的确把系统的观念注入了自己对历史事实的解释之中。他试图把作为历史研究对象的历史现实与历史学家对历史事实的解释糅为一体。这也是贝克所说的那种历史:"历史学家所写的历史,像普通先生非正式形成的历史一样,是真相和想像的一种便利的混合物,也就是我们通常分别称为'事实'和'解

---

[1] 耶日·托波尔斯基:《历史学方法论》,张家哲、王寅、尤天然译,北京:华夏出版社,1990年,第219—220页。

释'的一种便利的混合物。"[1]托波尔斯基强调历史事件的复杂性、差异性,但又不忽视它们之间的作用和变化。在他看来,史家所构筑的历史事实不是孤立的,它必须与别人累积的历史知识不断互证,以期接近真实。可见,性质不同、功能互异的成分没有使他变得非此即彼,反而成全了他的系统观。他对历史事实的总结更显示了系统观的兼容性:"总的来说,本书作者是赞同对历史事实作十分广义的解释的,广义得可以包括一切处于静态状态的和处于动态状态的历史实际。"[2]

对三种历史事实观的鸟瞰式梳理目的不在史,而在传。上述的历史事实观不但可以为我们对传记事实和自传事实的狭义界定提供一个"场"的广阔视野,而且也为我们了解历史事实在什么背景上介入传记或自传奠定了基石。重要的是,意识到"事件的历史"和"叙述的历史"的分野际合之后,我们会更留心"叙述者的历史",特别是这个叙述者是写个人史的传记作家和自传作家。

第四节　三维事实:"自传是别传?"

自传的内核是自传事实,但传记事实和历史事实也同样不可或缺。它们水乳交融,三位一体,构成了自传里事实的三维性。这个论点牵涉到两个问题,对它们的回答直接影响到事实三维性的存在。第一个问题是,自传里事实三维性具体体现是什么呢?或者说,自传里是否存在着这三种事实的共处?如果答案是肯定的,那么自传事实与传记事实和历史事实形成一个怎样的关系呢?换言之,在自传里,传记事实和历史事实的功能是什么?

为了回答这两个问题,我们将以歌德(Johann Wolfgang von

---

[1] 贝克:"人人都是他自己的历史学家",《历史理论与史学理论——近现代西方史学著作选》,何兆武主编,北京:商务印书馆,1999年,第578页。
[2]《历史学方法论》,第229页。

第一章 传记文学的事实理论

Goethe)的《诗与真》(*Dichtung und Wahrheit*)(汉译为《歌德自传》)为个案。

"歌德的《诗与真》是迄今为止最伟大的德国自传,但它也最清楚地表明了自身的失败。"[1]瓦尔多·邓恩(Waldo H. Dunn)的观点并非一家之言,著名的歌德传记作家乔治·亨利·路易斯(George Henry Lewes)和自传研究专家安娜·罗卜逊·布尔(Anna Robeson Burr)都有类似的看法。布尔甚至认为:"《真与诗》[2]是世界上最弱的自传,可写它的手却如此强劲有力。它的支持者几乎众口一词,认为真诚的自我暴露有害无益。这部自传对我们了解它的作者没有任何实质的帮助。在自传里,歌德写了他所处的时代,叙述了他在这个世界上随遇而安。在他看来,这个世界既不需要解释也不需要辩护。最关键的是,他有一个思维习惯——把情感与事实混为一谈。所有这些使得这部自传大为失色。"[3]然而,文坛巨擘卡莱尔则持完全相反的看法。他对歌德的《诗与真》极为赞赏,认为它解决了"自传里的难题,这是一次罕见的成功"。[4]叶灵凤对这部自传的评论与卡莱尔所见略同。在他看来,"这一部出自诗人晚年之笔的自传,正是理解匿在他一切作品之后的心灵的锁钥","实为了解歌德的最重要的资料"。[5]

对一部自传名著意见不同是司空见惯的事,但判断如此南辕北辙却不多见。归根结底,分歧出在对不同事实的理解上。

---

[1] Waldo H. Dunn, *English Biography* (London, Paris, and Toronto: J. M. Dent & Sons Limited; New York: E. P. Dutton & Co., 1916), p. 261.

[2] 关于歌德自传的标题,参阅 Karl Joachim Weintraub, *The Value of the Individual: Self and Circumstance in Autobiography* (Chicago & London: The University of Chicago Press, 1978), pp. 346—348.

[3] Anna Robeson Burr, *The Autobiography: A Critical and Comparative Study* (Boston and New York: Houghton Mifflin Company, 1909), p. 68.

[4] Cf. Jerome Hamilton Buckley, *The Turning Key* (Cambridge, Massachusetts: Harvard University Press, 1984), p. 18.

[5] 叶灵凤:《读书随笔·一集》,北京:三联书店,1988年,第72—73页。

传记文学理论

歌德博学多才。植物、光学、绘画、文学,他无所不学,无不学有心得。相对来说,他对历史学的兴趣就显得不够浓厚。然而,在他晚年写自传的时候,他表现出前所未有的历史欲:

> 这项工作需要我花大量的时间来做历史研究,以便使所有的地点和人物都能呈现出来。这样,不管走到哪里,无论在国内还是国外,我都忙得不亦乐乎。结果,我的手头要做的事反倒成了副业。[1]

为了写自传而去做大量的历史研究,这在自传作者中先例不多,歌德是个例外。他的自传里历史事实异常丰富:帝王加冕的故事、里斯本的大地震、法军占领法兰克福、反叛者费特密尔希、罗马王选举的准备、选举的临近、罗马王的来临、御辇的出现、加冕大典、莱比锡的骚动、对法国王妃的欢迎、巴黎的凶耗、高等法院的历史、当时的世界政局、德意志的情况。从这一不算详尽的章节标题里,我们就可以看到歌德自传里历史事实的丰饶性。大地震和法院史熔于一炉;罗马王与法国妃先后登场;骚动与凶耗接踵而至;里斯本、法兰克福、莱比锡、巴黎整个欧洲尽收眼底。这些历史事实本身就提出了问题:歌德为什么要把这么宽广的历史舞台展示在自己的自传里呢?历史事实到底在自传里扮演什么角色?

在自传的序言里,歌德本人对此有着明确的答复:

> 当我为了适应读者经过深思熟虑的请求,想将内心的激动,外来的影响以及自己在理论上和实际上所迈出的脚步顺序加以叙述时,我便从自己狭小的私生活进入广大的世界中;直接或间接影响我的许许多多的非凡人物的形象便呈现出来。甚至那对我以及一切同时代的人有巨大影响的整个政治局势的重大变动,也不得不加以特殊的注意。因为,把人与其

---

[1] Weintraub, *The Value of the Individual: Self and Circumstance in Autobiography*, p. 344.

第一章　传记文学的事实理论

时代关系说明，指出整个情势阻挠他到什么程度，掖助他又到什么地步，他怎样从其中形成自己的世界观和人生观，以及作为艺术家、诗人或著作家又怎样再把它们反映出来，似乎就是传记的主要任务。可是，这种要求差不多无法达到，要达到它，个人就得认识自己和认识自己所处的时代，知道他自己在一切情况之下还是依然故我到什么程度，以及知道把人拉着一道走而不管他愿意与否、决定其倾向和予以教养的时代是怎么样。事实上，时代给予当时的人的影响是非常大的，我们真可以说，一个人只要早生十年或晚生十年，从他自己的教养和他对外界的影响看来，便变成完全另一个人了。[1]

简单地说，自传作家的主要任务就是呈现两种关系：一、我与别人的关系；二、我与时代的关系。在呈现这两种关系的过程中，他不断地揭示自我。要展示我与别人的关系，需要的是传记事实；要说明我与时代的关系，自然少不了历史事实。自传实际上是以自传事实为中心的三足鼎立。

"里斯本大地震"和"当时的世界格局"从两个极端上说明历史事实和自传事实在歌德的自传里是怎样联系的。里斯本遭到灭顶之灾时，歌德只有六岁，而且不在出事现场，可是他却把这次大地震的"可怕的详情细节"描绘得像一首"诗"：

> 大地震撼着，海洋呼啸着，船只相互碰砸，房屋崩坏，教堂和塔倒塌下来，王宫也有一部分为海水所吞没，破裂的大地像是吐着火焰，因为废墟处处都冒着浓烟烈火。前一刹那恬静舒适的六万居民同归于尽，其中最幸福的就是对于这一浩劫不容再有一点知觉的人们。火焰继续逞凶，一伙本来躲藏着或因为这次灾难而放出来的亡命之徒又"趁火打劫"。那些不幸的幸存者束手无援地忍受抢劫、凶杀和一切暴行。这样，大

---

[1] 歌德：《歌德自传》，刘思慕译，上海：三联书店，1998年，第3页。

自然真是从各方面肆虐横行了。[1]

歌德既然不是目击者,他为什么不概述一下,却冒虚构之嫌去做栩栩如生的描写呢?这是因为这桩"异常的世界大事"让"我的恬静的幼稚心灵破题儿第一遭深深地被震撼了","所受的打击也不少",最后更加深了我对"震怒的上帝"的"直接认识"。[2]可见,歌德与其说在描述历史事实,还不如说在重温心灵的震撼。他看中的是历史事件在他自我成长过程中的印迹。

如果说"里斯本大地震"是历史事件对自我心灵的"浓入",那么"当时的世界格局"则是他常用的"淡出"法。在这一章里,他谈到的事件有欧洲的强人政治、民族解放运动、美国的独立战争、法国的新王执政。涉及的多半是世界历史上的重量级人物,包括弗里德里希二世、凯瑟琳女王、保利、华盛顿、富兰克林。其中,他还见过保利。然而对于这些标志性事件、枢纽性人物,歌德轻描淡写,没有像他描写大地震那样动用丰富的想像。甚至对于保利,他也是一笔带过,没有发挥。对此,歌德是这样解释的:

> 这种种事件,只当广大社会对它们都感兴味时,我才注意。我自己和我的常与来往的朋友对于报纸、新事件殊不关心,我们所关心的是人类的认识,至于一般人类的行为,我们听其自便,不闻不问。[3]

很明显,我们可以看到历史事实在歌德自传里的两种主要的表现形态。当历史事实对自传事实造成泰山压顶之势时,他用"浓入"法;当历史事实对自传事实若即若离时,他则用"淡出"法。前者的用意是透视历史事件留下的心影心响;后者的目的在于提供一个历史背景。最后的宗旨只有一个:"说明""人与其时代关系"。

---

[1]《歌德自传》,第29页。
[2] 同上书,第29—30页。
[3] 同上书,第768页。

第一章　传记文学的事实理论

歌德尽管把"人与其时代关系"看做是自传作家的"主要的任务",但他的自传表明,自传作家更"主要的任务"是描述"影响我的许许多多的非凡人物"。也就是说,传记事实在歌德的自传里分量更重。这是这部自传的一个特点。

不言而喻,自传主要写自己,自传事实是其主干,然而不少自传作家却在自传里大写特写别人。针对这种现象,钱钟书有过如下的妙论:

> 为别人做传也是自我表现一种;不妨加入自己的主见,借别人为题目来发挥自己。反过来说,作自传的人往往并无自己可传,就逞心如意地描摹出自己老婆、儿子都认不得的形象,或者东拉西扯地记载交游,传述别人的轶事。所以,你要知道一个人的自己,你得看他为别人做的传;你要知道别人,他倒该看他为自己做的传。自传就是别传。[1]

这个悖论揭示了一个事实:自传事实和传记事实是联体共生的。

严格地说,歌德的《诗与真》不是纯粹的别传型自传。然而同样不容忽视的是,全书不到三百章,却有八十多章写别人,占整个篇幅的三分之一左右,不能不说这部自传"别"开生面。

这么多的传记事实在自传里到底起什么作用? 歌德对独创性的理解阐述了他对自我与他者的关系:

> 人们老是在谈独创性,但是什么才是独创性! 我们一生下来,世界就开始对我们发生影响,而这种影响一直要发生下去,直到我们过完了这一生。除掉精力、气力和意志外,还有什么可以叫做我们自己的呢? 如果我能算一算我应归功于一

---

[1] 钱钟书:《写在人生边上》,北京:中国社会科学出版社,1990年,第3—4页。

切伟大的前辈和同辈的东西,此外剩下来的东西也就不多了。[1]

因此,

> 事实上我们全都是些集体性人物,不管我们愿意把自己摆在什么地位。严格地说,可以看成我们自己所特有的东西是微乎其微的,就像我们个人是微乎其微的一样。我们全都要从前辈和同辈学习到一些东西。就连最大的天才,如果想单凭他所特有的内在自我去对付一切,他也决不会有多大成就。[2]

也就是说,真正的自我是"微乎其微"的,它需要在与他者的融会中不断生成。这就是为什么歌德极为看重影响,因为这是与他者关系中最重要的输入渠道。要描述别人的影响,就不得不增加传记事实的比重。追溯影响成了歌德自传里传记事实的第一要义。因此,《诗与真》几乎囊括了对歌德童年、少年和青年时代所有发生过影响的人物。一类人物想让歌德成为"他们精神上的复制品":

> 奥伦斯拉格想陶冶我使我成为廷臣;莱纳克想使我成为外交官,这两人——特别是后者——企图使我厌弃诗歌和著作;许士根想让我成为像他那样的愤世嫉俗的人,此外,却愿意我成为一个能干的法学家。[3]

但更重要的情况是,歌德常常不为时空所限,不断地从异域广收博采。最显著的例子就是莎士比亚对他的影响。一开始,他"耽读《莎翁选粹》"。他说,这是他"平生一个最快乐的时期。莎翁的

---

[1] 歌德:《歌德谈话录》,爱克曼辑录,朱光潜译,北京:人民文学出版社,1985年,第88页。

[2] 《歌德谈话录》,第250页。

[3] 《歌德自传》,第163页。

第一章 传记文学的事实理论

超群绝伦的特长,掷地作金石声的名言佳句,恰到好处的描写,幽默的情调,无不深获我心,铭刻于我的肺腑之中。"[1]不久,他就"渐成'莎翁通'了,在会话中模仿他所描出的当时的美德和缺陷,耽溺于他的谐谑,或翻译来应用,或依样画葫芦杜撰出来。"[2]最后,他一发而不可收拾,竟觉得还是"无条件地崇拜他倒痛快一点"。[3]

歌德汇合百川而成其大。对于这个特点,法国诗人保罗·梵乐希(Paul Valéry)别有神会:

> 哥德,诗人兼普露谛,用一个生命去过无数生命底生活。他吸收一切,把它们化作他本质。[4]

歌德的传记作家比学斯基(Bielsehowsky)更全面地阐述了歌德的"人性之完全":

> 歌德从一切的人性中(他)皆禀赋得一分,而(成为)人类中之最人性的。他的形体具有伟大的典型的印象。是全人类人性的象征。所以曾经接近他的人都说从未见过这样一个完全的人。自然世界上有比他更富有理智的,也有比他更多毅力,或禀有更深刻的感觉更生动的想像力的,但实在没有一个曾如歌德聚集这许多伟大的禀赋于一个人格之中。[5]

不讲述别人的故事,就不能说明歌德"吸收一切,把它们化作他本质"的个性;没有他者的在场,就很难呈现他那"从一切的人性中""皆禀赋得一分"的完全人格。在《诗与真》里,传记事实是自传事

---

[1]《歌德自传》,第515页。
[2] 同上书,第516页。
[3] 同上书,第517页。
[4] 梵乐希:"哥德论",《诗与真·诗与真二集》,梁宗岱著,北京:外国文学出版社,1984年,第138—139页。
[5] 比学斯基:"歌德论",宗白华译,《宗白华美学文学译文选》,北京:北京大学出版社,1982年,第67页。

传记文学理论

实之源。

"人与时代"和"自我与他者"是歌德自传里的一经一纬。歌德之所以能经天纬地,自铸伟词,原因自然不少,但其中的核心很可能是他特别的"自我观":

> 现在我要向你指出一个事实,这是你也许会在经验中证实的。一切倒退和衰亡的时代都是主观的,与此相反,一切前进上升的时代都有一种客观的倾向。我们现在这个时代是一个倒退的时代,因为它是一个主观的时代。这一点你不仅在诗方面可以见出,就连在绘画和其他许多方面也可以见出。与此相反,一切健康的努力都是由内心世界转向外在世界,像你所看到的一切伟大的时代都是努力前进的,都是具有客观性格的。[1]

内心的自我世界转向外在的客观世界,这是歌德自我观的精髓。时代如此,个人更是这样:

> 在过去一切时代里,人们说了又说,人应该努力认识自己。这是一个奇怪的要求,从来没有人做得到,将来也不会有人做得到。人的全部意识和努力都是针对外在世界即周围世界的,他应该做的就是认识这个世界中可以为他服务的那部分,来达到他的目的。[2]

在歌德看来,"认识你自己"这句古训靠不住。他的目的不是为了强调人的不可认知性,而是为了凸显认识自我的有效途径。他应该通过认识外在世界来认识内在自我。自传研究专家保尔·约翰·艾津(Paul John Eakin)把自传里的这种认知和表述方式称之为"关系的自我"(relational selves)。他认为,自我是自主而独立

---

[1]《歌德谈话录》,第97页。
[2] 同上书,第193页。

第一章 传记文学的事实理论

的,这个神话很难消失,但实际上"所有的身份都是关系的"。[1]从上述的分析中,我们可以看到歌德主要通过两个途径来展示"关系的自我":人与时代的关系和自我与他人的关系。这两个途径直接导致了历史事实和传记事实的介入,从而与自传事实融为一体,构成了自传里事实的三维性。

---

[1] Paul John Eakin, *How Our Lives Become Stories: Making Selves* (Ithaca and London: Cornell University Press, 1999), p. 43.

第二章 传记文学的虚构现象

第一节 传记文学虚构的本质

传记文学必须是真实的,这是传记作者、传记学者和传记读者的基本共识。真实性被认为是传记文学创作的最高准则。然而,大量事实表明,无论是自传、传记、忏悔录,还是日记、书信、回忆录都存在着一定程度的虚构。因此,探讨传记文学虚构的本质、传记文学虚构的成因和传记文学虚构的某些形态可以说是传记文学本体论的核心问题。

传记的虚构性是传记研究中最为敏感的问题。这首先是由传记的历史属性决定的。如果我们看几本权威的工具书对"传记"的定义,我们就能比较清楚地看到这一点。

> 在17世纪后期,德莱顿(John Dryden)把传记清晰地定义为"某人生平的历史"。现在,传记的含义是指某人生平事实的相对完整的记叙,它包括性格、习性、环境,还有他的经历和活动。(重点号为引者所加)[1]

在此,阿伯拉姆斯(M. H. Abrams)无论是援引德莱顿的定义,还是自己更为详实的补充说明,这两个定义的共同特点是,都强调"历史"和"事实"。在《文学术语词典》中,卡登(J. A. Cuddon)

---

[1] M. H. Abrams, *A Glossary of Literary Terms*, Third Edition (New York: Holt, Rinehart and Winston, Inc. 1971), p. 15.

第二章 传记文学的虚构现象

给传记下的定义是:"一个人生平的记录,历史的一个分支。"[1]很明显,卡登不但给传记定义,而且还给传记定性,即传记是历史的。至此,我们可以明白无误地看到,无论是文坛大家德莱顿,还是批评界的重镇阿伯拉姆斯和有影响的辞书编撰者卡登都把传记严格地划定在"历史"的名下。这样,传记自然与想像的产物虚构水火不容,格格不入。然而,我们不禁要问,如果传记仅仅是历史的,那么,传记与历史又有什么差别呢?显然,传记与历史不能等量齐观,一视同仁。这说明,传记肯定有某种性质使它与历史相异而自成一体。

如果说上述定义强调了传记的历史属性,那么我们也有同样多的作家和批评家对传记的真实性提出了质疑。亨利·梭罗(Henry D. Thoreau)认为:"我们经历过的人生是一个奇异的梦,我根本就不相信人们对它的任何叙述。"[2]不难看出,梭罗觉得,人生充满着波诡云谲、扑朔迷离的奇异性,文字的叙述很难捕捉到生命之虹的瞬间斑斓。因此,传记难免流于皮相之言、有名无实。梭罗是从读者这一角度对传记的真实性发难的,批评家们则更多地从传记的形式入手探讨传记的虚构性。奈达尔指出,语言、叙事和修辞在写作过程中都参与了对事实的歪曲、改变和修正。"所以,读者和传记作家都必须认识到修辞、叙事手法和风格不但组织事实,而且也改变事实,以便创造一个文本世界里的生平"。[3]另一位学者丹尼斯·佩特里(Dennis W. Petrie)也持类似的观点。在他的专著中,佩特里把作家传记分为三类:第一类传记是"塑造名作家的纪念碑";第二类传记是"把作家当作普遍人来描绘的肖像

---

[1] J. A. Cuddon, *A Dictionary of Literary Terms*, Revised Edition (Harmondsworth: Penguin Books, 1979), p. 79.

[2] Quoted in *Autobiography*: *Essays Theoretical and Critical*, ed. James Olney (Princeton: Princeton University Press, 1980), p. 169.

[3] Ira B. Nadel, "Rejoinder", *Biography*, 9 (Fall 1986): 360.

画";第三类传记是把作家"当作艺术家来刻画的形象"。最后,他得出结论,"无论是传记,还是小说,最终都是一种叙述。"[1]此外,传记作家莎伦·奥布莱恩(Sharon O'Brien)认为,每位传记作者都有一个独特的透视角度。因此,他们创作出的传记常常大相径庭,传记实际上是一种虚构。[2]上述的观点分别从传记阅读、传记形式和传记创作这几个角度全面地涉及传记的虚构性。无论从哪一个角度入手,我们都看到了相同的结论,传记具有不可回避的虚构性。可是,这些观点在对传记进行解释的同时,又提出了一些新的问题。如果说传记具有虚构性这一点可以接受的话,那么,传记的虚构性又有什么特殊性呢?它与纯粹虚构性的小说有什么本质的不同呢?

从前面的讨论里,我们可以看到,一般来说,早期的、传统的论述比较倾向于突出传记的真实性,强调传记的历史属性。当代批评家则更多地刻意凸现传记的虚构性,力图把传记拽向文学一边。事实上,比较公允、客观的定义应该是,传记既不是纯粹的历史,也不完全是文学性虚构,它应该是一种综合,一种基于史而臻于文的叙述。在史与文之间,它不是一种或此即彼、彼此壁垒的关系,而是一种由此及彼、彼此互构的关系。

传记不同于历史,一方面在于传记再现的对象不是纯粹的历史事件,而是一个活生生的人。历史事件自然离不开它的扮演者——人,但历史中的人是一根红线,他(或她)的作用常常是用来串起事件之珠,而大写的人是隐而不见的。传记中的人却截然不同,他(或她)是奔腾的洪流,时而劈山开道,时而决堤泛滥,时而又平静如镜。虽然一件件事发生了,但读者所关注的却始终是这

---

[1] Dennis W. Petrie, *Ultimately Fiction*: *Design in Modern American Biography* (West Lafayette: Purdue University Press, 1982), p.182.

[2] Sharon O'Brien, "Feminist Biography as Shaped Narrative", *a/b*: *Auto/Biography Studies*, 8 (Fall 1993):258.

第二章 传记文学的虚构现象

股洪流,直至它融入大海,传记便戛然而止。确切地说,传记不是全景式的《清明上河图》,而是一幅《蒙娜·丽莎》式的肖像画。前者无疑更贴近历史。因此,爱德蒙·高斯(Edmund Gosse)说:

> 历史处理大量事件的片段;它总是开始得突兀,进展到一半就草草收场;它必定不能全面地描述大量的人物。传记严格地限定在两个事件之内:出生与死亡。它的画布中心只有一个人物,其他人物不管他们多么伟大,必须永远是传主的陪衬。[1]

另一方面,从写作目的来说,历史学家的职责在于"通古今之变",[2] 而传记作家则专注于"变幻如虹"的"个性"。[3] 换言之,在历史著作中,我们读到的多半是时间的回旋递进(一种历史观)、事件的来龙去脉、朝代的更迭兴衰,逐渐地领悟到历史车轮何以滚滚向前的内在逻辑。相反,传记不是这种鸟瞰式俯视而抓其经脉,而是特写式聚焦。焦点始终对着孕育意蕴的细节——传记事实和自传事实。翻覆如云的情感、变幻莫测的心理、大难临头的危机都被一一剪辑制作,然后展示给读者的是一部个性历程的电影。所以,写作目的的差异基本上导致了传记与历史的分道扬镳。可是,大量读者,甚至不少专家也不能有意识地区别对待传记与历史,仍然用历史的准则来要求传记。在评论《罗马十二帝王传》(*Lives of the Caesars*)时,张竹明写道:

> 《帝王传》所写的是处于历史中心地位的人物,但苏维托尼乌斯(Gaius Suetonius Tranquillus)很少记载重大的历史事

---

[1] Edmund Gosse, "Biography", *Encyclopaedia Britannica*, 1910.

[2] 司马迁:"报任少卿书",《文选》卷四十一,上海:上海古籍出版社,1986年版,第1965页。

[3] Virginia Woolf, "The New Biography", *New York Herald Tribune Books*, October 30, 1927.

件。诸如恺撒在高卢的征战他只写了短短的一节就过去了;瓦鲁斯的战败只是间接地提到。他着意搜集的似乎是正史所不传的东西,是帝王们日常的政治活动和私人生活,其中不少是奇闻逸事,类似秘史。的确也有丑闻和淫秽。但是人们批评他喜欢和贩卖这些东西是不公正的。这实际上是当时盛行的人们对杰出人物个人生活兴趣的反映。苏维托尼乌斯似乎认为自己的使命只在于搜集史料,把这些东西记载下来,流传下去,不致随着时间的流逝而被遗忘。他似乎无意于考察、研究、认识历史。[1]

实际上,搜集史料不是苏维托尼乌斯的使命。像普鲁塔克一样,他不是在写历史,而是在写传记。他关注的是人物的个性。在历史事实和传记事实之间,他当然更多地叙述后者。尽管传记和历史在叙述对象和写作目的上存在着差异,但它们却有一个根本的共同点。那就是它们都必须建基在事实之上。恪守事实的真实是它们共同遵守的基本原则。

如何理解传记中事实的真实?

事实的真实是传记的基石。在这方面,传记作家对自己提出了极为苛刻的要求。奥卜锐认为,传记作家不能随意捏造事实,他所追求的"只有真实",那种"赤裸裸的、硬邦邦的真实"。[2]可是,追求这样的真实谈何容易。噶拉笛就曾指出:

> 不管他(传记作家)有多少证据,他的证据永远不全。在他要建造的传记大厦上,他常常缺乏最关键的材料。[3]

---

[1] 张竹明:"译者序",《罗马十二帝王传》,苏维托尼乌斯著,张竹明等译,北京:商务印书馆,1996年,第 ix 页。

[2] Quoted in *Biography as an Art: Selected Criticism 1560 – 1960*, ed. James L. Clifford (New York: Oxford University Press, 1962), p.15.

[3] Garraty, *The Nature of Biography*, p.11.

第二章　传记文学的虚构现象

传记之所以缺乏"最关键的材料",是因为这些材料常常被传主有意地销毁了,他们不愿意让别人看到自己"赤裸裸"的"真实",更不愿意让别人拿到"硬邦邦"的"证据"。在遇到这样的难题时,传记作家怎么办?在此,小说的阅读经验无疑给我们提供了有益的启示。在评论《三国演义》时,章学诚对叙述中虚构与真实的关系有过如下论述:

> 凡演义之书,如《列国志》、《东西汉》、《说唐》及《南北宋》多纪实事,《西游记》、《金瓶梅》之类全凭虚构,皆无伤也。唯《三国演义》则七分实事,三分虚构,以致观者往往为所惑乱,如桃园等事,士大夫有作故事用者矣。故衍义之属,虽无当于著述之论,然流俗耳目渐染,实有益于劝惩,但须实则概从其实,虚则明著寓言,不可错杂如《三国》之淆人耳。[1]

《三国演义》不是信史,而是小说。对小说作家提出"实则概从其实,虚则明著寓言"的要求,未免不合情理。但从读者接受的角度来考虑,章学诚的顾虑并非空穴来风。鲁迅就曾把《三国演义》的"七分实事,三分虚构"看做是一种"缺点",理由是"容易招人误会","因为中间所叙的事情,有七分是实的,三分是虚的;惟其实多虚少,所以人们或不免并信虚者为真。如王渔洋是有名的诗人,也是学者,而他有一个诗的题目叫'落凤坡吊庞士元',这'落凤坡'只有《三国演义》上有,别无根据,王渔洋却被他闹昏了。"[2]当然,把《三国演义》当作信史来读,并非王渔洋一个人。金圣叹和毛宗岗都曾如此。金圣叹甚至认为,《三国演义》是"据实指陈,非属臆造,堪与经史相表里"。[3]

---

[1] 章学诚:"丙辰札记",《章学诚遗书》,北京:文物出版社,1985年,第396—397页。

[2] 鲁迅:《中国小说史略》,《鲁迅全集》第九卷,第323页。

[3] 金圣叹:"三国志演义序",《三国演义》会评本(上),陈曦钟、侯忠义、鲁玉川辑校,北京:北京大学出版社,1987年,第1页。

传记文学理论

对《三国演义》的种种读法说明，虚构是怎样被接受的。"七分实事，三分虚构"，"实多虚少"，"观者往往为所惑乱"，"不免并信虚者为真"。章学诚和鲁迅的用意虽然是提醒小说家，但他们的建议对传记家似乎更为中肯。因为小说家能在小说里做到以假乱真，这不是他的"缺点"，而是恰好证明他的（或经过几代人加工的）叙述已经出神入化。艺术的真实点假成真。从这个意义上讲，小说家没有过错。应该吸取教益的倒是传记家。一般来说，传记作家经过努力能够得到"七分实事"，他所缺乏的常常是那难得的"三分"，也就是噶拉笛所说的"最关键的材料"。没有那"三分"，传主无法活起来。他如果凭自己的想像添上那"三分"，因为"实多虚少"，一般读者可能无法察觉到他的虚构。可是传记作家本人知道，这"三分虚构"往往使他的传记发生了质的变化。

这就涉及历史小说与传记文学的一个基本差别。从真实的理论来说，它们遵守的是不同的一致论（correspondence theory of truth）。一致论的基本观点是，如果一个假说或叙述与事实或经验相一致，那么它就是真实的；反之，就不是真实的。[1] 历史小说的"七分实事，三分虚构"显然不需要追求叙述与事实完全一致，因此它所遵守的是部分的一致论。传记则不同。司马迁曾这样总结自己的传记成果："余所谓述故事，整齐其世传，非所谓作也。"[2] 在《文心雕龙》里，刘勰认为史传是"文非泛论，按实而书"。[3] 传记作家克理伏对事实的真实论述得最为详尽。他的结论是："传记家的职责就是再现真实。他应该不遗余力地贴近真实。"[4] 凡此

---

[1] Bertrand Russell, *An Inquiry into Meaning and Truth* (London: Unwin Paperbacks, 1980), p.289.

[2] 司马迁:《史记》,北京:中华书局,1982 年第 2 版,第 3299—3300 页。

[3] 刘勰:《文心雕龙注》（上）,范文澜注,北京:人民文学出版社,1958 年,第 286 页。

[4] James L. Clifford, *From Puzzles to Portraits: Problems of a Literary Biographer* (Chapel Hill: The University of North Carolina Press, 1970), p.81.

第二章 传记文学的虚构现象

种种说明,就事实的真实而言,传记作家所恪守的不是部分的一致论,而是完全的一致论:"实则概从其实,虚则明著寓言。"因此,传记里不能对事实进行"三分虚构"。对于那"三分""最关键的材料",他采取的方法应该是"文疑则阙,贵信史也"。[1]恪守事实的真实,传记作家才不至于改变传记的根本属性——历史性。

可是,传记并不是纯粹的历史,它还需要表现传主的个性。也就是说,除事实的真实之外,传记还需要另一种真实。对此,传记家安德烈·莫洛亚(André Maurois)有过清晰的描述:

> 一个现代传记作者,如果他是诚实的,便不会容许自己这样想,"这是一个伟大的帝王,一位伟大的政治家,一位伟大的作家;在他的名字的周围,已经建立了一个神话一般的传说,我所想要叙说的,就是这个传说,而且仅仅是这个传说。"他的想法应该是,"这是一个人。关于他,我拥有相当数量的文件和证据。我要试行画出一幅真实的肖像。这幅肖像将会是什么样子呢?我不晓得,在我把它实际画出之前,我也不晓得。我准备接受对于这个人物的长时间思量和探讨所向我显示的任何结果,并且依据我所发现的新的事实加以改正。"(曹聚仁译)[2]

很明显,所谓"真实的肖像"其实是不存在的,它是在事实的基础上"对于这个人物的长时间思量"的结晶,而且要把传主画成"一个人",还是写成"神话一般的传说"就不可避免地涉及传记作家的叙述和阐释。另一位传记大家理查德·艾尔曼(Richard Ellmann)也表达了同样的观点:"传记离开档案材料寸步难行,但最好的传

---

[1]《文心雕龙注》(上),第287页。
[2] André Maurois, *Aspects of Biography* (New York: D. Appleton & Company, 1929), p.14.

记还要有思想、推断和假说。"[1]这说明,传记离不开档案,离不开事实,但要"画出一幅真实的肖像",这些是不够的。

吴尔夫明确地提出了传记里的两种真实的观点。在她看来,传记的艺术是最难的艺术,因为它需要把两种不可能的真实融为一体:

> 事实的真实和虚构的真实水火不容。可是他(传记家)最迫切地需要把这两者糅合在一起。因为虚构的生活在我们看起来更真实,它专注的是个性,而不是行为。我们每一个人与其说是谷物交易所的约翰·史密斯,还不如说更像丹麦王子哈姆雷特。因此,传记家的想像力不断受到激发,用小说家的艺术——谋篇布局、暗示手法、戏剧效果——来拓展私生活。然而,如果他滥用虚构,不顾真实,他的作品只会出现不和谐。结果,他会失去两个世界:他既不能享受虚构的自由,也不能得到事实的精髓。[2]

这段文字最主要的贡献在于指出了"虚构的真实"与表现"个性"之间的关系。可是,"小说家的艺术——谋篇布局、暗示手法、戏剧效果"严格来说算不上"虚构的真实",而是更多地属于"叙述的真实"的范畴。在谈论小说与回忆录的界限时,金克木的着眼点就是"叙述的真实"。他说道:

> 书中自有一个世界。书写得好,假的也成真的;书写得不好,真的也成假的。小说体的回忆录,回忆录式的小说,有什么区别呢?真事过去了,再说出来,也成为小说了。越说是真的,越是要人以假当真。越说是虚构,越是告诉人其中有真

---

[1] Richard Ellmann, "Freud and Literary Biography", *American Scholar*, 53 (Autumn 1984): 472.

[2] Virginia Woolf, "The New Biography", *New York Herald Tribune Books*, October 30, 1927, pp.1-6.

第二章 传记文学的虚构现象

人。我最佩服太虚幻境的对联:"假作真是真亦假,无为有处有还无。"若不是研究,何必追问真假呢?[1]

从研究的角度出发,我们有必要弄清楚书中的世界到底是怎么回事,特别是"书写得好,假的也成真的"的原因。实际上,"书写得好"的关键在于"叙述的真实"。那么,什么是"叙述的真实"呢?唐纳德·司班斯(Donald Spence)这样解释道:

> 叙述的真实可以定义为一个标准。这个标准是我们用来衡量什么时候某个经验被描述得令人满意。叙述的真实依赖连续性、封闭性和各个部分所组成的终极美感。当我们说某某故事写得好,某个解释有说服力,某个迷案的解答肯定是真实的,我们所指的就是叙述的真实。某个特定的书写一旦获得叙述的真实,它跟其他的真实一样可信。[2]

如果我们用一种真实的理论来概括这种真实的话,那就是真实的一贯论(coherence theory of truth)。这种理论的基本观点是,真实并不是叙述与事实之间的关系,而是叙述各成分之间的关系。[3]要再现传主的个性,传记作家就必须选择一类事实以确保叙述的"连续性"。他会毫不迟疑地舍弃与传主个性不符的材料,甚至会像拜伦的传记作家那样把不用的传记材料付诸一炬。这样,他的叙述才能具有自成一体的"封闭性"。为了取得"终极美感","事实必须经过处理:有些事实要增加亮色;有些事实要涂暗。"[4]其结果,一个前后一贯的个性就呼之欲出了。一贯论是一

---

[1] 金克木:《金克木小品》,北京:中国人民大学出版社,1992年,第147页。

[2] Donald Spence, *Narrative Truth and Historical Truth: Meaning and Interpretation in Psychoanalysis* (New York: W. W. Norton and Co., 1982), p.31.

[3] 沃尔什:《历史哲学——导论》,何兆武、张文杰译,北京:社会科学文献出版社,1991年,第73页。

[4] Virginia Woolf, "The New Biography", *New York Herald Tribune Books*, pp.1-6.

个来自文本世界的要求,跟任何叙事作品一样,传记也要遵守这个原则。

可见,传记作家兼顾的是两个真实:事实的真实和叙述的真实。前者要求他信守一致论,后者需要他服从一贯论。综合起来,一致的一贯论就构成了传记文学的特殊的真实性。

在这样的背景下,我们就比较好理解传记里的虚构。传记的虚构本质上是一种"死象之骨"式还原。从事实的真实出发,传记作家没有权利增减象骨,更没有权利替换象骨。他不能"因文生事",但叙述的真实却要求他"以文运事"。[1] 钱钟书对这个过程的描述入木三分:

> 史家追叙真人实事,每须遥体人情,悬想事势,设身局中,潜心腔内,忖之度之,以揣以摩,庶几入情合理。盖与小说、院本之臆造人物、虚构境地,不尽同而可相通;记言特其一端。《韩非子·解老》曰:"人希见生象也,而得死象之骨,案其图以想其生也;故诸人之所以意想者,皆谓之象也。"斯言虽未尽想像之灵奇酣放,然以喻作史者据往迹、按陈编而补阙申隐,如肉死象之白骨,俾首尾完足,则至当不可易矣。[2]

"肉死象之白骨",这何尝不是对传记文学虚构的写真?

第二节　传记文学虚构的成因

真实是传记之本。胡适指出:"传记最重要的条件是纪实传真。"[3] 哈罗德·尼科尔森(Harold Nicolson)也认为:"优秀传记

---

〔1〕 金圣叹:"读第五才子书法",《水浒传》会评本(上),第16页。
〔2〕 《管锥编》第一册,第166页。
〔3〕 胡适:"南通张季直先生传记序",《胡适文存》三集,上海:亚东图书馆,1930年,第1088页。

第二章 传记文学的虚构现象

的核心是真实。"[1]传记家约翰逊说得更为详尽:

> 每一个故事的价值依赖于它的真实性。一个故事要么是一幅个人的画像,要么是一幅普遍人性的画像。如果它是假的,那么它就分文不值。[2]

一般来说,总的原则是不错的,可是,一旦落实到具体的作品,我们发现问题远非如此简单明了。

写自传时,胡适本人就一时忘记了"传记最重要的条件"。在他看来,"小说式的文字""可以让我(遇必要时)用假的人名地名,描写一些太亲切的情绪方面的生活。"[3]尽管他后来觉得这条路走不通,但他仍然保留了"用想像补充的部分"。[4]其结果,《四十自述》的"序幕"("我的母亲的订婚")成了一篇大胆尝试的虚构故事。同样,在《伊丽莎白和埃塞克斯》(Elizabeth and Essex: A Tragic History)里,新传记巨擘利顿·斯特雷奇(Lytton Strachey)浓墨重彩地描写了女王和伯爵之间的"太亲切的情绪方面的生活"。可是传记家既没有大量的日记作依据,也缺乏可靠的书信当佐证,他怎么知道两位古人彼时彼刻的感情波澜?难怪美国传记名家道格拉斯·弗里曼(Douglas S. Freeman)义愤填膺地说:"我认为,对我们这代人所犯下的所有的弄虚作假中,这部'心传'可以说是罪魁祸首。"[5]

这两部传记文学里的杰作指出了同一个问题,真实诚然可贵,但虚构却难以杜绝。因此,了解传记文学中存在着虚构的现象固

---

[1] Harold Nicolson, *The Development of English Biography* (London: Hogarth Press, 1927), p.82.

[2] James Boswell, *Life of Samuel Johnson*, Vol. I (London: J. M. Dent & Co., 1906), p.609.

[3] 胡适:《四十自述》,第4—5页。

[4] 同上书,第5页。

[5] Douglas Southall Freeman, *Lee*, ed. Richard Harwell (Charles Scribner's Sons, 1961), p.xii.

传记文学理论

然重要,但更重要的是探讨虚构所产生的原因以及力避虚构的种种尝试。

强做无米之炊是传记文学中产生虚构的主要原因。

写传记或自传需要材料,这是不言而喻的。可是不少传记作家会惊讶地发现,关于传主的"可传性"材料惊人地少,有些古代人物的生平资料甚至是一片空白。传记资料和自传资料的匮乏不但没有成为做传的障碍,反而常常诱使传记作家运用想像来填补空白,重构传主的一生。9世纪的安格内勒斯主教(Agnellus, a Bishop of Ravenna)直言不讳地承认,他在给他的前任做传时,"为了不让系列里出现空档,我亲自创作了传记。灵感来自上帝的帮助和兄弟们的祷告。"[1]

然而,也有一些传记作家和学者一直在摸索如何解决这个传记文学里的第一难题。他们的尝试或得或失,但一样有启示。

有趣的是,"说不尽的莎士比亚"在传记事实方面却不具有说不尽性。在"题威廉·莎士比亚先生的遗著,纪念吾敬爱的作者"(To the Memory of My Beloved Master William Shakespeare and What He Hath Left Us)一诗中,剧坛大家本·琼生(Ben Jonson)自豪地写到:

> 得意吧,我的不列颠,你拿得出一个人,
> 他可以折服欧罗巴全部的戏文。
> 他不属于一个时代而属于所有的世纪![2]

可是,对于这样伟大的作家,琼生除了把他拿来跟英国作家对比,然后用希腊罗马作家来衬托之外,只给我们提供了一点点事

---

[1] Quoted in *Biography as an Art: Selected Criticism 1560 – 1960*, p. x.

[2] 杨周翰选编:《莎士比亚评论汇编》(上),北京:中国社会科学出版社,1985年,第13页。

第二章 传记文学的虚构现象

实:莎士比亚"不大懂拉丁,更不通希腊文"。[1] 当然,由于诗歌本身的容量,他不可能多谈莎士比亚的生平,但莎翁生平几乎是空白,这也是事实。莎士比亚的传记作家罗斯(A.L.Rowse)就指出:

> 乔叟除外,关于生平事实方面,我们对威廉·莎士比亚的了解胜过任何一位出生在他之前的大作家。可是,考虑到莎士比亚是举世公认的最大的英语作家,这些传记事实少得令人失望。我们不知道这个人是谁,他的信仰是什么,他是如何体味人生的喜怒哀乐的,他是怎样写出他那些让人叹为观止的抒情、叙事和戏剧诗的。[2]

这顿无米之炊,传记作家怎么做?王佐良在"刘译伯吉斯《莎士比亚传》序"里指出了这类传记的两种做法:

> 莎士比亚的传记不好写,因为关于他的生平,后人所知甚微。全部有关他的事迹,可以在 S. 宣恩庞的《莎士比亚文献传记》(1974)一书找到。然而宣恩庞此书虽对研究者有用,却没有多少可读之处。可读的普及性传记并非没有,然而往往是靠渲染当时社会和演出情况,加上对莎剧的逐剧介绍,虽然看起来很热闹,却无多少传记价值。
>
> 现在这本书也未必是理想的传记,但有一些可取之处。首先,作者曾写过一本小说,叫做《什么也比不了太阳——莎士比亚的爱情生活》(1964)。那是凭想像力写成的传奇,虚构多于事实。但也正因为在那里他的虚构能力已经得到满足,在这本新作里倒像是改邪归正了,写得比较紧扣事实,只有一处——即《哈姆雷特》一剧的初演日的那段文章——作者声明是凭空想像而写,全书绝大部分是可靠的,用作者自己的话

---

[1]《莎士比亚评论汇编》(上),第12页。
[2] A.L. Rowse, "General Introduction", *Hamlet*, ed. A. L. Rowse (New York: McGraw-Hill Book Company, 1984), p. xviii.

说,也许"太可靠了"。[1]

我们可以感受到莎士比亚传记作家不得已而为之的苦衷。没有传记材料,传记作家往往只有两条路可走。一条是外围式传料汇编。时代背景、演出盛况、剧情赏析、历代影响、国际声誉、经典评论,这些都是关于莎士比亚的事实,不妨全写进传记。可结果正如王佐良所说,"看起来很热闹,却无多少传记价值。"一部传记没有传记的价值,当然不能称其为传记。究其原因,我们不难发现,它所缺乏的正是传记的精髓——传记事实。

另一条就是安东尼·伯吉斯(Anthony Burgess)的路。或者全用小说家法,大胆地抒写莎翁的风流韵事,但明言这是小说;或者关键部位,设身处地,揣摩心境,因文生事,但却向读者打个招呼。前者不属于传记的范畴,至多不过是传记体小说,后者是传记,因为作者已经"改邪归正"。确切地说,作者试图"改虚归真",甚至对仅有的虚构部分也做了"特此声明"。他这样做既保持了填空的自由,又谨守了传记家对真实所发的誓言。

当浦江清写"屈原"时,他也面临着莎士比亚传记作者同样的困境。屈原的"生活也留下许多空白"[2],"为历史材料所限制,对于这位诗人的一生,我们也只能知道个大略。后面的叙述是依据司马迁《史记》里的《屈原传》,参照楚国的史料和屈原的可信的诗篇整理出来的。"[3] 在处理这许多"空白"时,浦江清没有凭空虚构。他的方法虽然不能说是传家解决虚构问题的上策,但不失为值得借鉴的一种途径。关于屈原的"放逐"性质,浦江清没有断然下定论,而是根据史书和诗歌列出当时两种可能性:一种是放外官;一种是合族迁徙。最后,他说:

---

[1] 王佐良:《风格和风格的背后》,北京:人民日报出版社,1987年,第120—121页。
[2] 浦江清:《浦江清文录》,北京:人民文学出版社,1989年,第250页。
[3] 同上书,第233页。

第二章 传记文学的虚构现象

屈原的放逐属于哪一种性质,史书上没有说得明白,我们也难以确定。总之,这一次敌党给他的迫害远比怀王朝的迁谪要严重。[1]

这种案而不断的方法尽管没有提供一个标准答案,但它却顾及了传记的真实性原则。

查理大帝武功盖世,被誉为西方的皇帝。幸运的是,他还遇上了一位有天赋的传记作家艾因哈德(Einhard)。在肯道尔看来,艾因哈德的《查理大帝传》(Vita Caroli Magni)在传记史上的成就跟查理大帝在历史上的成就相比毫不逊色。[2]这样的评论未免言过其实,但艾因哈德至少在一点上为后代的传记家们树立了典范。他没有硬跳事实空白的陷阱,而是"避虚就实":

> 任何有关他的出生(关于查理的生年,有742年,743年,744年,747年等几种说法),幼年时代,甚至少年时代的事,由我来谈都会是可笑的,因为我找不到任何有关这方面的记载,而可以自称对这些事情有亲身了解的人,也没有一个仍然活着。因此我决定不在我不知道的问题上费时间,而直接去描述他的行为、习惯和生活的其他方面。我将先写他在国内和国外的业绩,然后写他的习惯和兴趣,最后写国家的行政管理和他的统治的结束,凡是需要或值得记载的事情,一概不予省略。[3]

传记巨匠詹姆斯·鲍斯威尔(James Boswell)也是如此。对于他不熟悉的早年约翰逊,他落墨不多,而是把场面描写留给了晚年的约翰逊。这种写法的最大优势在于详详略略,取长补短。这样,

---

[1]《浦江清文录》,第248页。

[2] Paul Murray Kendall, *The Art of Biography*, p.48.

[3] 艾因哈德,圣高尔修道院僧侣:《查理大帝传》,戚国淦译,北京:商务印书馆,1996年,第8页。

它既避免了"特此声明"法的画蛇添足,又省略了"案而不断"法的举棋不定。

客观事实的先天不足是无法根治的,但传记作家是面壁虚构,还是采取"避虚就实"法,这跟后天的专业训练不无关系。伯吉斯是小说高手,他的想像是关不住的,即使戴上了事实的镣铐也会情不自禁地跳上几步探戈舞。浦江清纯属学院派,一板一眼,有几分证据说几分话,传记难免写成了学术论文。艾因哈德处理事实与虚构时井水不犯河水,显示了他的职业意识,不愧为传记大家。可是,安格内勒斯主教信则灵,一气呵成就把传记"创作"出来了。这表明,在传记事实和自传事实不足时,传记作家仍然会祈求上帝的灵感,然后自己去创造奇迹。

事实的匮乏能导致虚构,但人为设置的障碍也是传记虚构产生的一个重要的原因。传记要有事实做后盾,才不致流于虚空失实。传记作家最基本的素质就是要有史家累积资料的功夫和辨别真伪的眼力。然而,不幸的是,有些传记作家就连收集资料的机会也没有。传主采取的策略是不合作。他们或销毁书信、日记、笔记,或把其中最关键的部分隐秘不宣。查尔斯·狄更斯(Charles Dickens)、亨利·詹姆斯(Henry James)、马克·吐温(Mark Twain)都曾把关于自己私生活的文件付之一炬,甚至连饱受资料匮乏之苦的精神分析大师西格蒙德·弗洛伊德(Sigmund Freud)也如法炮制,并对他的传记作家露出了狡黠的微笑。在一封信里,弗洛伊德写道:

> 我刚刚做完一件事。一种人会对这件事有切肤的体会,就是那些还没有出生,但注定不幸的人。因为你猜不出这些人是谁,我就告诉你吧。他们是我的传记作家。我已经把我过去十四年的所有日记都毁掉了,还有书信、科学笔记、任何作品的手稿……让传记作家干着急去吧。我不想把他们的工作变得太轻松。让他们每一个人都相信他所写的"传主的心

第二章 传记文学的虚构现象

路历程"是对的。即使现在,一想到他们都会误入歧途,我就喜从中来。[1]

故意销毁传记材料,逼着传记作家走上虚构一路,这种幸灾乐祸的心理在一些传主身上相当普遍。此外,其他人祸也给传记资料带来灭顶之灾。以沈从文为例。据《从文家书》一书的编者称:

> 从作者开始追求张兆和起,到两人终于结为夫妻,大约经历了三年零九个月。其间作者一共给张兆和写了多少情书,没有准确的记录,但估计有几百封,大致符合事实。这些情书全部毁于抗日战争初期硝烟之中。[2]

沈从文的例子仅仅是沧海一粟,其余可想而知。另外,出版社像一把剪刀,常常有目的地把传记材料中最有价值的部分阉割了。如果《鲁迅日记》原封不动地印刷出来,我们就有可能读到一个更为多面的鲁迅。凡此种种,我们可以看到,由于人为的原因,传主生平中最吸引人的、最深层的部分常常无法触及。这不禁使人想起黄永玉笔下的虾子,红红地放在餐桌上的盘子里。黄永玉的题词是:"我为生前的那些隐秘而脸红。"[3] 传记里的情况正好相反。传主往往不必为生前的隐秘而脸红,因为他/她把传料处理掉了,他/她的隐秘将永远是个谜。许多传记不过是对谜的一种解读,并非实有其事。

如果说传记材料不足是造成虚构的"硬件"方面的原因,那么"软件"方面的原因主要来自传记作家自身了。

述奇而不实录,是传记虚构的另一个重要原因。

---

[1] Ernest Jones, *The Life and Work of Sigmund Frued*, ed. Lionel Trilling and Steve Marcuse (Penguin Books, 1961), pp. 26–77.

[2] 沈从文、张兆和:《从文家书》,沈虎雏编,上海:上海远东出版社,1996年,第1页。

[3] 黄永玉:《罐斋杂记》,北京:三联书店,1985年版,第73页。

传记不是传奇，可是不少传记家一心把传记写成传奇。个中原因王充和刘勰都有论述。在《论衡》的"艺增篇"里，王充指出：

> 俗人好奇。不奇，言不用也。故誉人不增其美，则闻者不快其意；毁人不益其恶，则听者不惬于心。闻一增以为十，见百益以为千。[1]

对此，刘勰也有同感。在《文心雕龙》里，他写道：

> 俗皆爱奇，莫顾实理。传闻而欲伟其事，录远而欲详其迹。于是弃同即异，穿凿傍说，旧史所无，我书则传，此讹滥之本源，而述远之巨蠹也。[2]

读者爱奇成性，作者焉能无动于衷？鉴于这种现象的普遍性，约翰逊对传记家提出过忠告："如果传记家单凭个人的经验做传，率尔下笔，一味满足公众的好奇心，那么，他的兴趣、他的恐惧、他的感激、他的柔情就会动摇他那颗忠实的心，诱使他避讳，甚或虚构。"[3]

《史记》里的"赵氏孤儿"是一个因爱奇而虚构的显例。在经过精细的考证之后，赵翼指出：

> 屠岸贾之事，出于无稽，而迁之采摭，荒诞不足凭也。《史记》诸世家多取《左传》、《国语》以为文，独此一事不用二书，而取异说，乃不自知其抵牾，信乎好奇之过也。[4]

为什么会因"好奇"而虚设这个故事？赵翼没有进一步说明，司马迁本人也没有解释。但其他的传记作家没有像司马迁那样保持沉默，常常在书中道出其中原委。在"神圣的克劳狄传"里，苏维

---

[1] 王充："艺增篇"，《论衡》，上海：上海古籍出版社，1990年，第85页。
[2] 《文心雕龙注》（上），第287页。
[3] Samuel Johnson, *The Rambler*, No.60.
[4] 赵翼：《陔余丛考》（上册），北京：中华书局，1963年，第93页。

第二章 传记文学的虚构现象

托尼乌斯叙述了克劳狄的父亲德鲁苏斯短暂而传奇的一生。关于他的死因,苏维托尼乌斯提供了一种说法,认为他是被奥古斯都毒死的,可是他接着就声明:"我记载这个说法主要是为了不致遗漏,并不意味着我相信这是真的或有这个可能。"[1] 聊备一说是一个很好的理由,但皇帝奥古斯都毒死自己心爱的私生子德鲁苏斯,虽系传说,也不失为天下奇闻。至于内容,他显然认为那是虚构:

> 因为事实上,在他活着的时候,奥古斯都非常爱他,一直把他和自己的儿子们一起定为自己的共同继承人,这一点奥古斯都曾在元老院宣布过。德鲁苏斯死后,奥古斯都对人民热情洋溢地赞扬他,祈求诸神使他的皇位继承人都能像德鲁苏斯一样,祈求诸神在他死时也让他能死得像德鲁苏斯那样光荣。奥古斯都不满足于把自己写的一首诗作为墓志铭刻在他的墓碑上颂扬他,而且还写了一篇散文回忆他的生平。[2]

托马斯·富勒(Thomas Fuller)以传记集《英国名人史》(*The History of the Worthies of England*)而著称于世。写传时,他擅长编故事,有时相当自由。对于自己的行为,他有过这样的辩白:

> 我承认,要是写人的出生日期和地点、他们的死亡、他们的名字,还有他们书籍的名字和数量,读起来会味同嚼蜡。因此,时间、地点和人物的空骨架必须用有血有肉的美妙段落来充实。为了这个目的,我有意穿插了许多有趣的故事(不是作为肉,而是作为佐料)。[3]

其结果,富勒的《名人史》成了"最幽默的书之一,几乎每一页都让人受益无穷"[4]。然而,他的批评者威廉·奥迪斯(William

---

[1][2] 《罗马十二帝王传》,第193页。
[3] Thomas Fuller, *The History of the Worthies of England* (London, 1662), p.2.
[4] Waldo H. Dunn, *English Biography* (London, Paris, and Toronto: J.M.Dent & Sons Limited; New York: E.P.Dutton & Co., 1916), p.52.

Oldys)却毫不留情地指出:富勒是"一位爱奇而不可靠的作家",他那些"惊人的故事并不总是可信的"。[1]尽管尼科尔森因该传的详略失当而指责富勒"毫无传才"[2],但富勒用"佐料"来限定虚构的功能,这说明他的传记意识非同一般。爱奇而知其用,虚构就不至于喧宾夺主。

可是,多数传记作家既不像苏维托尼乌斯那样声明某段文字奇而不信,也不像富勒那样心存"肉"与"佐料"之别,他们把一切都天衣无缝地做好,然后使奇人奇事活灵活现地展示在你面前。如果我们比较一下画网巾的两篇传记,我们就会看到传记的传奇化倾向和虚构之间的特殊关联。

戴名世的《画网巾先生传》是传中杰作,"奇"是它的传眼。戴名世为什么着眼于"奇"?这首先跟他所受的影响有关。戴名世不但精读《史记》,而且他还"以班马自命"。[3]潜移默化,司马迁"爱奇"的个性也深深地影响了他。在《孑遗录序》中,汪灏指出:"吾友戴君田有名高虎观,才匹龙门,熟千古之兴亡,探微抉奥;负三长之学业,撮要搜奇。"[4]《清史稿》更进一步把戴名世的"搜奇"与《史记》联系在一起:"喜读太史公书,考求前代奇节玮行,时时著文以自抒湮郁,气逸发不可控御。"[5]除了司马迁的影响之外,戴名世本人的性格也决定了他的"爱奇"风格。在《戴先生传》里,徐宗亮说他"少负奇气"。[6]戴名世自视甚高,狂放不羁,口中出言往往

---

[1] Williams Oldys, "Preface to Biographia Britannia", *Historical and Critical Dictionary* (London, 1747).

[2] Harold Nicolson, *The Development of English Biography*, p. 51.

[3] 徐宗亮:"南山集后序",《戴名世集》,王树民编校,北京:中华书局,1986年,第460页。

[4] 汪灏:"汪灏序",《孑遗录序》,《戴名世集》,第456页。

[5] 赵尔巽等:"戴名世传",《清史稿》第44册,北京:中华书局,1977年,第13,370页。

[6] 徐宗亮:"戴先生传",《善思斋文续钞卷二》,《戴名世集》,第469页。

第二章　传记文学的虚构现象

没有顾忌。这就导致他最后身遭"奇祸"——文字狱。[1]

很自然,当戴名世为画网巾立传时,他最看重的是"奇"。"画网巾先生事尤奇",[2]"画网巾先生事甚奇",[3]戴名世一前一后两次重复"奇"字,好奇之心跃然纸上。关于《画网巾先生传》中"奇"的一面,《中国传记文学史》论述得极为透彻:

> 在行文方面,文章在"画网巾先生事尤奇"的"奇"字上落墨,写得活泼形象,趣味盎然。此事之奇,奇在额上画网巾,奇在隐姓埋名,奇在设法见王之刚,奇在主仆从容就义。作者写"奇",却不是单纯追求一般的文章效果,而是奇中有情,奇中有泪,文中处处都包含着鲜明的爱憎。[4]

张岱也写过画网巾的传记,而且这篇传记还是戴著《画网巾先生传》的蓝本。对比一下两篇传记的细节处理,我们就可以清楚地看到"故事"是怎样诞生的。

先看他们对画网巾一名来历的介绍。张岱采用的是白描手法:

> 画网巾先生,闽人。丙戌九月,清兵破福建,先生同二仆匿邵武光泽山中,不剃发,画一网巾于额。[5]

在戴名世的笔下,画网巾一名的来历被叙述得有声有色:

> 先生者,其姓名爵里皆不可得而知也。携仆二人,皆仍明时衣冠,匿迹于邵武、光泽山寺中,事颇闻于外。而光泽守将吴镇使人掩捕之,逮送邵武守将池凤阳。凤阳命去其网巾,留

---

[1] 萧穆:"戴忧庵先生事略",《敬孚类稿》卷十,顶纯文点校,合肥:黄山书社,1992年,第285页。
[2]《戴名世集》,第169页。
[3] 同上书,第170页。
[4]《中国传记文学史》,第417页。
[5] 张岱:《石匮书后集》,北京:中华书局,1959年,第325页。

于军中,戒部卒谨守之。先生既失网巾,栉盥毕,谓二仆曰:"衣冠者,历代各有定制,至网巾,则我太祖高皇帝创为之也。今吾遭国破,即死,讵可忘祖制乎?汝曹取笔墨来,为我画网巾额上。"于是,二仆为先生画网巾。画已,乃加冠。二仆亦互画也。日以为常,军中皆哗笑之。而先生无姓名,人皆呼之曰"画网巾"云。[1]

比较这两段文字,我们情不自禁要问的第一个问题是,谁的叙述是真实的?很明显,对于画网巾这一传记事实,张岱和戴名世出入较大。一个说,在额上画网巾的行为发生在逮捕前;另一个认为,这是逮捕之后的事。有没有可能他们都对?也就是说,逮捕前后都有在额上画网巾的行为。从戴名世的传记里,我们说这种可能性几乎没有,因为画网巾先生是在到军中之后才被命令去其网巾的。没有更多的事实可资参证,我们很难裁断谁真谁假,但读者一般比较倾向于相信戴名世的叙述,因为他的叙述读起来更合情合理。只有在清军中,画网巾才被剥夺戴明代网巾的自由。可是,合理的叙述等于真实的叙述吗?

在画网巾见王之纲一节里,张岱和戴名世在事实上的出入更大。张岱这样写道:

> 庚寅夏为光泽镇将踪得之,缚至泰宁,见总镇王之纲。问其姓氏。先生曰:"忠未报国,留姓名则辱国;智不保家,留姓名则辱家;危不致身,留姓名则辱身。今邵人呼我画网巾,吾即此姓,即此名矣。"之纲反复开谕,谓肯剃发,即免死。先生曰:"痴人,网巾不忍去,况发乎?死矣,毋多言。"[2]

戴名世大大地丰富了会见之前的过程:

---

[1]《戴名世集》,第169页。
[2]《石匮书后集》,第325页。

第二章 传记文学的虚构现象

当是时,江西、福建间,有四营之役。四营者,曰张自盛,曰洪国玉,曰曹大镐,曰李安民。先是,自盛隶明建武侯王得仁为裨将,得仁既败死,自盛亡入山,与洪国玉等收召散卒及群盗,号曰"恢复"。众且逾万人,而明之遗臣如督师兵部右侍郎揭重熙、詹事府正詹事傅鼎铨等,皆依之。岁庚寅夏,四营兵溃于邵武之禾坪。池凤阳诡称先生为阵俘,献之提督杨名高。名高视其所画网巾斑斑然额上,笑而置之。名高军至泰宁,从槛车中出先生,谓之曰:"若及今降我,犹可以免死。"先生曰:"吾旧识王之纲,当就彼决之。"

王之纲者,福建总兵,破四营有功者也。名高喜,使往之纲所。之纲曰:"吾固不识若也。"先生曰:"吾亦不识若也,今特就若死耳。"之纲穷诘其姓名,先生曰:"吾忠未能报国,留姓名则辱国;智不保家,留姓名则辱家;危不即致身,留姓名则辱身。军中呼我为'画网巾',即以此为吾姓名可矣。"之纲曰:"天下事已大定,吾本明朝总兵,徒以识时知天命,至今日不失富贵。若一匹夫,倔强死,何益?且夫改制易服,自前世已然。"因指其发而诟之曰:"此种种者而不肯去,何也?"先生曰:"吾于网巾且不忍去,况发耶!"[1]

讨论画网巾到底是被迫缚见王之纲,还是主动智会王之纲,在事实不足的情况下很可能会走入死胡同。如果我们探讨一下戴名世为什么写画网巾主动智会王之纲,就比较容易发现问题。画网巾被逮捕了,绑着去见王之纲,这件事自然不足为奇。可是,他智斗清将,主动会见王之纲,以求一死,故事就变得跌宕起伏,异乎寻常了。同样,在交代画网巾名字的来历时,仅仅像张岱那样简单地写一句"画网巾于额",人物无疑显得平淡无奇。然而一旦加上守将的刁难、对二仆的表白,特别是在军人嘲笑面前所表现出的我行

---

[1]《戴名世集》,第169—170页。

我素,画网巾才不愧为一个非常之人。可见,戴名世的传记处处离不开一个"奇"字。他在"事尤奇"上大做文章。这说明,他更注意经营文本内各部分的一贯性,而不是传记文本与客观事实的一致性。[1] 传记的真实与小说的真实不一样,它不仅要求遵循文本内部的一贯性,更需要恪守文本世界与现实世界的一致性。也就是说,传记的真实是一种一致的一贯性。戴名世在追求文本一贯性之经时,忘记了传记还应该有一致性之纬。从同张岱的传记比较中,我们看到他的传记述奇有余,实录不足。

两篇传记关于画网巾就义的部分事实一致,但繁简相去甚远。张岱写得十分扼要:

> (之纲)再谕先生,先生终不屈,亦命斩之。先生欣然出袖中诗一卷,掷于地;复出白金一小锭,掷向刽子手,曰:"此樵川范生所赠,今赠汝。"遂挺立受刀。[2]

戴名世多加了一段对话:

> 之纲复谓先生曰:"若岂有所负耶?义死虽亦佳,何执之坚也?"先生曰:"吾何负?负吾君耳。一等莫效而束手就擒,与婢妾何异?又以此易节烈名。吾笑夫古今之循例而负义者,故此不自述也。"出袖中诗一卷,掷地上,复出白金一封,授行刑者,曰:"此樵川范生所赠也,今与汝。"遂被戮于泰宁之杉津。[3]

两段文字的差异在对话,关键也在对话。画网巾的回答与其

---

[1] 戴名世的传记加入了"四营"的历史事实也许是为了增加"奇"的合理性,并不能证明事实的真实性。王镇远提到这一史实时说:"文章完全是以史传的笔法写出,不仅记述画网巾先生的事迹,而且交织着历史事实的记录。如文中插入清初在江西、福建一带明将遗部——'四营'的活动,就是颇有价值的历史资料。"见王镇远:《桐城派》,上海:上海古籍出版社,1990,第14页。

[2] 《石匮书后集》,第325页。

[3] 《戴名世集》,第170页。

第二章 传记文学的虚构现象

说讲的是他自己的话,还不如说他道出了所有反清复明志士的郁结的心声。从全文看,对话也是整个传记的灵魂。破绽就出在这里。戴名世怎么知道画网巾与二仆的对话?他怎么知道画网巾与杨名高的对话?他又不是目击者,怎么可能把画网巾与王之纲之间的对话描述得如此历历在目?

在《史论》里,戴名世自己给我们提供了一个答案:

> 今夫一家之中,多不过数十人,少或十余人,吾目见其人,吾耳闻其言。然而妇子之诟谇,其衅之由生,或不得其情也;主伯亚旅之勤惰,或未悉其状也。……若乃从数十百年之后,而追前人之遗迹,毁之惟吾,誉之惟吾,其人不能起九泉而自明也。孟子曰:"尽信书则不如无书。"吾于诸家之史亦云。然则史岂遂无其道乎哉。[1]

我们对他的《画网巾先生传》也当作如是观。不过,我们不能因此而轻视戴名世引发的问题:什么是历史之道?我们的问题是,什么是传记之道?更具体地说,什么是戴名世的传记之道?一言以蔽之,爱奇。具有他那样个性("少负奇气")的传记家当然不会仅仅停留在"撮要搜奇"的阶段,他会情不自禁地出奇制奇。知道了这一点,我们就容易理解画网巾这个"故事"的传奇性。[2]

跟化腐朽为神奇的传记作家不同,不少传记作家生来就是偶像破坏者。他们常常带着某个目的对传主进行深度挖掘。其结果,这种深度挖掘常常导致目的性歪曲,从而使传记失真。20世

---

[1]《戴名世集》,第 403 页。
[2] 徐文博和石钟扬抓住了这篇传记的小说性,但又认为它不是小说:"在这些特征性细节、戏剧性场面和典型化环境的描写中,有人物肖像,有心理剖析,有行动,有对话,通过这些写出人物的形象,显示出人物的性格。写得绘声绘色,栩栩如生,诚为小说笔法。戴文末尾,更写得别具匠心,而酷似小说,……《画网巾先生传》写得确实有似小说,但它毕竟不是小说,而是史传文学。"见徐文博、石钟扬:《戴名世论稿》,合肥:黄山书社,1985 年,第 82 页。

纪的传记文学写作发生了前所未有的革新。如果说古代传记多半是"蜜式传记",那么"新传记"和心理传记可以说是对前者的反动。"新传记"的实绩和心理传记的风行代表了读者对传主认知模式的转变,它们成功的主要秘诀在于深度挖掘与艺术触觉并重。心理传记摆脱了长达几个世纪的传记平面化倾向——只有材料,不见心性。"新传记"使传记跻身于文学的殿堂,对艺术性的重视不但增加了传记的可读性,而且也拓展了传记的内涵。斯特雷奇、莫洛亚、路德维希(Emil Ludwig)的成就,艾瑞克逊(E. H. Erikson)、琼斯、欧文·斯通(Irving Stone)的畅销,使得传记作家们对"新传记"和心理传记一时趋之若鹜。可是,让人失望的是,"新传记"继几位大家之后几乎后继乏人,一方面是因为后继者们大多缺乏斯特雷奇和莫洛亚所特有的文学天赋,但更主要的原因是,斯特雷奇所倡导的以"暴露"[1]为目的的做传理念,往往给人一种天下皆乌鸦之感,其歪曲性显而易见。相比而言,心理传记虽然香火较旺,但问题似乎更多。首先,心理传记遇到的问题是资料的严重不足。要刻画一位传主的心理,就必须有足够的可资引证的心理素材。事实上,对大多数传主来说,这类心理材料是极为稀少的。即使幸运遇到一定数量的心理材料,另一个问题是"有了这些材料之后,困难在于它们并不符合精确的实验性观察的条件。而且我们没有足够的论据来确保这些材料的真实性"。这样,心理传记就难免"突破有限的资料而诉诸玄思妙想"。[2]其次,心理传记作家大多是一元决定论者。具体说来,传主的一切行为均由某种特定的心理"情结"预先决定了。这种单一的心理决定论至少是不全面的,姑且不论其概念的先行性。事实上,心理传记如果说一开始还给人一种发人之所未见的震撼的话,那么,我们不久就发现众多的心理传记

---

[1] Lytton Strachey, *Eminent Victorians* (G. P. Putnam's Sons, 1918), p. vii.

[2] L. H. Hoffman, "Early Psychobiography, 1990 – 1930: Some Considerations", *Biography* 7 (Fall 1984):345 – 347.

第二章 传记文学的虚构现象

在深度挖掘上逐渐暴露出其理论框架的定势。性的经验、情感创伤、恋母(父)情结、自卑情结等几乎成了心理传记家的标准手术刀,用以剖析一切传主。结果自然是"虽耸人听闻,不免强词夺理,欲以一单纯之说理,概括天下之大事"。[1]最后,心理传记的致命弱点在于过分依赖特殊性,以至于把变态的经验普泛化。以精神分析学家荣格为例。尽管他对毕加索的分析不是一部传记,但他的分析方法却被心理传记家们视为圭臬,因而具有代表性。在一家权威季刊的一再请求下,荣格着手分析毕加索绘画中表现出的心理学。他认为:

> 根据我以往的经验,我可以向读者保证:毕加索的心理问题,就其在他的作品中所得到的表现而言,十分类似我的病人的心理问题。

然而,"遗憾的是,我无法证明这一点,因为那些可供比较的材料只为少数专家所知。"[2]尽管如此,荣格仍然断言毕加索具有精神分裂型病人的种种特征。此论一出,读者哗然。荣格不得不出来为自己辩解:

> 在我所进行的讨论中,"精神分裂"一词并不是对作为一种精神疾病的精神分裂的诊断,而仅仅指代一种气质或倾向。[3]

从这几句引文里,我明显地看到荣格是把"病人的心理问题"作为"经验"来推导毕加索的心理问题,其出发点首先是变态问题。一旦遭到误解时,荣格却把他的概念的内涵转移,这就造成了由以往经验得来的知识与分析对象的特殊性明显的不一致性,所以他不得不承认"我的进一步的观察就显得毫无根据,因而需要读者的

---

[1] 汪荣祖:《史传通说》,北京:中华书局,1989年,第105页。
[2] 荣格:《心理学与文学》,冯川、苏克译,北京:三联书店,1987年,第171页。
[3] 同上书,第177页。

善意和想像力"。[1] 荣格个案分析的不尽如意至少提醒心理传记作家,变态经验的普通有效性应该打上一个问号。总之,无论是"新传记家"往传主脸上抹黑,还是心理传记作家挖空心思找症结,他们都有预先设定的目的性,而过分强烈的目的性或多或少会使传记厚此薄彼、虚实失衡。

传记虚构的成因远不止这些,我们之所以选择"强为无米之炊"、"述奇而不实录"等几条加以描述,只是因为它们具有较大的普遍性,更应该引起作者和读者的关注。

第三节 传记文学虚构的形态

在分析了传记中虚构产生的原因之后,我想继续把这一问题深化一下,以便更好地理解传记中虚构的现象。实际上,无论是本尼迪托·克罗齐(Benedetto Croce)("一切真历史都是当代史"),[2]还是柯林武德("我们的所有思想都不可避免地打上历史的烙印,所有的历史都是人类想像的产物"),[3]都没有机械地、教条地、照相式地阐释历史,因此,我们既然把传记属性中重要的一极归于历史,自然是逃不了柯林武德意义上的"想像的产物"。如果我们再分析一下"想像的产物"——虚构——在传记中的几种表现的话,我们可能会较为具体地把握住本身就有点飘忽不定的虚构现象。我选择了传记虚构中较有特色的三种形态,并就每一种形态用传记的实例加以说明。这样做的主要目的是为了说明一致的一贯论后面所隐含的复杂内涵。

原型性虚构是传记虚构的一个重要形态。在认识人的过程

---

[1]《心理学与文学》,第171页。

[2] 参阅《当代西方史学理论》,何兆武等主编,北京:中国社会科学出版社,1996年,第153页。

[3] 见戈登·O.考夫曼:《最有影响的书》,唐润华译,北京:华夏出版社,1990年,第112页。

第二章 传记文学的虚构现象

中,我们无法把一个人(更何况是复杂的历史人物)的所有个性特征透视得一览无余,因此,我们采取的策略是,抓住要点,淡化其余。也就是说,我们常常首先捕捉某个人物的基调性特征,如孔子的仁者形象、苏格拉底的智者身份、丘吉尔的狐狸象征和希特勒的暴君嘴脸。这些意象大致概括了他们各自性格中公认的一面。久而久之,我们就形成了关于这些人物的原型性形象。传记作家常常凭借这些原型形象来进行虚构,因为这些原型已经根深蒂固地沉淀到民族心理里了。换言之,这些原型已经通过各种文化中介变成了荣格意义上的集体无意识。[1]原型性虚构在早期人物传记中较为普遍,最有名的例子是樱桃树的故事。

这个故事出现在梅森·洛克·韦牧斯(Mason Locke Weems)撰写的《华盛顿传》(*The Life of Washington*)里。樱桃树的故事表明了原型性虚构的一般程序。华盛顿病入膏肓之后一个月,韦牧斯决定写他的传记。众所周知,关于华盛顿少年时代的史实不但数量稀少,而且可传性不强,但这难不倒见多识广、想像丰富、善于虚构的韦牧斯。[2]他首先想到,这位伟人之所以做了一番不朽的伟业,是因为他有一些"了不起的品德"。[3]然后,他一一罗列了这些品德:敬重上帝、爱国、高尚、勤奋、节制和公正等等。可是,要塑造一个什么样的少年华盛顿呢?显然,诚实是少年华盛顿举世公认的品德。有了这个集体无意识作基础,他就"创作"了少年华盛顿砍倒樱桃树,并向父亲勇于认错的故事。具有讽刺意味的是,这个虚构的诚实故事却不胫而走。华盛顿传记作者贝拉·科拉尔(Bella Koral)说:

---

[1] 参阅《心理学与文学》,第 53—93 页。

[2] See Van Wyck Brooks, *The World of Washington Irving* (Philadelphia: The Blakiston Company, 1944), p. 4.

[3] Mason L. Weems, *The Life of Washington*, ed. Marcus Cunliffe (Cambridge, Massachusetts: The Belknap Press of Harvard University Press, 1962), p. xv.

传记文学理论

多年来,我们一遍又一遍地讲述关于华盛顿少年时代的故事,尽管我们不能肯定这些故事确实发生过。这些故事已经变成了美国故事的一部分。[1]

在100年的时间里,韦牧斯的《华盛顿传》就出了八十多版,从而使他成为"美国历史上最著名的英雄故事的作者"。[2]

可是,并非所有的传记作者都能得到读者的普遍认同。《近代二十家评传》的作者王森然就是一例。在记述鲁迅的文章里,作者写道:

> 先生上课,至独早;去至迟。尝挟书包,至大红楼前,列席栅中便饭。玉蜀窝头,荞面条子,与人力车夫,卖报童叟,共坐一凳,欣然大餐。[3]

姜德明在引用了这一段话之后,加上评论说,这倒是显示了鲁迅在生活上的平民化倾向。不过,他认为,这与鲁迅的日常生活习惯有点距离。接着,他还引用了王森然作品中另一段描写鲁迅的话:

> 先生上课时,其铅笔横置右耳上,备以更正讲义中之错字者。有时畅谈,一小时不动讲义,其笔仍置耳上不动。下课后先生至棚中吃饭,余踽踽其行,至御河桥上,北望五龙亭,挟书伫立。先生口衔纸烟,囚发蓝衫,坐人力车过此,微笑点头,视之,其笔仍在耳上也。[4]

---

[1] Bella Koral, *George Washington: The Fat f Our Country* (New York, 1954), no pagination.

[2] Jerry Wallace, *A Person at Large* (Christ Church, Springfield, Illinois, 1927), p.11.

[3] 王森然:《近代名家评传》初集,北京:三联书店,1998年,第284页。本书1932年原版和1984年重版时书名均为《近代二十家评传》。

[4] 《近代名家评传》初集,第284页。

第二章 传记文学的虚构现象

下面是姜德明的一段评语：

> 这个细节描写的人倒像旧社会的账房先生或交易人的风度，还没有哪位听过鲁迅先生讲课的人如此说过。至少，我对此抱有怀疑态度。……如果有哪一位艺术家，欣赏耳朵上铅笔的这个细节，那肯定会损害鲁迅先生的形象。[1]

王森然笔下的细节是否符合事实的真实，我们已经无法考证，因为从文章来看，作者似乎是惟一的目击者。我们所关心的是姜德明的评论。姜德明不在场，他为什么"怀疑"这个细节？欣赏耳朵上夹铅笔这个细节"肯定会损害鲁迅先生的形象"，他的论断所凭借的依据是什么呢？鲁迅先生的形象不同于耳朵上放铅笔的"账房先生"和"交易人"，那么鲁迅先生的形象是什么呢？

鲁迅不是一个单面的人，他的性格里有着某些"分裂"："忽而爱人，忽而憎人，有时为己，有时为人。"[2] 正是由于鲁迅性格的复杂性，这就导致了鲁迅形象的多样性。在20年代后期写的"鲁迅论"里，茅盾就试图回答"鲁迅是怎样的一个人呢"这个问题。他摘录了三篇有特点的鲁迅印象记，一篇是小学生马珏的；一篇是曙天女士的；一篇是大学教授陈源的。这三个人的鲁迅印象可是说南辕北辙，茅盾是这样总结的：

> 在小学生看来，鲁迅是意外地不漂亮，不活泼，又老又呆板；在一位女士看来，鲁迅是意外地并不"沉闷而勇猛"，爱说笑话，然而自己不笑；在一位大学教授看来，鲁迅"很可以表出一个官僚的神情来"——官僚，不是久已成为可厌的代名词么？[3]

---

[1] 姜德明：《燕城杂记》，杭州：浙江文艺出版社，1987年，第14页。
[2] 乐黛云主编：《当代英语世界鲁迅研究》，南昌：江西人民出版社，1993年，第6页。
[3] 茅盾：《茅盾论创作》，上海：上海文艺出版社，1981年，第112页。

传记文学理论

茅盾自己并不认同上述印象,他要从鲁迅的作品里找他的鲁迅印象。他寻找的结果是,鲁迅的"胸中燃着少年之火,精神上,他是个'老孩子'"。[1]"呆板"和"爱说笑话","官僚的神情"和"老孩子",如此截然不同的印象却集于同一个人的身上,这说明没有集体意识的参与,个人的、直观的杂感式印象很难积淀为一个普遍接受的原型性形象。

李长之长于传记批评,善写"人格形相"。[2] 20世纪30年代,他在《鲁迅批评》里把鲁迅定位为"诗人"和"战士"。他说:

> 倘若诗人的意义,是指在从事文艺者之性格上偏于主观的,情绪的,而离庸常人的实生活相远的话,则无疑地,鲁迅在文艺上乃是一个诗人;至于在思想上,他却止于是一个战士。[3]

李长之是一位富有理性激情的批评家,说鲁迅是"诗人"可以说是他批评个性的一个折射,并没有引起广泛的共鸣。但"战士"形象,经过政治阐释的介入,无疑成了鲁迅的一个标准像。这不禁使人想起鲁迅1930年9月24日五十岁时摄于上海的照片——一位横眉冷对型的战士。这个形象在相当长的时间内一直是多种鲁迅传记的原型,如80年代林志浩的《鲁迅传》[4]和90年代陈漱渝的《鲁迅》。[5]《鲁迅传》部分章节的标题,如"精神界之战士"、"'彷徨'——从探索走向战斗"、"直面淋漓的鲜血",清楚地显示了传主的主导形象。在陈漱渝的传记里,这个形象更为显豁。传记

---

[1]《茅盾论创作》,,第119页。

[2] 参阅温儒敏:《中国现代文学批评史》,北京:北京大学出版社,1993年,第290—295页。

[3] 李长之:《鲁迅批判》,《李长之批评文集》,郜元宝、李书编,珠海:珠海出版社,1998年,第108页。

[4] 林志浩:《鲁迅传》,北京:北京出版社,1981年。

[5] 陈漱渝:《鲁迅》,北京:中国华侨出版社,1997年。

第二章　传记文学的虚构现象

第一章的标题为"兽乳养大的英雄",中经"窃天火的人",最后是"壮烈的冲刺"。这里,我们丝毫看不到"后生小子"所诋毁的"树人颓废,不适于奋斗"的一面。[1]

姜德明谙熟文坛掌故,曾经"遍查鲁迅研究书目",[2]他自然熟悉鲁迅的这个原型性形象。他的鲁迅轶事多数相当冷僻,但鲁迅在其中常常扮演着"战士"的角色。在"鲁迅与沈兼士"一文里,姜德明提到他们"签名声援女师大同学的正义斗争",甚至给鲁迅1932年的北上探亲也加上一个"一方面战斗"的任务。[3]关露的文章(1943年)"在鲁迅研究文献中也许不会有多少学术价值",但姜德明认为,"它是诞生在敌巢中,有着特殊的纪念意义",并引用了两句,其中之一便是:"他(鲁迅)曾把他的生命作为战场,文章作为他的武器。"[4]显然,"战士"这个形象通过20世纪三四十年代的不断阐发,逐渐凝固为原型性形象,姜德明在80年代的轶事里承继了这一原型。这就是为什么他不能接受王森然的细节,他的依据跟这个原型性形象不无关系。

从对原型性虚构的描述中,我们可以看到它的表现形式是不一样的。樱桃树的故事从抽象的品德出发演义出一段具体的故事,而鲁迅的"战士"原型主要表现为排他性。"平民化"的鲁迅、"分裂"的鲁迅、"呆板"的鲁迅、滑稽的鲁迅、"官僚"的鲁迅、"老孩子"的鲁迅、"诗人"的鲁迅,全被"战士"的鲁迅打跑了。鲁迅论述过选本的弊端,他的话移诸原型性虚构,也可以说是切中肯綮。在他看来,陶渊明"实在飘逸得太久了":

> 就是诗,除论客所佩服的"悠然见南山"之外,也还有"精卫衔微木,将以填沧海,形天舞干戚,猛志固常在"之类的"金

---

[1]《现代中国文学史》,第504页。
[2] 姜德明:《书味集》,北京:三联书店,1986年,第14页。
[3] 同上书,第7—9页。
[4] 同上书,第16页。

刚怒目"式。在证明着他并非整天整夜的飘飘然。这"猛志固常在"和"悠然见南山"的是一个人,倘有取舍,即非全人,更加抑扬,更离真实。譬如勇士,也战斗,也休息,也饮食,自然也性交,如果只取他末一点,画起像来,挂在妓院里,尊为性交大师,那当然也不能说是毫无根据的,然而,岂不冤哉![1]

勇士只战斗,单取这一点,"即非全人,更加抑扬,更离真实",所以说,原型性形象本身就隐含着虚构。尽管原型性虚构的表现形式不一样,但却有一个共同点,就是它们的产生都是以一个民族的集体无意识为依托的。国家需要集体的原型,传记就输送民族的英雄,虚构自然要"为人民服务"。

罗兰·巴特(Roland Barthes)说:"技术即一切创造之本身。"[2]同样,传记里的"创造"也离不开技术。技术性虚构是传记中最常见的一种虚构形式。这里的技术是指《文心雕龙》总术篇意义上的"术",即创作中的各种文学手法。语言的修辞处理、对话的戏剧化、叙述的聚焦过程都或隐或现地参与了对事实的改变。技术性虚构与其他形式的虚构不同在于,它的立足点是为了创造一个美学效果。也就是说,这是文本的世界对传记作家提出的要求。一般来说,这种形式的虚构比较容易被读者接受,传记作者也没有多大的精神顾虑。但这种虚构并非毫无问题。作家注重表现效果无可厚非,可过分追求表现效果往往容易滑入虚构。在一篇关于废名的传记随笔中,周作人这样写道:

> 余识废名在民十以前,于今将二十年,其间可记事颇多,但细思又空空洞洞一片,无从下笔处。废名之貌奇古,其额如

---

[1] 鲁迅:《且介亭杂文二集》,《鲁迅全集》第六卷,第422页。
[2] Roland Barthes, "The Structuralist Activity", *Critical Theory Since Plato*, ed. Hazard Adams (Harcourt Brace Jovanovich, Inc., 1971), p.1197.

第二章 传记文学的虚构现象

螳螂,声音苍哑,初见者每不知其云何。[1]

"貌奇古"是个怎样的形象,"其额如螳螂"是个什么样子,我们心有所悟,但"细思又空空洞洞一片"。针对这几句话,汪曾祺曾说:

> 1948年我住在北京大学红楼,时常可以看到废名……我注意了他的相貌,没有发现其额如螳螂,也不见有什么奇古。——一个人额如螳螂,是什么样子呢?实在想像不出。[2]

然而,这几句话却不时被人引用,[3] 或常常被人谈及,原因在于,它们能给人无限的想像空间和独特的审美感受。

对话是传记中最吸引人的部分,也是显示传记家功力的部分。司马迁和普鲁塔克的传记之所以写得虎虎有生气,很大程度上得益于精彩的对话。然而,问题是,当传主在说话时,传记作家在场吗?即使包斯威尔这样得天独厚的作家,也是事后才整理一些对话,更何况那些无法拥有在场机会的传记家。他们连整理对话的机会也没有。对他们来说,对话在多大程度上是可靠的呢?关于这一点,美国传记作家欧文·斯通表现了一个传记家应有的坦诚。在《梵高传》的附记中,他写道:

> 读者也许会暗自发问:"这个故事在多大程度上是真实的呢?"对话不得不是虚构的,必要时也有纯小说的夸张,如玛雅一场,那是读者可以毫不费力地辨认出来的。书中的货币均以法郎代替。我还描写了几个尽管无据可查,但我相信完全有可能发生的小插曲,如塞尚和梵高在巴黎的邂逅。除去上

---

[1] 周作人:"怀废名",《古今》,1943年4月,第20—21期,署名药堂。
[2] 汪曾祺:《汪曾祺文集》文论卷,南京:江苏文艺出版社,1994年,第129页。
[3] 参阅张中行:《负暄琐话》,哈尔滨:黑龙江人民出版社,1986年,第69页;吴方:《世纪风铃——文化人素描》,北京:人民文学出版社,1992年,第147页。

述在技术上大胆采取的措施之外,本书的内容完全是真实的。[1]

这里,斯通并没有谈及他在技术上大胆虚构的目的。事实上,每一位阅读该传的读者都有一种感觉,《梵高传》读起来比一部小说更富有刺激性。斯通牺牲了事实的真实,目的是为了给读者提供一种更为纯粹的艺术享受。牺牲了事实的真实,这就是为什么他的传记基本上被归为传记小说。

传记里离不开对话,可是对话又不能全凭想像来填空。怎么处理这一难题? 美国名诗人卡尔·桑德堡(Carl Sandburg)的《林肯传》(*Abraham Lincoln: The Prairie Years*, 1926; *Abraham Lincoln: The War Years*, 1939)可谓是呕心沥血之作,然而,其中的对话却受到了无情的批评。在描写青年林肯与安妮·卢特丽姬之间的爱情场面时,桑德堡写道:

> 他(指林肯)浑身颤抖,心潮起伏。而这时,她(卢特丽姬)总是简单地问道:"瞧,玉米又长高了,不是吗?"

大批评家爱德蒙·威尔逊(Edmund Wilson)对这种虚构十分反感,他反讽道,"是的,玉米又长高了",并把它斥之为"传奇的、伤感的废话"。[2]后来,桑德堡删掉了这一细节。经过这样的处理,《林肯传》后来没有引起什么非议。可见,技术性虚构能否得到读者的认同,仍然需要事实的真实作为基础。想像的成分只有建基在坚实的文献之上,才容易站得住脚。当代传记大家迈克尔·霍尔罗伊德(Michael Holroyd)在解决这个难题时给我们提供了一个行之有效的方法。霍尔罗伊德的传记中也有对话,但他写这些对话时有一个原则,即它们必须脱胎于书信、日记、回忆录等自传材料。

---

〔1〕 欧文·斯通:《梵高传》,常涛译,北京出版社,1987年,第551页。
〔2〕 Quoted in *American Writers*, ed. Leonard Unger (New York: Charles Scribner's Sons, 1974), p.588.

第二章 传记文学的虚构现象

这样,对话就言有所据,语有所本。[1]这就使读者确信,传记中的对话虽然掺入了传记家自己的东西,但它们根本有别于小说性虚构,它们来源于可信的自传材料,本质上属于形式转换的范畴。

"修辞的确能点缀真实",可是"在真假之间,修辞更适合作假"。[2]肯道尔也同样表达了对文学技巧的不信任感:"文学手法不管它本身多么让人企慕,可是它一旦把传记材料拽出传记文学的范围,它对真实的危害更大,因为它更加隐蔽。"[3]技术性虚构不越位,它就需要在两个真实的世界里操戈运斤:事实的真实与叙述的真实。一致的一贯性是它的黄金律。

最后,我们经常看到,在一些自传性作品,如日记、书信、回忆录里,传主心理上最隐秘的部分往往有意识或无意识地通过特殊的符码(如暗语、符号、省略、代号、修改等)表露出来。这就形成一些难得的"症候",这些"症候"有时本身就构成了虚构。此外,传记作家对这些"症候"极为敏感。可是这些通向心灵的隧道总是"仿佛若有光"。传记作家在山穷水尽之后常常根据有限的材料来大胆地建构。这种性质的虚构,我们也称之为症候性虚构。"症候"这一术语来自法国哲学家路易·阿尔都塞(Louis Althusser)。[4]根据阿尔都塞的观点,作品中写得最完美的部分是作家意识形态隐蔽得最好的部分,因而很难察觉出问题。研究者如果从作家叙述的盲区、文本的禁忌和风格的裂缝入手,就会更好地找到问题的突破口。[5]这一理论对传记文学的研究至关重要,因为我们过去的研究习惯于对显现的部分加以探讨,而往往忽略了那些潜在的"症

---

[1] 赵白生:"霍尔罗伊德——为打破偶像者立传的作家",《人物》,1995年第3期,第170页。

[2] Dunn, *English Biography*, p.96.

[3] Kendall, *The Art of Biography*, p.9.

[4] Cf. Louis Althusser and Etienne Balibar, *Reading Capital*, trans. Ben Brewster (New York, 1970).

[5] 乐黛云等主编:《世界诗学大辞典》,沈阳:春风文艺出版社,1993年,第768页。

候"。在实际生活中,同可视的外在行为相比,传主内心的"症候"更为重要,因为后者常常是前者的导火线。因此,传记创作和研究不应该对这一复杂的现象视而不见。

日记是自传和传记写作的主矿源,我们不妨从日记入手来讨论症候性虚构这一现象。根据沈卫威的《茅盾传》透露,茅盾在晚年不断地"加工改造"自己日记中的一些细节,如1960年1月17日的日记内容原为"看电视转播《林则徐》,此剧甚好"。但后来作家却把它"处理"成"看电视转播《林则徐》,此剧甚坏"。[1] 20世纪90年代中期,上海人民出版社推出了刘心武、沙叶新、赵丽宏等人的"名人日记"。赵丽宏认为,日记是"一件非常私人的事情,从来没有想过还要给别人看",但他还是说服了自己,写了一本日记体的书。"日记发表出来,会不会让人觉得造作和虚假?"这是他写作前的"困惑"。[2] 刘心武向读者"特别""保证",他的日记"均非虚构",但他还是承认"对原始状态的日记作了一些调整润色,并删去了不愿公诸于众的私秘部分。"[3] 沙叶新声称,日记是"思想的领地、感情的禁苑、心灵的天堂、精神的家园"。可是我们不久就看到作者抛出这样的话:要想看真实的记录,那只有等作者死后了,并说自己的日记"并不全是真花真草,也出售一些塑料花草"。[4] 对此,陆建华一针见血地指出,"做工精细的塑料花草虽然达到乱真地步,仍然不是真花!",并对这些半真半假的日记发出了这样的疑问:"日记能够'创作'吗?"[5] 无论是茅盾"加工改造"日记,还是"名人日记"现象,对一般读者来说,事件本身虽然不好接受,但从传记写作的角度来看,它们都是一些难得的"症候"。透过这些

---

[1] 沈卫威:《茅盾传》,台北:业强出版社,1991年,第225页。
[2] 赵丽宏:《喧嚣与宁静》,上海:上海人民出版社,1995年,第1页。
[3] 刘心武:《人生非梦总难醒》,上海:上海人民出版社,1995年,第2页。
[4] 沙叶新:《精神家园》,上海:上海人民出版社,1995年,第1—3页。
[5] 陈建华:"日记能够创作吗?"《作家文摘》,1995年4月21日,第8版。

第二章 传记文学的虚构现象

症候,我们可以看到作者在外力的作用下所采取的生存策略,并由此折射出他们的心态和个性上的裂痕。

"症候"能够曲径通幽,可是如果把它写进传记,传记作家就有可能冒虚构的危险。在处理胡适之和陈衡哲的关系上,唐德刚目光犀利,一下子抓住了最关键的"症候"——胡适的悼亡诗。他这样写道:

> 胡适之先生平生最反对人取洋名字。但是他却把他自己的偏伶独女取个洋名字叫"素斐"!周夫子(策纵)哪里知道,"素斐"者,Sophia也,"莎菲"也!"为念绿罗裙,处处怜芳草!"这位多情的博士1927年重访美洲,2月5日在仆仆风尘之中,做了个"醒来悲痛"的梦!是"梦见亡女"吗?对的!他梦见"素斐"了。
>
> 我把胡公那首诗里的他那"亡女"的名字,换成英文,周夫子就明白了:
>
> Sophia,不要让我忘了,
> 永永留作人间痛苦的记忆。
>
> 这不是一首缠绵悱恻的一石双鸟,悼亡、怀旧之诗吗?谁说《胡适的诗》一定是"看得懂,念得出"呢?![1]

此"素斐"是不是彼"莎菲"?苏雪林完全持否定态度:

> 胡博士替女儿取名"素斐",与衡哲洋名"莎菲"(Sophia)字体与发音相去均远。唐德刚硬将博士悼女诗"素斐"两字换作Sophia,硬说胡博士"悼女"实则"怀旧",更属无稽之谈,况别人的诗文,你可以随便乱加窜改的么?[2]

夏志清认为:"德刚道破胡适为爱女取名用心良苦这一点,实

---

[1] 唐德刚:《胡适杂忆》,北京:华文出版社,1992年,第239页。
[2] 苏雪林:《犹大之吻》,文镜文化事业有限公司,无出版年代,第44页。

在令人心折。"[1]事实上,这三个人都在猜谜,谜底在《胡适的日记》里。1921年7月31日,胡适在日记里写道:"(三个朋友一年之中添两女,吾女名素菲,即用莎菲之名。)"[2]"三个朋友"自然没有胡适的妻子江冬秀,但是否可以就此得出结论,说胡陈之间"桃花潭水,一往情深",并引出"大胆的假说":"所以新文学、新诗、新文字,寻根究底,功在莎菲。"[3]在夏志清看来,这是唐德刚"故作妙论",因为

  在《逼上梁山》文里胡适说得明明白白,他倡导白话文学的灵感得自钟文鳌,他是清华学生监督处驻华府的书记。陈衡哲未同他通信之前,胡适早已在试写白话诗了。[4]

  大量的事实显示,胡适与陈衡哲之间的关系非同一般,[5]但要证明新文学的"烟丝披里纯"来自陈衡哲,光有"症候"是不够的,还得有"证据"。症候和证据并重,传记才能站得住脚跟。

  总之,虚构是一种极为复杂的现象。它在不同类型的叙事作品中表现形式是不一样的,而传记文学中的虚构则涉及传记文学的本体论问题。从读者对它们的接受和拒斥中,传记家一直在小心翼翼地摸索着传记文学虚构的可行性与独特性。

---

  [1][4] 夏志清先生序,《胡适杂忆》,北京:华文出版社,1992年,第17页。
  [2] 胡适:《胡适的日记》(上),中国社会科学院近代史研究所中华民国史研究室编,北京:中华书局,1985年,第167页。
  [3] 《胡适杂忆》,第238页。
  [5] 1937年1月3日,胡适在日记里写有这样一个条目:"写一长信给Sophia,论(1)凡太intimate的文件,乃是二人之间的神圣信托,不得随便由一人公开。(2)此稿只是排比文件,像一个律师的诉状,不是小说,没有文学的意味。"见《胡适的日记》(上),第520页。参阅李敖:《胡适与我》,台北:李敖出版社,1990年,第33—39页;易竹贤:"终生不渝的友情——陈衡哲与胡适之",《胡适与他的朋友》第一集,李又宁主编,纽约:天外出版社印行,1990年,第231—254页。

第三章 传记文学的结构原理

第一节 身份的寓言

自传与传记同属于传记文学,相似性显而易见,但他们之间有着一些明显的不同点。其中之一就是,在主题结构上,它们遵循着不同的原则。一般来说,传记叙述传主从出生到死亡相对完整的一生,而自传作家不可能,也很少这样做。让·保罗·萨特(Jean-Paul Sartre)的《词语》(*Les Mots*)只讲述了童年的故事,歌德的《诗与真》(《歌德自传》)写到青年时期为止,胡适的《四十自述》严格地讲是一部"上卷"书。自传作家像亨利·亚当斯那样在自传中间来个大飞跃,跳过二十年不写也是司空见惯的事。跟传记作家不一样,自传作家往往从特定的身份出发来再现自我。身份认同是他们组织以自传事实为主、传记事实和历史事实为辅的一个基本原则。

选取《富兰克林自传》和《赛金花本事》作为讨论的文本,目的是想说明自传文本尽管在经典性上大相径庭,但在身份认同方面却显示出惊人的一致性。通过对这两部作品的解读,我们主要想分别阐发作者的身份认同和读者的身份认同,特别是这些身份认同背后所蕴涵的寓意。

作者的身份认同

富兰克林是寓言型作家。他会讲故事,而且念念不忘曲终奏雅,把故事升华为寓意。这种"小故事大道理"的写法符合他的哲学。讲故事要"有用",就是说,故事要有"教育意义"。这一点可以从他的作品里找到大量的佐证。七岁时,他被口哨的声音迷住了,就用手头所有的钱买了一个。回到家里,他满屋子地吹,乐不可支。可是他的兄弟姐妹们一打听到他买口哨所花的钱,就告诉他,他花了几倍的冤枉钱,用这些钱他完全可以买到其他的好东西。他们嘲笑他,说他愚蠢透顶。小富兰克林懊丧得大哭了一通。在故事的结尾处,他写道:"这件事后来对我是有用的……当我想买什么不必要的东西时,我就对自己说,不要在口哨上花太多的钱;这样我省下了钱。"[1]另一则"有用"的小故事是讲他的一次撞头经历。在波士顿,富兰克林去拜访清教著名牧师考顿·马瑟(Cotton Mather)。离开时,马瑟带他走一条捷径,捷径上有一根横梁。他们一边走,一边谈。跟在后面的马瑟提醒他弯腰。但富兰克林说话时没有在意,一头撞在了横梁上。马瑟立即认识到这件事的"教育意义",不失时机地说:"你年轻,整个世界都在你跟前;但人世要弯腰,这样你就不会总是撞破头皮。"富兰克林写道:"这个忠告就这样打入了我的脑袋,对我常常有用。"[2]

事实上,"打入"富兰克林"脑袋"的不仅仅是"忠告",还有马瑟的寓言式施教方法。埃思蒙·芮特(Esmond Wright)认为,这个小故事"代表了清教徒的习惯,从每段经历中寻绎道德教诲"。[3]当头棒喝之后,这似乎也成了富兰克林的"习惯"。罗伯特·弗里曼·塞厄(Robert Freeman Sayre)指出,在《富兰克林自传》的后半部分,"几乎每次历险之前或之后都有寓意或原则。"[4]查尔斯·桑福

---

[1] Benjamin Franklin, *Writings*, ed. J. A. O. Leo Lemay (New York: Library of America, 1987), p.932.

[2] Ibid., p.1092.

[3] Esmond Wright, ed., *Benjamin Franklin: His Life as He Wrote It* (Cambridge, Massachusetts: Harvard University Press, 1989), p.53.

[4] Robert Freeman Sayre, "The Worldly Franklin and the Provincial Critics", *Texas Studies in Literature and Language*, 4 (1963):512-524.

第三章　传记文学的结构原理

德(Charles L. Sanford)干脆断定:"他的自传是一部了不起的道德寓言,在世俗的层面上展现了约翰·班扬《天路历程》的主题。"[1]塞厄的评论微观明了,但宏观的提升略嫌不够;桑福德的看法大方向可以,然而把《富兰克林自传》说成是《天路历程》的世俗版,是不是忽略了世俗经验的特殊性?《富兰克林自传》是寓言,但它是一部特殊的寓言———部身份的寓言。

富兰克林是什么身份?

哲人大卫·休姆(David Hume)惺惺惜惺惺,在信里直截了当地称富兰克林为美国"第一位哲人,第一位真正伟大的文人……"[2]赫曼·麦尔维尔(Herman Melville)在历史小说里给富兰克林这样定位:

> 印刷人[3]、邮政局长、历书作者、随笔家、化学家、演说家、勤杂工、政治家、幽默家、哲人、沙龙人、政治经济学家、家政教授、大使、公益人、箴言家、草药医生、才子:样样懂,样样通,无人会——他那个国家的典型和天才。[4]

这里显然有些戏说的成分,可是如果把麦尔维尔的身份定位与范·道伦在富兰克林传记里叙述的各种身份相比,我们发现这个单子仍然不够全面。传记还写到了富兰克林的其他身份:电学家、战士、代理人、议长、和平缔造者、宾州总统等等。难怪范·道伦说

---

[1] Charles L. Sanford, "An American *Pilgrim's Progress*", *American Quarterly* 6 (1954): pp. 297-310.

[2] David Hume, "David Hume to Franklin, Edinburgh, May 10, 1762", *The Papers of Benjamin Franklin*, Vol. 10, ed. Leonard W. Labaree, William B. Willcox et al (New Haven: Yale University Press, 1959), pp. 81-82.

[3] Printer,可以翻译为印刷工、印刷商,这两个身份富兰克林兼而有之,因此,本书译作印刷人。

[4] Herman Melville, *Israel Potter: His Fifty Years of Exile* (1855), in *Benjamin Franklin's Autobiography*, ed. J. A. Leo Lemay and P. M. Zall (New York & London: W. W. Norton & Company, 1986), p. 269.

富兰克林是"一个和谐的人类组合体"。[1]

可是,这好像不是富兰克林眼里的富兰克林。富兰克林是谁,富兰克林想让人知道他是谁,富兰克林在自传里所叙述的他是谁,简言之,富兰克林的富兰克林是谁?

对此,富兰克林可谓成竹在胸。他立过两份遗嘱,一份写于1750年,一份写于1788年。第一份遗嘱开门见山地写道:"我,费城的本杰明·富兰克林,印刷人……"[2]第二份遗嘱这样开头:"我,费城的本杰明·富兰克林,印刷人,前美利坚合众国驻法全权公使,现任宾夕法尼亚州总统……"[3]两份遗嘱相隔三十八年,时间有变,内容有别,但共同点却一目了然。那就是富兰克林给自己所做的身份鉴定——"印刷人"。富兰克林既没有认定自己是哲人或文人,也没有像麦尔维尔和范·道伦那样把自己说成是分身有术的孙行者。在他眼里,富兰克林的头号身份是印刷人。这两份遗嘱分别立于中年和晚年,而他青年时所写的墓志铭早就在这一身份上做起了"文章"。[4]

可见,"印刷人"身份是富兰克林一以贯之的身份认同,而这种身份认同在他的自传里表现得淋漓尽致。

印刷人身份是自传第一部分的主干,它构成了这个部分的主题结构。首先,富兰克林对他从业的来龙去脉娓娓而谈。他想出海当水手,可他父亲再三考虑,决定就他性之所近,让他做印刷所的学徒,师傅是他的哥哥。他接着讲他怎么与哥哥闹翻,学徒期没

---

[1] Carl Van Doren, *Benjamin Franklin* (New York: The Viking Press, 1938), p.782.

[2] Carl Van Doren, ed., *Benjamin Franklin's Autobiographical Writings* (New York: The Viking Press, 1945), p.65.

[3] Ibid., p.688.

[4] Ibid., p.29. 墓志铭的内容如:本·富兰克林,印刷人,/他的身体/(像一本旧书的封面/它的内容已被撕破/字母和镀金已经脱落)/躺在这里,充当虫食。/可是作品将不会消失;/因为(他相信)它会重新出现,/在一个崭新的、更加典雅的版本里/修订和校正/来自作者。

第三章 传记文学的结构原理

满就离家出走。在纽约碰壁之后,他转到费城,在一家印刷所找到了工作。他经不住州长的怂恿,东渡伦敦,本想购置印刷设备,自己独立开业。希望很快落空,他就在伦敦当起了印刷工,边干边自修。他回到费城仍然重操旧业,不久就与老板发生冲突。后来,他与人合伙开了一个印刷所,由于合伙人退出,他才自立门户,从此结束了学徒、技工的生活。这是自传第一部分的框架。这个部分处处以印刷所为背景,事事围绕着印刷业展开,富兰克林自始至终都以印刷人的身份出现。

富兰克林如此看重印刷人的身份,是因为这是他的安身立命之本。在他编印的历书里,穷查理说过:"人有手艺,才有家业"。[1]对富兰克林来说,这门手艺就是印刷术。即使在晚年,富兰克林身居要职,仍然不忘故技,在巴黎的住地开设印刷所,并让他的外孙跟他学习这门手艺。关于这件事,他在给女婿的信里写道:

> 格言说:"官不遗传",我现在对这一点深信不移。我已经下决心让他学一门手艺,这样他会有所依靠,不必向人求情或求职。[2]

事实上,在富兰克林看来,一门手艺不但是"有所依靠"的谋身之术,更是"保持自由和正直"的立命之本。这一点他在给妹妹简·米考姆(Jane Mecom)的信里说得非常清楚。他说,他在官场上之所以不见风使舵,能为美利坚仗义执言,是因为"我有一门手艺。"[3]

手艺被富兰克林视为根本。这颇合《论语》的古训:"君子务

---

[1] Benjamin Franklin, *Poor Richard*: *The Almanacks for the Years 1733 – 1758* (New York: Paddington Press Ltd., 1976), p. 94.

[2] Van Doren, ed., *Benjamin Franklin's Autobiographical Writings*, p. 614.

[3] Franklin, *Writings*, p. 864.

本,本立而道生。"[1] 不过,富兰克林在写自传时却反其道而行之,更多地强调"道生而本立"。身份是本,这固然重要,但洞晓"本立"之"道"更为关键。所以,富兰克林说,他写自传的目的就是要告诉后人他从"一穷二白默默无闻"到"宽裕富足略有声名"的"途径"(means)。[2] 熟悉富兰克林作品的人不难看出,自传里所说的成功"途径"实际上就是他的名作"致富之道"(The Way to Wealth)里的"道"。也就是说,富兰克林在自传里不但谈身份,而且还要谈身份背后的"道"——身份之道。换言之,他要把身份寓言化。他谈他的职业身份,但更重要的是,他希望透过职业身份让人看到他的个人身份,即他是一个什么样的印刷人。双重身份叙述的实质就是揭示身份背后的自我——身份的身份。[3]

富兰克林的立本之道是什么呢?

写作是富兰克林特别看重的立本之道。在自传里,他极其详尽地叙述了他学习写作的方法。这些段落几乎与他初进费城的段落一样家喻户晓。如果说富兰克林特意把他进费城的那段经历写得富有标志性是为了强调他"一穷二白"的物质起点之底,那么他跟在《旁观者》大手笔后面亦步亦趋地模仿写作无形中说明了他在精神上取法的层次。印刷人的身份是卑微的,卑微得甚至连娶老婆时都不忘要对方分担债务,可是一个能文善写的印刷人注定不会永远卑微。这就是为什么富兰克林在自传里如数家珍地叙述他写的东西:他写"檄文",声讨麻省州长,为麻省议会伸张正义;他写"纸币的性质和必要性",说明它能繁荣商业、推动就业和增加人口;他写方案,提议创办学院,发展教育;他写文章,列举花一点点

---

[1]《论语注疏》,《十三经注疏》,北京:中华书局,1980年,第2457页。

[2] Benjamin Franklin, *The Autobiography of Benjamin Franklin*, ed. Leonard W. Labaree et al. (New Haven & London: Yale University Press, 1964), p.43.

[3] For a general discussion of identity, see Paul du Gay, Jessica Evans and Peter Redman, eds., *Identity: A Reader* (2000; rpt., London: SAGE Publications Ltd., 2002).

第三章　传记文学的结构原理

钱雇人打扫街道的好处;他写"广告",为英国军队征购车马;他写对话,动员人民结成联盟,军事上联防自保……他写写写,因为他深知写的"富"作用:"檄文"让他的报纸订户激增;"纸币"一文发表后广受好评,"我那边的朋友认为,我服务有功,理应奖励我,就雇用我来印刷钱币。这是一份利润丰厚的活,对我大有帮助。"[1]所以,富兰克林在写"关于宾夕法尼亚青年教育的议案"时醒目地写着:来函请寄"费城本·富兰克林,印刷人"。[2]

印刷人富兰克林不但善写,而且嗜读。小时候,他就饱览约翰·班扬(John Bunyan)、普鲁塔克、丹尼尔·笛福(Daniel Defoe)、马瑟等人的卷卷雄文,却后悔没有读到更多的好书,而把大好时光虚掷在卷帙浩繁的宗教书籍上。学徒期间,他早晨上班前读书,晚上下班后读书,礼拜天全日制读书,甚至饭间休息也挤出时间学算术。如此学习法,难怪他16岁就在报上撰文嘲讽哈佛学子,说他们与懒散太太和无知少女日日厮混,对拉丁文、希腊文和希伯来文一窍不通,毕业后"穷得像教堂的耗子,既无力拿锹,又无脸要饭"。[3]

学而思则优。富兰克林一方面博及群书,一方面笔耕不辍,可是在"读"和"写"的同时,他还得力于"思"、"辩"、"行"。富兰克林十分看重逻辑和方法,即"思维术"。在自传里,他说他读过《思想的艺术》,后来在一本书里看到介绍苏格拉底方法(Socratic Method),就欲罢不能,随即通读色诺芬的《苏格拉底奇事录》(Xenophon's *Memorable Things of Socrates*),对苏格拉底的思维术了然于心。不仅如此,他立即把所读的方法付诸行动,一改从前的正面争辩法,把自己装扮成谦卑的发问者,以退为进,釜底抽薪。他还把这个方法用在老板塞缪尔·凯墨(Samuel Keimer)身上,让

---

[1] Franklin, *The Autobiography of Benjamin Franklin*, p. 124.
[2] Franklin, *Writings*, p. 323.
[3] Ibid., p. 13.

他在辩论时屡屡落入圈套。尽管富兰克林一再强调辩者不善的一面,但不可否认他的两个好友约翰·柯林斯(John Collins)和詹姆斯·拉尔夫(James Ralph)都曾起到"疑义相与析"的辩友作用。后来这个功能部分由"互助会"(Junto)承担了。有什么想法,有什么动议,有什么发现,他总要写成文章,在"互助会"里宣读,让会友们讨论辨析,"新知培养""加邃密",最后转化为行动。在"行"的方面,富兰克林还提供过一个著名的例子。他读过托马斯·屈翁(Thomas Tryon)关于素食的作品之后,就立地成"素"。在伦敦时,他被嗜酒如命的英国同行称为"喝水的美国人"。[1]可见,富兰克林决非简单地读读写写,读写的背后隐藏着被人忽略的极其关键的思辨行。"读"、"写"、"思"、"辩"、"行"五结合是富兰克林独特的自修法。正是这五者的一体化,富兰克林才成为富兰克林——一个特殊的身份标志。

立本之道的另一个核心是发挥"人的因素"。"我的朋友"虽然与胡适的名字难以分割,但"专利"似乎可以追溯到对专利不感兴趣的富兰克林身上。"我的朋友"是富兰克林的口头禅,他在自传里花了相当多的篇幅介绍这些朋友。"我的朋友"包括柯林斯、拉尔夫、安德鲁·汉密尔顿(Andrew Hamilton)、托马斯·邓汉姆(Thomas Denham)、威廉·科尔曼(William Coleman)、约瑟夫·布瑞特诺尔(Joseph Breintnall)、罗伯特·格雷诗(Robert Grace)、约翰·艾伦(John Allen)、塞缪尔·巴斯第尔(Samuel Bustill)、艾萨克·皮尔逊(Isaac Pearson)、约瑟夫·库柏(Joseph Cooper)、几位史密斯(the Smiths)、艾萨克·迪考(Isaac Decow)……对于这么多鱼贯而入的人名,吉伏理勋爵(Francis, Lord Jeffrey)甚至抱怨说,富兰克林不应该把那么多"默默无闻的人"写入自传。[2]但他实际上不了

---

[1] Franklin, *The Autobiography of Benjamin Franklin*, p.99.
[2] Francis, Lord Jeffrey, *Edinburgh Review*, 8 (1806), p.344.

第三章 传记文学的结构原理

解"我的朋友"的价值。对印刷人富兰克林来说,朋友是他生意的无形资本,因为"这些朋友以后对我极为有用":"互助会"的朋友"尽力把生意推荐给我们";议院的朋友"投票选取我们为他们下一年度的印刷商";"我的朋友"汉密尔顿从中帮忙使他得到了印刷纸币的机会;最让富兰克林难忘的是,"两个真正的朋友"科尔曼和格雷诗慷慨解囊把他从破产的边缘解救出来。[1]所以,富兰克林借穷查理的口说:"真正的朋友是最好的拥有。"[2]

略微注意一下,我们不难看出富兰克林人际关系的重心。除了论学的道友外,他的朋友多半是当地的实权派人物。"你会看到,一个勤于志业的人,他将站在国王的面前"。[3]这是所罗门的一句格言,富兰克林的父亲在他小时候一再用来教导他。不知道这句话是否激起他对权力的敬意,但可以肯定的是,他在自传里写到两位州长召见他时确有受宠若惊之感。不过,无论是域外的国王,还是本地的州长,他们都不如朋友来得实际。在穷查理的眼里,"朋友是帝王的真正权杖。"[4]确切地说,有权的朋友才是"帝王的真正权杖"。这是富兰克林引而不发的"道"。

自传第一部分主要讲述印刷人的故事,故事背后的寓意往往点到为止,有时甚至密不示人,因此,我们不妨用穷查理的格言来"互文",以彰显富兰克林的身份之道。可是,到自传的第二部分,整个寓言水落石出。从结构上讲,自传第一部分是寓言的故事部分,自传的第二部分则是寓言的寓意部分。当然,这个寓意背后还有更大的"寓意"。

---

[1] Franklin, *The Autobiography of Benjamin Franklin*, pp.113–125.
[2] Franklin, *Poor Richard: The Almanacks for the Years 1733–1758*, p.119.
[3] Franklin, *The Autobiography of Benjamin Franklin*, p.144.
[4] Franklin, *Poor Richard: The Almanacks for the Years 1733–1758*, p.231.

传记文学理论

"道德完美工程"是自传第二部分的核心，它由"十三点品德"[1]构成。我们之所以说它是寓言的寓意部分，是因为这"十三点品德"在自传第一部分多半都有故事的基础：第一部分的素食故事为"十三点品德"的第一点"节制"埋下了伏线；富兰克林年轻气盛爱争好辩，"沉默"自然是良药；他反思自己的宗教观和在伦敦所写的小册子，谈到人和人之间关系的三项原则——"真理、真诚和正直"，这些基本上对应了"十三点品德"里的第七点和第八点；他还提到他年轻时"难以遏制的情欲"使他饥不择食，找下等女人泄欲，因此"贞洁"是必要的；他恃才傲物，"谦卑"务必殿后。但他谈的最多的品德是"节俭"和"勤劳"。富兰克林说，作为印刷人，他内有债务，外有竞争，但能在印刷行业脱颖而出，一帆风顺，主要归功于"节俭"和"勤劳"。他在自传第一部分两次写及这些品德，第二部分又追加一笔，最后把它们纳入他的"十三点"。

富兰克林的"十三点品德"并不显得"十三点"，一个重要原因是，他在叙述这些品德时，非常艺术，既用悖论，又用反讽，左右开弓，损己利人。在谈"秩序"时，他就利用了悖论法。他说他在"秩序"方面简直"不可救药"，事实上他最懂秩序。看看他一天二十四小时的时间表，井井有条。再看看他"道德完美工程"所用的方法：第一周专注第一种品德，依次类推，十三周一个轮回，一年四个回合。这里既有时序（第一周专注第一种品德），又有时长（十三周一个轮回），更有时频（一年四个回合，更重要的是"十三周一轮的每日检查"）。这样深得时间三昧的人，你能说他不懂秩序吗？富兰克林欲引故躲，金针度人。他不道貌岸然，而是道道之道。说出

---

[1] 它们是节制、沉默、秩序、决断、节约、勤劳、真诚、正义、温和、清洁、宁静、贞洁和谦卑。最近，传记作家艾萨克生（Walter Isaacson）给富兰克林做了一个"长时段"透视，归纳出七大品德：憎恨专制、言论自由、幽默、谦卑、外交上理想主义、妥协、宽容。See Walter Isaacson, "Citizen Ben's 7 Great Virtues", *Time* (July 7, 2003)：40－53.

第三章 传记文学的结构原理

"道德完美工程"的方法,这才对人真正有利。同时,他还用反讽[1]来损己:

> 事实上,我们最难克服的天性或许是骄傲。掩饰它,斗争它,打倒它,窒息它,不管怎么遏制它,它照样活着,还不时地窥探时机,露它一手。你或许在这部历史里常常看到它。因为即使我觉得我已经完全克服了它,我很可能为我的谦卑而感到骄傲。[2]

人性洞明即文章。富兰克林看重过程,但一点也不忽略结果。如果你不实际体验"掩饰它,斗争它,打倒它,窒息它,不管怎么遏制它"的过程,你很难有所感悟,洞悉"谦卑的骄傲"这一悖论式反讽。富兰克林力行实悟。这就是为什么他写"带斑点的斧头"这则小寓言。"带斑点的斧头最好"这个观点似是而非,因为它教人"放弃努力"。[3]一旦省略了这个过程,结果你的斧头很可能会长满斑点。允许斧头上有斑点,这不是印刷人的逻辑。在印刷人看来,"斑点"就是"印刷错误"(Errata),再版时应该予以修正。

把"带斑点的斧头"这则小寓言与"印刷错误"的大暗喻联系起来,我们可以更好地理解"道德完美工程"的内在逻辑。

富兰克林在自传第一部分写了他的五次"印刷错误":跟哥哥争吵并闹翻毁约;挪用塞缪尔·佛农(Samuel Vernon)的钱;疏远与里德小姐(Miss Read)的关系;在伦敦印刷《论自由与必要,快乐和痛苦》(*A Dissertation on Liberty and Necessity, Pleasure and Pain*)的小册子;向朋友的女友提出非分的要求。卢梭在《忏悔录》里也多次写到自己错误,但往往悔而不改,富兰克林则不同。他对

---

[1] Cf. Daniel B. Shea, *Spiritual Autobiography in Early America* (1968; rpt., Madison: University of Wisconsin Press, 1988), pp. 245–247.

[2] Franklin, *The Autobiography of Benjamin Franklin*, p. 160.

[3] Ibid., p. 156.

每次"印刷错误"基本上都有"交代":他帮哥哥的儿子上学立业,以弥补他给哥哥所造成的损失;他宽裕后连本带利还清了佛农的钱,还加上许多感谢;他跟里德小姐后来结为夫妻,白头到老;他反思自己和身边无神论朋友的不良行为,并对伦敦小册子里所写的观点产生了动摇。值得注意的是,"交代"时,他总是特意指出"印刷错误"得到了校正。富兰克林是印刷人,他犯的错误是"印刷错误"。一旦有"印刷错误",就应当加以校正,这是印刷人的基本信条。显然,"印刷错误"的暗喻浓缩了印刷人的人生哲学。这也许是富兰克林最重要的一条身份之道。

"印刷错误"还有潜台词:它们需要勘误表。有这么多"印刷错误",再加上没有归入"印刷错误"的错误,如轻信、虚荣、喜欢争辩等等,富兰克林自然需要一份勘误表。这份勘误表就是自传第二部分的"道德完美工程"。可见,富兰克林写"十三点品德"并非空穴来风,而是在深层结构上早已用"印刷错误"的暗喻做了铺垫。正是这个深层结构的存在,印刷人才水到渠成地呈现这份勘误表——道德完美工程。

然而,这个道德完美工程还有更大的"寓意"。它是身份转换器,暗示了富兰克林是怎样由一个卑微的"印刷人"转变为"国父"型人物的。

这里两封来信起到了关键作用。富兰克林故意把两封来信放在自传第二部分的"头版头条",其导向性是不言而喻的。这两封信长短不一,但在三点上却惊人地一致。首先,这两封信的作者不约而同地把富兰克林的个人故事跟民族历史联系在一起。艾伯尔·詹姆斯(Abel James)认为,富兰克林的自传将对"百万大众""有用";本杰明·沃甘(Benjamin Vaughan)说得更为详尽:

> (您的历史)还将是一张简图,展示你们国家的基本国情……您身上所发生的一切也与一个上升的民族息息相关,具

第三章 传记文学的结构原理

体而微地再现了它的举止、它的境况。[1]

这么紧密地把个人和民族捆绑在一起,富兰克林当然能体味话里的弦外之音:七十八岁的他在这个年轻的民族里将承担一个什么角色?

其次,青年是这两封信的重点话题。两位书信的作者都强调富兰克林自传对青年的教育意义,特别是沃甘,一连用了五个排比,把"青年=国家未来论"发挥到了极致。这样,富兰克林就担负起了教育下一代的使命。用什么来教育下一代呢?两位书信作者又是英雄所见略同。詹姆斯写道:

> 我不知道有哪位活着的人物,或者他们多位加在一起,能有您那样的力量,用勤劳和早年对事业专注的伟大精神、节约和克制来教育美国青年。[2]

不过,沃甘觉得,让美国青年来效仿富兰克林的这些品德似嫌不够,还应该加上两门"重头课":"谦虚"和"无私"。出乎沃甘和詹姆斯意外的是,富兰克林一共写了"十三点品德",一个名副其实的道德工程。

至此,道德完美工程的"寓意"和盘托出:用"十三点品德"来教育下一代,通过影响美国青年,把个人身份转化为民族身份。

自传第三部分具体叙述了这种身份转化。富兰克林的起点仍然是印刷人。他讲了他生意上的三大支柱:年历、报纸和合作伙伴。这三项给富兰克林创造了可观的"经济效益",对此他直言不讳。不过,叙述时他蜻蜓点水,一带而过,而把重点放在它们的"文化效应"上。《穷查理历书》出版25年,年销量近万册,在只有几万人口的宾州内外,很可能家阅户读。《宾夕法尼亚报》每周发行约

---

[1] Franklin, *The Autobiography of Benjamin Franklin*, pp. 134–135.
[2] Ibid., p. 134.

1500份，占他业务的百分之六十左右，"收益颇丰"。[1]可是富兰克林并没有把它们视为摇钱树，而是用作老百姓的教科书。他广收各国格言，博采古今警句，网罗天下作家，含英咀华，推陈出新，使年历和报纸几乎成了拿来主义的集散地。当时的殖民地几近文化荒漠，富兰克林的文化种子不但生根存活，而且还产生了规模效应。历书格言的合集"致富之道"40年重印约150次，"转载于（北美）大陆的所有报纸"，[2]影响波及英法。这么大的文化效应是富兰克林始料未及的，但有一点他深信不移。品德教育是历书报纸的"第一义"。他的历书报纸极富艺术性地揭示了美德之美，特别是"勤劳"和"节俭"，因为这些品德是他的"致富之道"，也是他本人身份转换的基础。

把品德教育确立为历书报纸的文化身份，这是富兰克林的战略。没有媒介，个人身份无法参与铸造民族身份。富兰克林敏锐地认识到这一点。正是通过文化身份的建构这一媒介，他才"润物细无声"，把个人身份渗透到民族身份当中。由于历书报纸的巨大影响力，富兰克林逐步地变成了民族寓言里的父型人物。[3]

在父型人物的形成中，公益事业的作用最为关键。这是自传第三部分的重点。从印刷业功成引退之后，富兰克林身兼数职。他讲述了多种身份背后的故事，如哲人、官员，包括各种委员、议员和邮政总长等。可是，这些身份都不是富兰克林叙述的重点，他叙述的重点是"公益人"（public projector）。在这一身份下，他细大不捐，几乎写尽了他所提议、创办和参与的所有项目，大到军事防御，小到街道清洁，他无所不谈，而且谈起来无不头头是道：城市巡

---

[1] Lawrence C. Wroth, "Benjamin Franklin: The Printer at Work", *Journal of the Franklin Institute*, 234 (1942): 163, 173.

[2] Franklin, *The Autobiography of Benjamin Franklin*, p.164.

[3] Cf. Lawrence Buell, "Autobiography in the American Renaissance", *American Autobiography*, ed. Paul John Eakin (Madison: University of Wisconsin Press, 1991), p.59.

第三章 传记文学的结构原理

夜形同虚设,富兰克林撰文指陈弊端,力主改革,这个方案后来对立法产生了影响;火患猛如虎,富兰克林敲响了警钟,消防队应运而生;百年大计,莫如树人,富兰克林为设立学院撰写方案,物色人选,计划一度搁浅后仍然不屈不挠,直至事成;他还顺便提及他创办的哲学学会;军事防御是殖民地的头等大事,富兰克林把它的意义诉诸笔端,自发组织的人民联合会诞生了,人数上万;医院建设计划行将流产,富兰克林参与后献计献策,它才起死回生;费城街道宽大整齐,可是一遇下雨便泥潭丛生,一旦天气干燥就灰尘四起,富兰克林发起了铺路工程;他谈他改进路灯的每一个细节,就像吝啬鬼数钱一样津津有味;最令人难忘的是,他居然在自传里摘录了五节他的伦敦街道清扫方案,方案之细连运泥车的格子底部怎样放草渗水都——写明……

富兰克林没有忘记把这件小事升华:

> 有人可能觉得这些小事不值得留心或叙述。在刮风的日子里,灰尘吹进一个人的眼睛,或者一家店铺,那是微不足道的小事;可是,在一个人口众多的城市里,这类事情数不胜数,而且频频发生,那它就是一件至关重要的大事。考虑到这一点,也许他们就不会过分责难那些关注表面上是小事的人了。造成人类幸福的与其说是千载难逢的大好运,倒不如说是天天发生的小便利。[1]

富兰克林的小事哲学目标远大:他希望,这件小事能够给人提供"一些暗示",或许对他热爱并居住的城市,以及"美国其他一些城镇""有用"。[2]他如此细致入微地讲述他从事的各项公益事业,自然希望它们也同样对他热爱并居住的城市,以及"美国其他一些城镇""有用"。富兰克林力主模仿。"模仿耶稣和苏格拉底"这两

---

〔1〕 Franklin, *The Autobiography of Benjamin Franklin*, p.207.
〔2〕 Ibid., p.208.

位德智双全的父型人物是他"十三点"里的压轴功课。他的自传开宗明义就说,期望他的某些方法适宜"我的后代""模仿"。[1]推而广之,"美国青年"也是富兰克林的"后代"。"模仿富兰克林",这也许是他给美国后代的一点"暗示"。

细究一下,我们发现,富兰克林的公益事业几乎囊括了政治、军事、教育、法律、文化、卫生等未来国家机构的主要方面。公益人身份的寓意何在?富兰克林一反寓言的常态结构,把故事置后,寓意提前。这些公益故事的寓意预先放在了第三部分开头的两篇断想里:

> 不管怎么伪装,从事公共事务的人几乎没有以国家的利益为重来行事的;尽管他们的行为也会给国家带来真正的好处,但是人基本上认为他们本人的利益和国家的利益是一致的,而不以善的原则为标准来行事。[2]

> 上帝最能接受的服务是给人做好事。[3]

"善的原则"是富兰克林的公益方针;"做好事"是他的公益行动。表面上看,这是他"道德完美工程"的必然结果。但实际上这一切都离不开印刷人的智力基础和朋友们的鼎力相助。确切地说,富兰克林在自传里不是叙述了一个工程,而是讲解了四大工程:读写思辩行的"智力培养工程";"我的朋友"密布的"人际关系工程";十三点品德砥砺的"道德完美工程"和习惯性做好事的"公益事业工程"。"智人道公"揭示了富兰克林由个人身份向民族身份转换的根本,但根本的根本还是用穷查理的一句话来概括:

---

[1] Franklin, *The Autobiography of Benjamin Franklin*, p.43.
[2] Ibid., p.161.
[3] Ibid., p.162.

第三章　传记文学的结构原理

品德和手艺是少年的最好命运。[1]

身份的寓言尽在其中。

读者的身份认同

身份认同在自传阅读中也同样处于中心位置。读者之所以选择一部自传,他们的第一考虑往往是传主的身份。发达国家的出版集团,如兰登书屋,每年用巨资购买自传性作品,他们的首选标准也是传主的身份。从自传文学史的角度来看,最重要的几部自传经典无不因为传主的特殊身份而拥有最广泛的读者群。身份之所以重要,是因为它基本上决定了作品的主题。从以上的分析来看,自传作者往往围绕着他的特定身份来组织以自传事实为中心的事实网络。在这个意义上讲,身份认同是自传里主题结构的决定因素。同样,自传读者也是以身份认同为依据来裁断一部自传的主题结构是否完美。我们将以《赛金花本事》为个案说明身份认同是读者判断一部自传主题结构的依据、读者对传主的身份认同受到什么影响、自传作者又是怎样组织自传事实来重塑自我身份的。

《赛金花本事》是一部令人"失望"的口述自传。瑜寿指出:

> 刘复、商鸿逵合编的《赛金花本事》出版后,被批评界攻击的体无完肤,这部书因为业务经营不得法,没有什么利润。赛氏无所得(或是所得不多),有信向作者申诉。[2]

其实,不用瑜寿指出,《赛金花本事》一书的主笔商鸿逵已预先跟读者打了招呼。在该传的小序里,商鸿逵写道:

> 那已是旧历腊月了,把赛邀了出来,我们是隔天一会,一

---

[1] Franklin, *Poor Richard*: *The Almanacks for the Years 1733 – 1758*, p.222.
[2] 瑜寿:《赛金花故事编年》,引自《赛金花本事》,长沙:岳麓书社,1985年,第146页。

连有十几会。她一生紧要的事迹,总算都叙述了一遍。结果,有些是叫我们很满意,有些却也叫我们很失望![1]

这种失望之情,郁达夫也有深切的体会。

《赛金花本事》为什么令人如此失望呢?我们暂时撇开商鸿逵话里一分为二中满意的一面,先来看一下他写在小序里的失望:

> 失望的是:我们起初总觉得她能把晚清时诸名人的私生活,说些出来给听,那知她以学识缺乏,当时即未能注意及此。迄今更如过眼云烟,不复记忆矣!甚至提一人,道一事,也不能尽其原委,故本书曾参询过许多人始克写竟也。[2]

在该书结尾的总结性附言里,商鸿逵更流露出对赛金花叙述的不满:

> 递解回籍以后的些事,伊多推诿掩盖不肯说出。据撰者所知,在光绪末宣统初间,伊尚嫁一沪宁铁路职员黄某。民初黄死,再至上海,始识魏斯炅。意其不肯说出者,或个中别有隐衷欤?伊最爱谈嫁魏事,每谈起,刺刺不休,实则伊嫁魏后之一切生活,已极为平凡,无何足以传述矣![3]

赛金花"一生紧要的事迹"是什么?她怎么知道"晚清时诸名人的私生活"?这些事实上已经暗示了传主的特殊身份。撰者正是以此为出发点来做"实录"的,结果,作为第一读者,他们的失望是双重的:赛金花不但对别人的私生活三缄其口,而且连自己的事也讳莫如深。

对于赛金花素有研究的孙次舟读到商鸿逵的不满时,自己也颇有同感:

---

[1] 刘半农、商鸿逵:《赛金花本事》,第1页。
[2] 同上书,第2页。
[3] 同上书,第52页。

第三章　传记文学的结构原理

实在说起,赛金花自述生平,对个人的文饰和隐避,也尽不少,又岂只这一两事？像她私通家奴阿福的事,这和洪钧的死有着密切的关系,她却只字不提,好像本无其事。即她同瓦德西的私情,她不但不承认,反要加以辩白:我同瓦的交情固然很好,但彼此间的关系,却是清清白白,就是平时在一起谈话,也非常的守规矩,从无一语,涉及过邪淫。[1]

问题是,当孙次舟断定赛金花跟家奴"私通",与瓦德西有"私情",他推断的凭据是什么？两者都是属于个人隐私的范围,它们为什么是赛金花自述里不可或缺的主题呢？

在众多的读者反应里,郁达夫的读后感较具代表性。读完《赛金花本事》之后,郁达夫写道:

在欢喜之中也不免感到些失望。第一,这书,完全是根据赛金花的自述,博士并不加以半句形容描写衬托与补足,所以全篇三万余字,只像是新闻纸上的一段记事,艺术的香味是一点儿也没有的。第二,自述者的赛金花,处处像在公堂上作辩护人,有许多不利于她之处都轻轻删去,一字不提;而连篇累牍,述得很详细的地方,就是她如何的救济北京的国民,及克林德碑的所以得成立等等。[2]

在郁达夫看来,《赛金花本事》在结构上有两大弊端。从形式上来讲,自述只是一堆传料。不对传料进行深加工,缺乏必要的渲染,自述读起来难免味同嚼蜡。但更重要的是主题结构的详略失当。郁达夫所说的"许多不利于她之处"是什么呢？

可见,商鸿逵、孙次舟、郁达夫个个旁观者清,而且还成竹在胸,比传主赛金花更知道赛金花传"应该"包括什么内容,而赛金花偏偏没有满足他们的期待视野。她在叙述中留下了太多的诸如

---

[1] 孙次舟:"关于《赛金花本事》",《赛金花本事》,第59—60页。
[2] 郁达夫:"读《赛金花本事》",《东南日报·沙发》,1935年1月8日。

"不肯说出"、"只字不提"、"轻轻删去"式空白。所以,他们失望。失望的根源是什么呢?自述的内容与她的身份不符。在他们看来,没有"紧要的事迹",没有"诸名人的私生活",没有"私通",没有"私情",没有"许多不利于她之处",自传无法显示出赛金花的身份。那么,他们是怎样形成对赛金花如此一致的身份认同呢?为什么他们都异口同声咬定赛金花"反要加以辩白",并"处处像在公堂上作辩护人"?也就是说,塞金花的"原告"是谁呢?最后,赛金花为什么"刺刺不休"谈嫁魏事,讲"同瓦的交情","连篇累牍"述"救济北京的国民"?

这些问题的回答都离不开一部书——曾朴的《孽海花》。具体地说,在《赛金花本事》出版之前,曾朴已经为赛金花做了一次身份预设。因此,商鸿逵、孙次舟、郁达夫认定赛金花的自述中有空白,因为他们在用《孽海花》中的预设身份作参照系。而赛金花之所以斤斤辩白,甚至不惜矫枉过正,也完全是因为《孽海花》的身份预设之故。

问题的关键是,"原告"的身份预设怎样会成功得呢?也就是说,小说中的赛金花怎么会被读者作为事实接受的呢?这正是《孽海花》的特别之处。有趣的是,这部小说居然被当真。这中间有一个复杂的过程。据范烟桥回忆,《孽海花》的造意者金松岑告诉他:

> 想写一部揭露帝俄侵略野心的小说,就以出使俄、德、荷、奥的洪钧(文卿)为主角(书中化名为金雯青),而以洪妾赛金花(书中化名傅彩云)的故事为穿插,再以这一时期的历史时事为背景,因而都是真人真事,揭去人物的化名,就历历可数,呼之欲出。[1]

这一写作初衷就存在着一个明显的悖论:是小说,又是真人真事。小说的艺术虚构与历史的真人真事两者如何兼容并包?这不

---

[1] 范烟桥:《孽海花》侧记,《光明日报》,1961年5月18日。

第三章 传记文学的结构原理

但没有被论者当作问题看待,而且还被理所当然地接受。在《孽海花》出版的声明中,孙次舟指出,它是"一部完全根据史事而艺术化的小说"[1]。同样,在《孽海花》(增订本)前言里,张毕来虽然告诫读者"仍须把书中人物当做作者所创造的艺术形象看,不宜以历史上某某视之",可他却在前言的一个显著的位子写道:

> 《孽海花》,可以说是一部写真人真事的小说。……不但金雯青和傅彩云实有所指,其他,十九亦各有所指。有的直呼其名,直书其事,例如写冯桂芬谈洋务,刘永福抗日本。[2]

这种性质导读的导向性是不言而喻的:尽管是小说,但却是真人实事。

事实上,不用孙次舟和张毕来指点迷津,有心人早就把这部小说当作历史读了。林琴南在《红礁画桨录》的序里写道:"《孽海花》非小说也,乃三十年之历史也。"[3] 纪果庵以《孽海花》为蓝本,参以笔记史乘,如《国闻备乘》和《清史稿》,得出结论:"曾氏所云,当是事实。……不为妄谈耳。"而他开宗明义就宣布了他的兴趣所在:"惟吾辈中年读此书,所喜者不在其文笔之周密瑰奇,而在所写人物皆有实事可指……"[4] 这种小说作史观的倾向在蔡元培身上得到了最完美的体现:

> 我是最喜欢索隐的人,曾发表过《石头记索隐》一小册;但我所用心的并不止《石头记》,如旧小说《英雄儿女传》、《品花宝鉴》以至于最近出版的《轰天雷》、《海上花列传》等,都是因为有影事在后面,所以读起来有趣一点。《孽海花》出版后,觉

---

[1] 孙次舟:《孽海花》出版声明,《重印孽海花》,东方书社,1943 年版扉页。
[2] 张毕来:"《孽海花》(增订本)前言",《孽海花》,北京:中华书局,1962 年。
[3] 林琴南:"《红礁画桨录》序",《孽海花资料》,上海:上海古籍出版社,1982 年,第 142 页。
[4] 纪果庵:《孽海花》人物漫谈,《古今》半月刊第二十七期,1943 年 7 月。

传记文学理论

得最配我的胃口了,他不但影射的人物与轶事的多,为从前小说所没有,就是可疑的故事,可笑的迷信,也都根据当时一种传说,并非作者捏造的。加以书中的人物,大半是我所见过的;书中的事实,大半是我所习闻的,所以读起来更有趣。[1]

从林琴南的"三十年之历史"、到纪果庵的"当是事实、不为妄谈",再到蔡元培言之凿凿的"并非作者捏造……书中的人物,大半是我所见过的;书中的事实,大半是我所习闻的",小说的虚构性早已被抛到九霄云外,阅读的快感几乎纯粹来自一种"对号入座"式索隐——书中的某某等于或约等于历史上的某某。这种"捕风捉影"式阅读癖好为什么会如此蔚然成风?谁是真正的始作俑者呢?

不是别人,正是《孽海花》一书的作者曾朴。

在《孽海花》的第二十一回,曾朴信誓旦旦地宣称:"在下这部《孽海花》,却不同别的小说,空中楼阁,可以随意起灭,逞笔翻腾,一句假不来,一语谎不得,只能将文机御事实,不能把事实起文情。"[2] 这样强调事实的真实,不免使人联想到传记文学里事实的位置。实际上,小说的历史框架一目了然,特别是考虑到作者的写作提纲。在手抄的《孽海花》底稿第一册的最后几页中,曾朴写有一份详细的写作纲目,囊括了旧学时代、甲午时代、政变时代、庚子时代、革新时代和海运时代,而且还在每个时代下列了一份人物名单,如旧学时代里有潘伯寅、翁叔平、李若农、李莼客、文芸阁、李木斋、费屺怀、端午桥、黄绍箕、王先谦、王颂蔚、叶鞠裳、盛伯熙、王闿秋、廖叔平、易实甫、张季直。在这张人物表中,除了王颂蔚和王闿秋没有写进小说之外,其余人都在书中粉墨登场。如果说,历史小说有两个世界的话——现实的世界和审美的世界,那么曾朴无疑把现实的世界过分拽向历史的一边,结果,读者很难进入审美的

---

[1] 蔡元培:"追悼曾孟朴先生",《宇宙风》第二期,1935年10月1日。
[2] 曾朴:《孽海花》,上海:上海古籍出版社,1991年,第148页。

第三章 传记文学的结构原理

世界。一旦读者向他小说中现实的世界发难的时候,他就打出审美世界的招牌。我们可以看到他在小说之外的种种辩解:

> 《申报》记者责余在《孽海花》中,描写赛金花过于美丽、聪明而伟大,以为言过其实,实则该记者脑袋欠清楚,竟分不出文学作品与历史之区别。《孽海花》乃小说而非传记,小说家对于其所描写之人物有自由想像之权利,该记者不此之察,以为书中之赛金花,即今日之赛金花,无怪其大失所望也。[1]

显然,作为小说家的曾朴有此特权对自己的作品作任何声明,但如果把一切"误读"的责任都推卸得一干二净,就难免有失厚道。实际上,正如其公子曾虚白所言:

> 《孽海花》在当时能够那样风行一时,完全因为题材现实的原故;假使作者当时要避开现实,决不会那样受人欢迎了。[2]

问题的关键是作者实行的明明是"双轨制",而读者却独独走上了"单行道"。究其原因,可以概括为三点:一、文本的世界与现实的世界距离太近、重叠太广(刘文昭的"《孽海花》人物索隐表"一文竟列出 278 人实有所指),读者无法进入审美的世界;二、作者本人的历史在场性(鲁迅曾指出,"书中人物,几无不有所影射;……亲炙者久,描写当能近实"[3])削弱了文本的审美场;三、中国读者的那种"新小说宜作史读"[4]的阅读习惯。因此,尽管曾朴声明"《孽海花》乃小说而非传记",可读者还是一味咀嚼着"小说者,

---

〔1〕 曾朴:"东亚病夫访问记",《孽海花资料》,上海:上海古籍出版社,1982 年,第 142 页。

〔2〕 曾虚白:引自"悼念《孽海花》的作者曾孟朴先生",《新小说》第二卷第一期,1935 年 7 月。

〔3〕《中国小说史略》,《鲁迅全集》第九卷,第 291 页。

〔4〕 佚名:《读新小说法》,《新世界小说社报》第 6—7 期,1907 年。

105

又为正史之根矣"。[1]一个顺理成章的结论是:《孽海花》是真正"述赛金花一生历史",正如该书的广告所广而告之的。

  基于上述原因,可以说《孽海花》为赛金花拍了一张身份照。换言之,《孽海花》给赛金花做了一次成功的形象预设。读者不但不知不觉地把传记中的赛金花同小说中的人物相比照,而且还情不自禁地用小说中的赛金花来还原传记中的赛金花。那么,小说中的赛金花是什么身份呢? 一言以蔽之,荡妇淫娃。这也是蔡元培读后的印象:"所描写的傅彩云,除了美貌与色情狂以外,一点没有别的。"[2]在此,蔡元培击中了问题的要害。"一点没有别的"已明白无误地揭示,《孽海花》的叙述只专注一点,属于有意味的"删夷枝叶"行为。小说家有此特权,因为他的职责不在于展示全象。可是,孙次舟和郁达夫不但未能揭破小说家的惯技,反而把《孽海花》中的预设形象作蓝本,煞有介事地列举《赛金花本事》里种种主题结构上的空档。孙次舟之所以咬定赛金花在《赛金花本事》中省略了私家奴、偷洋人,主要是用《孽海花》作比照的结果,因为小说里确实如此。而郁达夫断言"晓得赛金花的性欲的特别强烈,是一部赛金花传的重要关键",完全是他根据《孽海花》来还原赛金花,因为他不但知道应该用"弗洛衣特的分析,再加以唯物的社会条件,来写成赛金花传",而且还期待着"会有选福的《荡妇自传》那么的大著可以读到"。[3]很明显,小说家的形象策略之所以发生如此深广的影响,是因为这个策略的背后有读者的身份认同在起作用。赛金花青楼出身,嫁给状元,当过公使夫人,出过洋,后来又在京津沪艳帜高张,光这一经历就能激起无穷的民间想像,更何况"这个人在晚清历史上同叶赫那拉可谓一朝一野相对立",[4]

---

 [1] 严复等:《国闻报》,1897年10月16日至11月18日。
 [2] 蔡元培:"追悼曾孟朴先生",《宇宙风》第二期,1935年10月1日。
 [3] 郁达夫:"读《赛金花本事》",《东南日报·沙发》,1935年1月8日。
 [4]《赛金花本事》,第1页。

第三章 传记文学的结构原理

野史不野,何谓野史?所以,曾孟朴笔下的赛金花不过是顺从了读者的身份认同,从而满足了民间想像。

然而,问题远未结束。《孽海花》中的"荡妇淫娃"怎么会摇身变成了《赛金花本事》里的"平康女侠"?

不可否认,赛金花身上有一些"侠"气。曾孟朴说:她"为人落拓,不拘小节,……喜著男装"。[1]据铁屑编《中国大运动家沈荩》记载,名记者沈荩被仗死狱中:

> 血肉狼藉于地。狱卒牵苏春元入。苏春元不忍睹,请以三百金别易一室。狱卒又牵南妓赛金花入,赛同时因案被逮故也。赛叹曰:沈公,英雄也。遂自掬其碎肉,拌以灰土,埋之窗下。[2]

豪侠之气跃然纸上。赛金花本人对自己的大侠风范更是着意渲染。在《赛金花本事》中,她"刺刺不休"谈嫁魏事,因为魏先生"有侠气"。[3]此外,她详尽而生动地叙述自己如何让兽行累累的洋兵放下屠刀,"很救下了不少人的活命";如何对联军统帅瓦德西晓以大义,"不准兵士们再在外边随便杀人",又如何使一意要挟的克林德夫人就范,"替国家办了一件小事"。结果,"'赛二爷'这个名儿,在那时,也弄得传遍九城,家喻户晓了"。[4]这里,赛金花以完全不同于《孽海花》的内容来架设《赛金花本事》的主题结构。

属于"在野党"的文人墨客纷纷上场,借题发挥:

> "千万雄兵何处去,救国全凭一女娃;莫笑金花颜太厚,军人大可赛金花。"——敖溪[5]

---

[1] 曾朴:"东亚病夫访问记",《孽海花资料》,第140—141页。
[2] 阿英:《小说闲谈四种》,上海:上海古籍出版社,1985年,第123页。
[3] 《赛金花本事》,第50页。
[4] 同上书,第34—41页。
[5] 敖溪:《赠赛金花》,《小说闲谈四种》,第178页。

"言和言战纷纭久,乱杀平人及鸡狗。彩云一点菩提心,操纵夷獠在纤手。"——樊樊山[1]

"京阙生尘万户空,平康女侠鲁连风。宫中宝玉闺中秀,完璧都从皓齿功。"——杨云史[2]

对此,鲁迅一针见血地指出,赛金花简直成了"九天护国娘娘"。[3] 细究起来,"平康女侠"的形象背后有着双重原因:第一、赛金花在诱导读者进行另一种身份认同,即公使夫人。她之所以不忘提及她怎么学得德国话,并在瓦德西面前谎称她跟洪钦差的关系,以及她以"咱们两国的邦交素笃"[4] 为由说服克林德公使夫人,在相当程度上是为自己的形象张本:民间使者女鲁连。赛金花这么做,有着明确的目的性。她要为自己在《孽海花》中的预设形象平反。一方面,她反戈一击,扬言曾孟朴"吊她的膀子"不成,便用文字来糟蹋她,弄得曾孟朴自身清白难保,不得不出来辩护。另一方面,她顺水推舟,大作瓦德西的文章,说穿了是在利用《孽海花》中瓦赛的风流韵事,假戏真唱。赛金花的德语水平能否与洋人"办外交"姑且不论,她跟瓦德西有无关系仍是见仁见智,[5] 可是有一点是可以肯定的,赛金花本人的话不足为凭。理由是,她不但隐瞒自己的真实年龄,自述自己对瓦德西所说的种种谎言,职业性地因时因地因人而改变自己的名字,甚至对商鸿逵也一会说在欧洲不认识瓦德西,一会儿又说认识他。[6] 据此,我们认为,作为联军统帅、年逾花甲的瓦德西是否真的如赛金花所讲的那样对她缱绻情深、言听计从就应大打折扣。赛金花之所以重点叙述这一关

---

[1] 樊樊山:《后彩云曲》,《赛金花本事》,第158页。
[2] 杨云史:《灵飞墓诗碣》,《赛金花本事》,第152页。
[3] 鲁迅:《且介亭杂文末编》,《鲁迅全集》第六卷,第602页。
[4] 《赛金花本事》,第40页。
[5] 参阅赵淑侠:《赛金花》,合肥:安徽文艺出版社,1997年,第4—10页。
[6] 《赛金花本事》,第60页。

第三章 传记文学的结构原理

系,目的是为她的"女侠"身份作铺垫。因为没有瓦德西,她无法行侠。"第二,是在'一二八'中日战争爆发以后,在'不抵抗'的愤激情绪中,大家怀念到这位庚辛之际曾经为国家服务的女人,藉她来讽刺当局,或者阿Q似的,希望再有这样的女人。"[1]整日生活在列强的血盆大口之下,公众有一种不自然的心态:既然对政府彻底绝望,那只能寄希望于民间的救星——侠客了。赛金花机警地抓住了公众的这一心态,因此,她在《本事》中大谈特谈骑着高头大马、周旋于洋兵之间的赛二爷形象。这种"平康女侠"的形象很能投合那一时期的公众意愿。对于赛金花,"平康女侠"身份可谓一箭双雕:既为自己的"荡妇淫娃"身份辩诬,又顺应了时代的意愿。为此,她把庚辛之际只有她自己才清楚的全部生活一笔勾销,真正做到了郁达夫所说的"轻轻删除,一字不提"。

至于激进分子和革命斗士把赛金花视为"洋奴汉奸",立意在于唤起国人,共御外侮,为的是满足另一种公共诉求:"起来,不愿作奴隶的人们"的民族救亡之声。[2]对一个历史负荷太重的民族来说,真实的赛金花几乎得不到健康的叙述契机。她是一条变色龙,充当的是传声筒。即使今天,女权新潮作家和男性骑士文人仍在按自己的意愿为赛金花"翻案"。[3]究其实,都一样没有跳出身份认同的魔掌。难得有老一辈学者阿英的平实和公允:"她不过是大时代中一个作为骨干的小人物,她不是'尤物',不是'英雄',而是有血有肉,有生命的活生生的人类!"[4]

"洋奴汉奸":"她不过是大时代中一个作为骨干的小人物。"这是阿英的心里话。

"平康女侠":"(她)早已封为九天护国娘娘了。"鲁迅讽刺道。

---

[1]《小说闲谈四种》,177页。
[2] 柯灵:《柯灵杂文集》,北京:三联书店,1984年,第635页。
[3] 柯兴:《清末名妓赛金花传》,北京:华艺出版社,1991年,第507页。
[4]《小说闲谈四种》,第182页。

"荡妇淫娃":"(她)除了美貌与色情狂以外,一点没有别的。"蔡元培如是说。

"设言托意,或咏桑寓柳"〔1〕的路大都堵死,赛金花的身份没有"寓意可言"!?

第二节 影响的谱系

影响的余响响彻歌德的《诗与真》(中译本为《歌德自传》)。法兰克福人物的影响,奥塞尔的影响,莱辛的影响,璐仙德的影响,舍普夫林的影响,莎士比亚的巨大影响,哈曼的影响,默克的影响,英国诗歌的影响,斯宾诺莎的影响,歌德自传中的影响叙述彼伏此起。尽管如此,但它们还不能构成自传的"主部主题"。〔2〕相比之下,胡适的自传倒是名副其实的影响录。

胡适自传的主题结构是影响,但它也没有离开身份认同的基础。在我们看胡适是怎样给自己定位之前,我们先来看一下别人眼里的胡适。季羡林说:

> 我觉得,不管适之先生自己如何定位,他一生毕竟是一个书生,说不好听一点,就是一个书呆子。我也举一件小事。有一次,在北平图书馆开评议会。会议开始时,适之先生匆匆赶到,首先声明,还有一个重要会议,他要早退席。会议开着开着就走了题,有人忽然谈到《水经注》。一听到《水经注》,适之先生立即精神抖擞,眉飞色舞,口若悬河。一直到散会,他也没有退席,而且兴致极高,大有挑灯夜战之势。从这样一个小例子中不也可以小中见大吗?〔3〕

---

〔1〕 曹雪芹:《红楼梦》,北京:人民文学出版社,1982年,第138页。
〔2〕 参阅《歌德自传》。
〔3〕 季羡林:"站在胡适之先生墓前",《百年潮》,1999年第7期,第14页。

第三章　传记文学的结构原理

这样的例子唐德刚的《胡适杂忆》里也有。但例子再多几个似乎还不足以说明胡适是个"书呆子",因为这只是他性格的一个侧面。对于胡适的身份,温源宁在《一知半解》里这样剪影:

> 因为胡博士在国立北京大学教授哲学多年,人们称他为哲学家。不错,他是个哲学家;然而,这个称呼肯定难以说明他的一切活动。因为胡博士经常给一些期刊写文章,谈大家关心的问题,人们称他为小册子作家。不错,可以这么称呼他;然而,假如有谁认为他也有小册子作家那种心理状态和机会主义思想,那就是极大的诬蔑。因为胡博士从不摒弃现世的物质财富,人们说他是俗人。当然,他也是个俗人;不过,只有仅仅在宴会上认识他的人才有可能产生这个印象。要拿一个词儿来说明他是哪一种人,我看,用18世纪所谓"哲人"二字最为恰当。伏尔太,达·朗贝尔,赫巴士,艾尔法修,狄得罗,泽力米·边沁,都是哲人。他们全都有些俗人的风味,有些学者的风味,有些实干家的风味,也有些哲学家的风味。……在这一派哲人之中,胡博士并非是最不出色的。在中国,我不敢断定他不是惟一的当代哲人。[1]

亲炙过胡适的人,对他的定位一般来说"差不多",但胡适不喜欢"差不多",他给自己的定位就很精确:

> 有时我自称为历史家;有时又称为思想史家。但我从未自称我是哲学家,或其他各行的什么专家。[2]

三种定位,我们舍大同而求小异:季羡林的轶事管窥蠡测;温源宁的描述道中庸而极高明,胡适自己的身份认同倒是一分为二。而在他的两种主要自传里,"思想史家"的身份几乎一统天下。胡

---

[1] 温源宁:《一知半解》,南星译,长沙:岳麓书社,1988年,第9—10页。
[2] 胡适:《胡适口述自传》,《胡适文集》第1册,北京:北京大学出版社,1998年,第214页。

传记文学理论

适说,《留学日记》是他"思想的草稿",[1] 我们说,《四十自述》和《胡适口述自传》是他"思想的底稿"。确切地说,这两部自传是一个"思想史家""思想形成的底稿"。

明乎此,我们就比较好理解为什么胡适自传的重点放在对四个人的叙述上,因为这四个人对他的思想形成起着决定性的影响。

第一个人是他的父亲胡传。胡适的父亲去世之后,家道中衰。对少年胡适来说,只有两条路可走:一条是弃学从商;一条是读书求学。在决定胡适能否读书这件事上,能够说得上话的只有三个人:胡适的母亲、二哥和三哥。大哥是个败子,在家里没有发言权。二哥掌管着一家的财政大权,可他口门很紧,一言不发。三哥属于反对派,对弟弟求学的事冷嘲热讽,一肚子的不赞成。胡适的母亲是继室,而且只有胡适这一个儿子,当然望子成龙。在孤助无援的情况下,胡传的遗嘱自然成了她的上方宝剑:

> 我父亲在临死之前两个多月,写了几张遗嘱,我母亲和四个儿子每人各有一张,每张只有几句话。给我母亲的遗嘱上说穈儿(我的名字叫嗣穈,穈字音门)天资颇聪明,应该令他读书。给我的遗嘱也教我努力读书上进。这寥寥几句话在我的一生很有重大的影响。[2]

我们虽然不能就此得出结论,胡传的遗嘱对胡适来说是一言定终生,可"这寥寥几句话"确实决定了胡适一生发展的大方向——"读书上进"。

另一个影响来自范缜。在胡适的眼里,胡传和范缜是一脉相承的。实际上,胡适之所以叙述父亲在郑州办河工时写的诗歌,并说明他父亲反对迷信的截然态度,其目的是为了在后面写他自己的思想转变打埋伏。他强调父亲的理学背景,特别点明这种背景

---

[1] 胡适:"自序",《胡适留学日记》,上海:商务印书馆,1947年,第2页。
[2] 《四十自述》,第34页。

第三章　传记文学的结构原理

后面所蕴涵的科学态度,用意也是为了更进一步显示他父亲对宗教的态度。这种态度的表现之一就是在自己家的大门上贴上条子——"僧道无缘"。

这样的遗风在现实面前当然不堪一击。由于父亲的去世,四叔又外出做学官,家里成了女眷的天下,而求神拜佛是女眷们精神生活的头等大事。耳濡目染,胡适不久就"脑子里装满了地狱的惨酷景象","种种牛头马面用钢叉把罪人叉上刀山,叉下油锅,抛下奈何桥下去喂饿狗毒蛇"。如此熏陶之下,胡适不但"很诚心的跟着她们礼拜",[1]而且还自己动手在家里造了一座小圣庙。焚香敬礼,自然不在话下。

那么,什么东西改变了胡适的思想,使他的宗教虔诚一下子荡然无存了呢?

范缜的三十五个字。正如胡适不忘父亲的理学遗风一样,他也同样牢记司马光的转述之恩。胡适说,当他首先在朱子的《小学》里读到司马光的家训时,他"高兴的直跳起来","再三念这句话:'形既朽灭,神亦飘散,虽有剉烧舂磨,亦无所施。'"[2]胡适推断,司马光的这句家训大概受了范缜的影响,因为在《资治通鉴》里司马光引用范缜的《神灭论》,摘录的正是关于形神关系的精辟比喻:

> 缜著《神灭论》,以为"形者神之质,神者形之用也。神之于形,犹利之于刀。未闻刀没而利存,岂容形亡而神在哉"?此论出,朝野喧哗,难之,终不能屈。[3]

因此,当胡适说"司马光的《资治通鉴》竟会大大的影响我的宗教信仰,竟会使我变成一个无神论者",实际上,他要说的是:

> 司马光引了这三十五字的《神灭论》,居然把我脑子里的

---

[1]《四十自述》,第69—71页。
[2] 同上书,第73页。
[3] 同上书,第75页。

113

无数鬼神都赶了。从此之后,我不知不觉的成了一个无神无鬼的人。……我只读了这三十五个字,就换了一个人。……他(司马光)决想不到,八百年后这三十五个字竟感悟了一个十二岁的小孩子,竟影响了他一生的思想。[1]

上海六年是胡适一生的第二个阶段。在这个阶段,胡适经历了从"乡下人"到"新人物"的转型,而决定这一转型的关键人物就是梁启超。

在《四十自述》里,胡适这样描写他当时的情形:"我初到上海的时候,全不懂得上海话。进学堂拜见张先生时,我穿着蓝呢的夹袍,绛色呢大袖马褂,完全是个乡下人。许多小学生围拢来看我这乡下人。"[2] 不久,这个"乡下人"就变了:

> 这一年之中,我们都经过了思想上的一种激烈变动,都自命为"新人物"了。二哥给我的一大篮子的"新书",其中很多是梁启超先生一派人的著述;这时代是梁先生的文章最有势力的时代,他虽不曾明白提倡种族革命,却在一班少年人的脑海里种下了不少革命种子。[3]

其实,上海新出版的《时报》、中国公学的评议会,甚至连"原日本之所由强"这样的作文题目都给从乡下来的胡适耳目一新之感,更不用提当时的教员杨千里、姚康侯和王云五对他的"影响"。胡适之所以有重点地把梁启超抬出来,一方面固然如他所说,即使严复,"少年人受他的影响没有梁启超的影响大"。但更重要的原因还是那"现在追想起来"所赋予的特殊意义:

> 我个人受了梁先生无穷的恩惠。现在追想起来,有两点最分明。第一是他的《新民说》;第二是他的《中国学术思想变

---

[1]《四十自述》,第 76 页。
[2] 同上书,第 88 页。
[3] 同上书,第 92—93 页。

第三章 传记文学的结构原理

迁之大势》。[1]

为什么"现在追想起来",这"两点最分明"?胡适没有给出现成的答案,但他对这两点的解释倒给我们提供了答题的线索。他认为,"'新民'的意义是要改造中国的民族,要把这老大的病夫民族改造成一个新鲜活泼的民族";[2]而"《中国学术思想变迁之大势》也给我开辟了一个新世界,使我知道《四书》、《五经》之外中国还有学术思想。……这是第一次用历史眼光来整理中国旧学术思想,第一次给我们一个'学术史'的见解"。[3] 这里,胡适大刀阔斧,把梁启超卷帙浩繁的著作一分为二,再次显示了他那"截断众流"的魄力。[4] 事实上,这两类作品大致总结了梁启超的两种身份:作为"言论家之指针"[5] 的梁任公和作为思想史家的梁任公。而这两点也基本上浓缩了胡适一生的志业。

在美留学期间,哲学是胡适的专业,哲学家才是他名正言顺的头衔,可是他自己为什么不以哲人见称,反倒以史家自居呢?

具有讽刺意味的是,在胡适的身份认同上起决定作用的不是别人,正是约翰·杜威(John Dewey)。作为哲学家,杜威没有使自己的弟子归宗哲学,却把他引向了克丽奥的故纸堆,这是他意想不到的。而他的学生反把这种引导之功归于他的名下,这样的不虞之誉更是他所始料不及的。胡适写到:

> 杜威给予我们一种思想的哲学,这种哲学把思想当作一门艺术,一种技术。在《思维术》和《实验逻辑论文集》中,他阐述了这一思维术。我发现他的思维术不仅在实验科学的发明中有效,而且在历史科学最好的研究中也适用,例如,校勘学、

---

[1][2]《四十自述》,第101页。
[3] 同上书,第105页。
[4] 蔡元培:"中国古代哲学史大纲序",《中国哲学史大纲》卷上,胡适著,北京:商务印书馆,1919年,第3页。
[5] 胡适:《胡适留学日记》卷九,第650页。

训诂学和高级批评学。……杜威思维术的本质在于,大胆地假设,小心地限定并求证。他的实验思维术可以当之无愧地叫做"创造性智慧"……奇怪的是,这种工具主义的逻辑法则竟使我变成了一名史学研究工作者。[1]

胡适没有成为哲学家,根源在于他的"训练"。"历史是我的训练",[2] 这句胡适的口头禅虽然家喻户晓,但"训练"也是胡适自传的重心,这一点未必尽人皆知。

胡适的自定身份是"思想史家",接受思想的影响自然构成了他自传的主题结构,然而围绕这条主线,我们发现还同时并存着一条或明或暗的副线。这条副线就是训练。

如果说"影响"是胡适自传的关键词,那么"训练"则是他自传的高频词。他说,在家乡他除了接受经典的教育之外,还偷看了不少的白话小说,还有机会把这些小说讲述出来。在他看来,这些很要紧,因为他做的是一种"白话散文的训练"。[3] 在中国公学,他细心观察大同学的评议会,觉得自己受益匪浅,因为"这种训练是有益的"。[4] 他还说,中学里做的意译,是一项很好的"训练"。[5] 当然,胡适基本上没有涉及这些技术层面的训练所带来的心理变化。也就是说,技术训练和自我训练并没有很好地挂钩。

我们所关心的问题是:训练的副线与影响的主线有没有关系?如果有的话,它们构成什么样的关系?这种关系在什么意义上决定一部自传的成败?

影响与训练的关系在胡适的父亲和母亲身上体现得最为完

---

[1] Hu Shih, "My Credo and Its Evolution", *Living Philosophies* (New York: Simon & Schuster, 1931), p.255.

[2] 参见《胡适杂忆》,第144页。

[3] 《四十自述》,第50—51页。

[4] 同上书,第117页。

[5] 同上书,第141页。

第三章 传记文学的结构原理

美。胡适说,他父亲教给他的是"做人的道理",而母亲管的是"做人的训练"。[1]"做人的道理"主要体现在他父亲编的四言韵文《学为人诗》里。在自传中,胡适抄录了开头几行以及最后三节,较为详细地介绍了他父亲的思想。如果我们把这首诗浓缩一下的话,我们可以看到这首"学为人诗"里有两句最为关键:

> 为人之道,非有他术:
> 穷理致知,返躬践实。[2]

对胡适来说,"穷理致知"的途径可能很多,但在自传里一个重要的途径就是接受"影响",而"返躬践实"里最关键的一环就是"训练"。

胡适的母亲提供了"训练"的理想例证。作为年轻的寡妇,当家的后母,胡适的母亲处境极为尴尬。她在对付长子的催债人时所表现的大度,在处理婆媳关系时所表现的容忍,面对闲言碎语时所表现的"刚气",给少年胡适留下的记忆是难以磨灭的。但主要的影响还是来自母亲对他的直接管教。她教训儿子很讲究策略,如重身教,处罚时讲时间差,体罚时不让儿子哭出声,但最重要的还是正面教育:"你总要踏上你老子的脚步。我一生只晓得这一个完全的人,你要学他,不要跌他的股。"[3] 在母亲的恩威并施之下,胡适说:"我在我母亲的教训之下住了九年,受了她的极大极深的影响。"[4] 这个影响是通过训练来实现的,训练的结果,胡适"踏上"了"老子的脚步"。

表面上看,对于范缜的影响,胡适是无法通过训练来转换的。但我们在他的《四十自述》里可以看到他砸神像的念头和借酒装神

---

[1] 《四十自述》,第56页。
[2] 同上书,第38页。
[3] 同上书,第56—57页。
[4] 同上书,第63页。

弄鬼的戏剧性场面。如果说接受范缜的影响是"致知",是"思想"的"解放",[1]那么虔诚的他一下子要砸神像,并且借酒发疯无疑是把这一认识付诸"践实"。胡适通过"训练"来转换影响的行为在上海时期表现得尤为明显。在《竞业旬报》里,他把他的无神思想较有系统地写进了"无鬼丛话"。他的思想来源就是司马温公和范缜的话。胡适说,《竞业旬报》给了他"长期训练",[2]而这种训练的一个主要内容就是把范缜的影响表现出来。

在"从拜神到无神"这一章里,胡适讲述了他怎么砸三门亭的神像,然后借着酒力,装神弄鬼,做出被神报应的假象,以逃避母亲的处罚。在故事的结尾处,胡适无意中说出了一句自传之道:"附在我身上胡闹的不是三门亭的神道,只是我自己。"[3]从某种意义上说,胡传和范缜不过是"三门亭的神道",真正胡闹的是胡适"自己"。也就是说,在神道性"影响"和自我性"训练"之间,孰轻孰重,胡适应该心中有数。

问题是,这种影响和训练的双线发展是胡适有意为之?还是无意识的行为?

答案倾向于是后者。因为到梁启超时,我们看到的多半是叙述梁启超的影响,而看不到"我自己"。也就是说,这个部分基本上没有自我训练的成分。这种现象在杜威的身上体现得尤为明显。"杜威对我其后一生的文化生命既然有决定性的影响,我也就难以作详细的叙述。"既然这么重要,为什么不写?紧接着胡适说,他要在《口述自传》里"举出几个杜威思想如何影响我自己的思想的实例",[4]可是我们根本看不到"实例",只是一篇杜威《逻辑思考的诸阶段》的论文梗概。同样,在讲到"主宰了"他"四十多年"的

---

[1]《四十自述》,第78页。
[2] 同上书,第134页。
[3] 同上书,第84页。
[4]《胡适口述自传》,第264页。

第三章 传记文学的结构原理

"方法"时,胡适仍然说:"大体和细节都不是三言两语所能尽意的,所以我举出几件小事来说明杜威对我的影响罢",[1]可是我们看到的绝大部分仍然是对杜威思想,特别是《思维术》的复述,自我回应的部分很少。

实际上,在胡适的自传里,关于母亲的篇幅写得最好,无神论的描述也很出色,梁启超的部分流于一般,杜威的章节可以说是败笔。为什么会出现这种情况?因为胡适在后面两部分只注意"三门亭的神道",而忽略了那个"胡闹"的人——"我自己"。这是胡适自述作品的硬伤,也是自传影响录结构的通病:写别人影响的传记事实绝对压倒讲自我训练的自传事实。

"以期作圣"[2]是胡传对胡适的厚望,也是胡适做传和教人做传的动机。在"成圣"的道路上,胡适没有数典忘祖,而是用谱系法,一一描述他所接受的影响,从而使他的自述构成了一部影响的谱系。除胡传外,让"朝野喧哗"的范缜、"言论家之指针"的梁启超、"万师之师"(Teacher of Teachers)[3]的杜威,个个都是风动天下广有影响的人物。胡适是影响人物,[4]这就是为什么影响叙述是他自传的"框架结构"。

第三节 整体性原则

失败的传记比比皆是。这一事实至少说明,多数传记作者对

---

[1]《胡适口述自传》,第265页。

[2]《四十自述》,第46页。

[3]《胡适留学日记》,第650页。参见493页:"杜威为今日美洲第一哲学家,其学说之影响及于全国之教育心理美术诸方面者甚大"。此外,胡适在《留学日记》里摘录了一篇杜威的小传,着眼点也在于杜威的影响。

[4] 唐德刚认为:"胡适之先生是现代中国最了不起的大学者和思想家。他对我们这一代,乃至今后若干代的影响,是无法估计的。"见唐德刚:"写在书前的译后感",《胡适口述自传》,第174页。参阅余英时:《中国近代思想史上的胡适》,台北:联经出版事业公司,1984年,第16页,特别是他在中国思想史上所起的"典范"(paradigm)影响。

传记文学理论

如何选择传记主人公相当茫然,更谈不上洞晓左右传记选择的一条原则——整体性。

传记的选择,包括传主的选择与传记内容的选择,为什么要以整体性为指归呢?原因有二。首先,传记的描述对象——人——是一个整体,用流行的话说,是各种关系的总和。这也是歌德的一贯看法。"人是一个整体,一个多方面的内在联系着的各种能力的统一体。艺术作品必须向人这个整体说话,必须适应人的这种丰富的统一体,这种单一的杂多。"[1] 其次,传记这一文类本身具有一种整合性,也就是跨学科的特点。就传记的本质而言,它是一种基于史臻于文的叙述,是文与史的水乳交融、珠联璧合。把传记划归史林,或搁置文苑,都有悖于它的最大特点,即兼容性。此外,史与文好比传记的一经一纬,而它编织的内容则因传主职业的不同,可以囊括人类知识的各个方面。傅雷说:"了解人是一门最高深的艺术,便是最伟大的哲人、诗人、宗教家、小说家、政治家、医生、律师,都只能掌握一些原则,不能说对某些具体的实例——个人——有彻底的了解。"[2] 确切地说,哲人、诗人、宗教家、小说家、政治家、医生、律师,几乎只从一个方面、一个角度去了解人,而传记家却雄心勃勃,企图当全能选手,去把握复杂而全面的人。这自然需要一种全局的、整体的观念,不能顾此失彼,目无全牛。

对"整体性"有种种不同的阐释。乔治·卢卡奇(Georg Lukács)的论述较为系统,歌德的观点切中肯綮。我们之所以把他们并列,是因为他们的理论有助于理解传记中整体性的两个主要方面。在论及文学与客观实际的关系时,卢卡奇认为:

> 假若一个作家致力于如实地把握和描写真实的现实,就

---

[1] 歌德:《收藏家和他的伙伴们》,引自朱光潜《谈美书简》,上海:上海文艺出版社,1984年,第33页。
[2] 傅雷:《傅雷家书》,北京:三联书店,1998年第5版,第218页。

第三章 传记文学的结构原理

是说,假若他确实是一个现实主义作家,那么现实的客观整体性问题就起决定性的作用。至于作家在头脑中是如何形成现实的客观整体性的,那是无关紧要的。列宁一再强调整体性概念的实际意义,他指出,"为了确实认识一个对象,人们必须把握和研究它的一切方面,一切联系和媒介。虽然我们不能完全做到这一点,但是全面的要求会使我们避免错误和僵化。"(着重号是我加的——卢卡奇)〔1〕

实际上,卢卡奇这里所强调的整体性是指对认识对象的全面把握,我们可以称之为"认识的全面性"。再来看一段歌德的表述:

> 艺术要通过一种完整体向世界说话。但这种完整体不是他在自然中所能找到的,而是他自己的心智的果实,或者说,是一种丰产的神圣的精神灌注生气的结果。〔2〕

很明显,歌德所谈论的是一种截然不同的整体性,一种相对于卢卡奇所说的"现实的客观整体性"的主观世界的产物,我们命名为"艺术的完整性"。"认识的全面性"(史的要求)和"艺术的完整性"(文的指归)是传记的双飞翼。凭借它们,传记可以飞跃"史"与"文"的鸿沟,达到一种文史联姻的和谐与完美。

然而,选择传主的动机常常会打破上述的和谐。面对传记作者的种种企图,萨特一针见血地指出:"传主不需要传记作家,是传记作家想逃避自己的生活。"〔3〕既然传记写作是传记作家一厢情愿的行为,那么探讨传记作家的写作动机,特别是这一动机是如何影响传记的整体性原则,就显得尤为重要。在此,我们着重讨论传

---

〔1〕 卢卡奇:《卢卡奇文学论文集》第二册,中国社会科学院外国文学研究资料丛刊编辑委员会编,北京:中国社会科学出版社,1985年,第6页。

〔2〕《歌德谈话录》,第137页。

〔3〕 Quoted in *New Directions in Biography*, ed. Anthony M. Friedson (Honolulu: University Press of Hawaii, 1981), p.71.

记写作的三个主要动机:纪念、认同和排异。

纪念性传记

　　纪念性传记的数量之大给人一种幻觉,似乎只要跟传主沾亲带故就有写传的资格。事实上,纪念性传记有相当一部分出自亲朋故旧之手:妻子所作的亡夫行述;丈夫为娇妻所写的悼亡篇什;子女对父母的缅怀之作。下属对上级的业绩追忆更是数不胜数。这类传记的一个共同特点是,传记作者试图用文字为死者树立一座高耸入云的纪念碑,借死者的伟大来鼓起生者的勇气。传记大家斯特雷奇对妻子参与丈夫的传记写作有过详尽的记述。正值盛年的维多利亚女王(Queen Victoria)突然失去了她赖以支持的丈夫阿尔伯特(Prince Albert)。这一突如其来的打击使得女王不知所措,无心朝政。为了摆脱痛苦的阴影,她决定为阿尔伯特立传。她选择的另一重要的纪念方式就是为阿尔伯特塑像。关于传记写作的目的和女王的参与情况,斯特雷奇写到:

　　　　她明白他生前未受真正的赏识。他的力量之大,他的德行之高,过去是不能无所隐讳。可是一死便除去了种种顾虑,现在该让她的丈夫的伟大暴露无遗了。她有条不紊地着手工作。她指令亚述·赫尔朴斯爵士编出一本配王的讲演录,那本厚书在1862年问世了。于是她命令格雷将军记述配王的早年生活——从诞生到结婚。她自己定下全书的计划,提供大量的秘密文献,再加无数的注释。格雷将军听命了,那部著作在1866年完成。可是主要的事迹尚未讲到,因此训令马丁先生写配王的全传。马丁先生辛苦了十四年。他要处理的材料浩大得简直不可置信,可是他极其勤奋,而且他始终承受陛下优渥的帮助。第一巨册在1874年出版,其他四册自后陆续刊

第三章　传记文学的结构原理

布,那部巨著直到 1880 年才出齐。[1]

然而,事与愿违的是,这部苦心经营之作并不成功,正如斯特雷奇指出的,"失败的责任一定归之于维多利亚自己"。因为"对于阿尔伯特,她之酷爱绝端,更达于绝顶。以为他哪一方面稍有欠缺——不管在道德上、智慧上、美上,一个男子所有的一切光荣和体面上——就是不值一顾的亵渎:他是完美无缺的,一定得表彰他是完美无缺的"。[2] 结果,世人"多半倒不在乎于嫉妒这个完人,而在于怀疑他的不近人情;因此世人见陈列出来给他们赞叹的人物倒像道德故事书里的糖英雄,而不像有血有肉的同类……"[3] 斯特雷奇的分析明白无误地指出了纪念性传记的通病:认识的不可避免的片面性。这是因为纪念性传记的作者所关注的不是读者眼里的客观存在,而是他(她)心目中的理想。表面上看,描述一个客观存在,还是塑造一种理想人格只是写作目的的差异,但对于传记这一文类来说,描述符合它的历史精神,而塑造则动摇了它的历史根基。因此,可以说以塑造理想人格为宗旨的纪念性传记基本上无视历史存在的丰富性,自然难以达到认识的全面性。

子女或后代为父母或先辈所做的传记是否可以摆脱上述弊端呢?答案显然不容乐观,而且还有新的问题。传记作家江南指出:

> 林则徐的后人林继镛写过一本《林则徐传》(台湾版),当然以林公一生的事迹为经纬,加以详述综合。可惜,不忍卒读,屡试屡败。这本书最大的缺点,文字晦涩,摘引繁巨。博引的原则,并没有什么不对。但是要考虑到(一)是否有绝对的必要。(二)不能影响文体,白话夹文言切忌。(三)要有限

---

[1] 斯特雷奇:《维多利亚女王传》,卞之琳译,北京:商务印书馆,1992 年,第 241—242 页,标点与人名略有改动。

[2] 同上书,第 242 页。标点与人名略有改动。

[3] 同上书,第 243 页。

度。[1]

同样的问题也出现在传记大手笔温斯顿·丘吉尔身上。在《传记的艺术》一书中,以写作传记而获国家艺术与文学研究院金质奖章的威廉·塞耶(William R. Thayer)对丘吉尔为其父所做的传记颇有微词:

> 丘吉尔为其父所写的传记要是压缩一半,就会加倍地好。因为丘吉尔的毛病,也是大多数英国人的通病,就是过分强调了党派政治的细节。不管怎么说,即使事隔三十年斯达福·诺思科特爵士、格森、哈廷顿勋爵,甚至萨利斯伯里勋爵均非英雄之辈或举足轻重之人。丘吉尔对他们的描写过于细致入微,至少我觉得,对于他们的政策,我反而不甚了了。[2]

江南与塞耶都是传记作家,他们从传记艺术的角度出发,不约而同地指出了纪念性传记的另一弊端:传记的结构失衡。无论是江南指出的"摘引繁巨",还是塞耶建议的"压缩一半",这两部传记的艺术完整性无疑受到了破坏。造成这种现象的主要原因是,传记作者在历史的细节与叙述的真实之间厚此薄彼,常常通过放大历史的细节达到纪念的目的。"伟其事"、"详其迹"[3] 固然无可厚非,可是,一旦比例失控,以牺牲叙述的真实为代价,传记就难免有名无实,流于生平资料的汇编。

认同性传记

传记作家在选择传主时,不免带上自己的苦闷与问题。当他遇到一位传主正好也有过类似的经历时,他便欣喜若狂,毫不犹豫地选择这位传主。他与其说在讲述别人的生平故事,还不如说趁

---

[1] 江南:《江南小语》,北京:中国友谊出版公司,1985年,第1页。
[2] William R. Thayer, *The Art of Biography* (New York: Scribners, 1920), p.141.
[3] 刘勰:《文心雕龙校注》,杨明照校注,北京:中华书局,1959年,第151页。

第三章 传记文学的结构原理

机释放一下自己郁结的情感,试解一番脑中缠绕的疙瘩。对于这种现象,保罗·默里·肯道尔有过描述。他说:

> 在另一个人的踪迹中,传记作者想必会时不时地找到他自己的影子。所有的传记都在它的自身内部笨拙地掩盖着一部自传。[1]

在《传记面面观》中,莫洛亚系统地论述过这一问题。他把这种传记命名为"作为表现的传记",并形象地说,它们是"披着传记外衣的自传"。[2]美国传记名家艾利昂·艾达尔(Leon Edel)对这类传记进行了更为深入的研究。在心理学,特别是精神分析的启迪下,他把这种现象称之为传记作者的"移情"。[3]因此,我们不妨把第一种认同性传记命名为"移情型认同"。以莫洛亚的《雪莱传》为例。当莫洛亚刚刚离开中学时,他满脑子装着形形色色的哲学思想和政治观念。可是,他一旦把这些高尚的思想付诸现实时,他发现自己几乎处处碰壁,步步维艰。他为此彷徨,痛苦。与此同时,他偶尔读到一部《雪莱传》,顿时"内心产生了强烈的共鸣"。因为"在我看来,雪莱也经历过性质类似的挫折。当然,与我的生活相比,他的生活要崇高百倍,优雅百倍,但我知道,在同样的境遇里,在同样的年龄时,我也会犯同样的错误……是的,实际上我觉得讲述他的生平故事就是某种程度的自我释放"。[4]很明显,在莫洛亚的这段夫子自道中,认同的轨迹清晰可辨:从与我有类似经历的雪莱(认同的前提),到具有雪莱潜在可能性的我(认同的移情过程),终点至自我的抒写(认同的目的)。然而,自我的抒写并不能达到自我救赎的目的。正如莫洛亚自己承认的:

---

[1] 保罗·默里·肯道尔:《人物》,余中先译,1995年,第1期,第173页。

[2] André Maurois, *Aspects of Biography*, p.125.

[3] Leon Edel, "Transference: The Biographer's Dilemma", *Biography* 7 (Fall 1984): 284.

[4] André Maurois, *Aspects of Biography*, p.121.

> 我想杀掉我身上的浪漫气质。为了达到这一目的,我就嘲笑雪莱身上的浪漫气质。可是,当我嘲笑它时,却又同时爱着它。

其结果,这部传记"被一种反讽的口吻破坏了,因为这种讽刺完全是由我而发、对我而来的"。尽管莫洛亚声称"我对这部传记已不再喜欢",但它"是怀着愉快的心情,甚至带着激情写就的作品"。[1] 从莫洛亚叙述的字里行间,我们可以感受到他对自己少作的矛盾心理。这种矛盾心理是由于再现与表现的错位而造成的。作为传记作家的莫洛亚,他的主要职责是致力于再现客体(传记主人公),而不是表现主体(传记家的自我)。但是,出于移情作用,他不能自己,反"客"为"主",使传记成了作家自我的传声筒。对于传记的这种移情性参与,艾达尔分析的结论是:"当一位传记作家与他的传主认同时,他的情感势必极其强烈,结果会导致一种理想化的盲视。"所以,他建议"传记作家必须多一点同情,少一点移情"。[2]"同情"与"移情"的本质区别在于,同情有助于对再现客体的理解,而移情则会强化作家的主体表现意识。无疑,传记需要的是一种同情性再现,而不是移情性表现,因为对传记家来说,后者无异于缘木求鱼,错误是方向性的。

与移情型认同方向相反的是崇敬型认同。在《审美经验和文学阐释学》一书中,姚斯从接受美学的角度出发,把接受者与作品中主人公的认同分为五种类型:(一)联想型认同;(二)崇敬型认同;(三)同情型认同;(四)净化型认同;(五)讽刺型认同。[3]

显然,这五种类型的认同并不都普遍存在于传记作家与传记主人公之间,而且传记作家的认同感要远比读者的认同感复杂。

---

[1] André Maurois, *Aspects of Biography*, p.122.

[2] Leon Edel, "Transference: The Biographer's Dilemma", *Biography* 7 (Fall 1984): 286.

[3] 参见《世界诗学大词典》,第408页。

第三章 传记文学的结构原理

尽管同时集崇敬、同情与讽刺于一身的传记作家不乏其人,但较为常见的情况是,占主导性的情感多半是一种,尤其是崇敬型认同。因为跟移情型认同不同,崇敬型认同的主体是一棵向日葵,惟太阳是瞻,因而在情感和认知上具有较强的排他性。崇敬型认同的例子大量存在于门徒为其师所写的传记中。文坛怪杰奥斯卡·王尔德(Oscar Wilde)不无俏皮地指出:"如今,每一位伟人都跟有一批门徒,而给他做传的总是犹大。"[1]可传记史研究的结果恰恰表明,多数"犹大"有心无胆,不但没有背叛其师,反而亦步亦趋,萧规曹随。不过,真正的崇敬型认同还是产生过不少传记杰作,当然也暴露了一些自身的问题。詹姆斯·安东尼·弗劳德(James Anthony Froude)的《卡莱尔传》可以说是这种认同的突出的例子。在这部传记中,弗劳德写道:

> 从我了解他的作品开始,我就把他视为我的导师和心目中的大师。……一旦认定一位比自己伟大的人物,你就得服从他的权威。这强于仓促行事,草率出错。如果我写作的话,我设想这一切是为他而写……[2]

可以看出,弗劳德对卡莱尔不是一般抽象意义上的崇敬,而是把他奉为自己高山仰止的圣哲。虽然这部传记引起过不少争议,但重要的传记学者,如史蒂芬、邓恩、德·沃托都认定它是传记史上不可多得的佳作。其主要原因正如科克夏特(A. O. J. Cockshut)指出的:

> 尽管弗劳德是一位出类拔萃、多才多艺的作家,可是如果换一位传主,他就不会取得同样的成功。事实上,他的其他传

---

[1] Oscar Wilde, "The Critic as Artist", *Intentions* (1891); rpt. in *The Artist as Critic*, ed. Richard Ellmann (New York: Random House, 1969), p. 342.

[2] James Anthony Froude, *Thomas Carlyle: A History of His Life in London*, Vol. II (Longman, 1896), p. 195.

记作品,诸如迪斯雷利的传记就势单力薄,毫无特点。这部传记的伟大之处在于作者与传主的完美结合,这几乎是独一无二的。……除了微有不同之外,无论是卡莱尔,还是弗劳德,他们都胸有成见、性格褊狭。"[1]

弗劳德的成功固然得之于他对大师的景仰和他们性格的全方位契合,但我们认为,尼科尔森指出的原因也一样关键:"弗劳德是第一位给英国传记输入讽刺的人。"[2]

不难想像,一旦讽刺被注入崇拜之中,读者看到的就不再是一本单调乏味的谀传,而是一幅有明有暗的立体肖像画。讽刺使弗劳德的《卡莱尔传》摆脱了一般崇敬型认同的窠臼,成为一部名副其实的大家之作。然而,《卡莱尔传》尚未达到一部大师之作应有的高度,因为它并没有突破崇敬型认同的最大局限,即传记作家对权威人格的依附所造成的视域遮蔽。具体地说,权威人格犹如壁立千仞的高峰,而崇敬型认同的探视方式是自下而上的仰视。这种认知方式决定了传记作家只看到巨峰叹为观止的一面,而无法领略鸟瞰所展示的千山万壑。没有大的参照系,传记作家也许能写出名作佳什,但很难拿出鸿篇巨制,因为后者需要作家有一种鸟瞰的气度,而这种气度正是崇敬型认同所缺乏的。所以,科克夏特指出:"卡莱尔的绝对权威影响了弗劳德智力生活的各个方面,甚至于传记写作的方法。"这就造成了他"视域受阻"。[3]

如果说在传记作家与传记主人公之间有一架太平的话,移情型认同无疑加重传记作家的一头,崇敬型认同则偏向传记主人公的一边,而这两者之间的平衡是体验型认同。试以当代传记作家

---

[1] A.O.J.Cockshut, *Truth to Life: The Art of Biography in the Nineteenth Century* (New York: Harcourt Brace Jovanovich, 1974), p.152.

[2] Nicolson, *The Development of English Biography*, p.131.

[3] Cockshut, *Truth to Life: The Art of Biography in the Nineteenth Century*, p.148.

第三章 传记文学的结构原理

霍尔罗伊德为例。当他谈到休·金思米耳(Hugh Kingsmill)对他的影响时,他写道:

> 他给我的教育决非教室之内所能学到,而是学校之外的经验:那种凭感受而非靠忍受得来的知识。在他的影响下,我从自己的生活步入别人的生活,我发现,那儿显然别有天地。[1]

正是本着感受别人生活的愿望,霍尔罗伊德进入了金思米耳、斯特雷奇、奥古斯都·约翰(Augustus John)、萧伯纳(Bernard Shaw)的世界。可是,这四位传主性格迥异,有的甚至有天壤之别,如斯特雷奇与约翰,霍尔罗伊德对他们的选择有什么一以贯之的写作宗旨作后盾呢?他成功的秘诀又是什么呢?对此,霍尔罗伊德这样解释:

> 有段时期,斯特雷奇消化不良,并得了维多利亚后期流行的神经衰弱。他把这段时期称为"黑暗时期"。当我深深地陷入他的生平世界时,我开始觉得染上了这几种过时的旧病。如果说症候会在人死后传染的话,那么我决定我的下一位传主必须具备惊人的男性气概和乐观天性。[2]

所以,继细腻纤弱、具有同性恋气质的斯特雷奇之后,他选择了孔武伟岸、放荡不羁的画家奥古斯都·约翰。当他谈到选择萧伯纳的原因时,他对传主选择的宗旨就一目了然了:

> (被选中写作萧伯纳传)是一项伟大的荣誉,但也潜伏着巨大的恐惧。萧看起来与我毫无共同之处。然而,这正是我要当传记作家的原因:探索不同的人生。[3]

---

[1] Michael Holroyd, *World Authors (1970 – 1975)*, ed. John Wakeman (New York: Wilson, 1980), p.401.

[2] Michael Holroyd, *Harper's*, October 1976, p.253.

[3] Michael Holroyd, *Listener*, September 8, 1988.

传记文学理论

为了获得完全不同的体验,霍尔罗伊德在萧伯纳生活了二十年的都柏林郊区住了两年,以便跟上萧伯纳的"步伐"。他把传记作家对传主生活的体验比作演员对角色的揣摩。他说,传记作家"必须阅读、学习台词,好像穿上了传主的衣服,与他融为一体。传记作家应该知道他的传主在屋子里的思想、感受,甚至于步态,并能一一模仿"。[1]除了跟传主达到身体、思想、感情的融合之外,霍尔罗伊德还在写作风格上与传主遥相呼应。"我本人惯用的传记写作方法之一就是不时运用传主使用过的技巧、词汇、诡计和手法,以其之道还治其身,当然不含恶意。"[2]这就是霍尔罗伊德所谓的与传主"融为一体"。此外,他还把他与传主的关系称作"隔世合作"。[3]实际上,融为一体之"融"与隔世合作之"隔"代表了传记的两种境界。传记作家与传主之间能"融"是指一种精神的契合、个性的亲和,这是认同性传记的必要前提。但这并不意味着他们之间已进入了无"隔"的化境。在移情型认同中,传记作家过分关注自己的主观倾诉,并没有进入传主的心灵空间。尽管他们能"融",但仍然"隔"着。传主高高在上,传记作家仰目而视是崇敬型认同的普遍特征。作家的这种视角劣势首先决定双方只能部分相"融",最主要的部分还是"隔"着。"融而不隔",体验也。这是因为体验型认同隐含着一种交流的相互性、合作的平等感。前者医治了移情型认同的沉疴,后者解除了崇敬型认同的痼疾。所以,从传记作家能否全面认识传主这一角度来说,体验型认同更能趋向一种整体性。

---

[1] Michael Holroyd, *Times*, September 14, 1974.

[2] Michael Holroyd, "Literary and Historical Biography", *New Directions in Biography*, ed. Anthony M. Friedson (Honolulu: University) p.14.

[3] 霍尔罗伊德:"传记家的天职",《中外传记文学通讯》第一期,赵白生编,北京:中外传记文学研究会,1996年,第6页。

第三章 传记文学的结构原理

排异性传记

排异性传记的主人公大多数属于"非我族类",包括遗臭万年的人民公敌、道貌岸然的衣冠禽兽、令人发指的地痞恶霸。传记作家对他们或批评,或讽刺,或谴责,总之,把他们作为一种异类而加以排斥,如德尼斯·马克·史密斯的《墨索里尼传》等。有时,光彩夺目的正面人物也会成为排异性传记的描写对象。出于职业道义,传记作家常常把知名人物不可告人的一面予以曝光,还历史以真实面目。还有一些传记作家以揭秘为能事,哗众取宠,在满足读者猎奇心理的同时也满足了自己的商业动机。曝光与揭秘初衷似乎无异,都是掀开大人物的神秘面纱,让读者一睹庐山真面目,但由于两者的写作动机与表现手法不同,效果往往大相径庭。如果说曝光使人看清真伪,揭秘则常常夸大是非。斯特雷奇的传记立意在曝光,而"德谤客"派传记(debunking biography)着眼于揭秘。这两类传记的共同点是容易制造轰动效应,但要避免昙花一现的命运,传记作家应该有意识地做到保持一种倾向性平衡,即瑕瑜互见,但瑕不掩瑜,或瑜不盖瑕。

可是,倾向性平衡在排异性传记中很难保持。排异性传记基本上是一边倒,一头沉。林语堂的《武则天正传》就是一例。在这部传记的序言里,林语堂直截了当地把自己的写作目的公诸于众:"我写这本武氏传,是对智能犯罪做一项研究。"[1] 为了明晰起见,林语堂在这本传记的最后附录了三张武后谋杀人员表:一张是武后的近亲;一张是王公贵族;一张是文武大臣。虽然每张表中所列的谋杀人数从23人到36人不等,但考虑到满门抄斩的数量,武则天手下的冤鬼恐怕就难计其数了。这部传记主要记述了武则天嗜血成性的一幕又一幕:她如何亲手捏死自己的亲生女儿,以便嫁

---

[1] 林语堂:《武则天正传》,张振玉译,北京:作家出版社,1995年,第347页。

祸于人；又怎么把王皇后和萧淑妃的手足割下，将两臂两腿倒捆在身后，扔进酒瓮，并美其名曰，让她们"如醉如痴骨软筋酥"；[1]她还醋意大发，像毒死一只鸡一样置自己的姐姐韩国夫人于死地……。传记的后半部主要讲述了索元礼、周兴、来俊臣等杀人如麻的刽子手，但是，"一言以蔽之，这些谋杀罪行之发生，并不得归罪周兴及其党徒，而完全是武后狠毒的政策之中的重要步骤。"所以，林语堂得出结论："在中外历史上，武则天若不是最大的凶手，毫无疑问，也能名列前茅。"[2]通观全传，读者除了对武后荒淫无耻的私生活有所认识之外，得到的一个印象是，武则天简直是一部杀人机器。这样的扁平性格是真实的武则天吗？或者说，是她性格的全部吗？

无庸置疑，武则天的真实性格已经成为千古之谜。但这并不妨碍种种建基于历史事实之上的解读。上世纪30年代后期，散文家柯灵写过一个电影剧本《武则天》，并对如何把握武氏的性格有过详尽的记录：

> 史料与传说提供的只是一副没有血肉的骨架，一个被形容得残暴阴险、淫荡无比的女性。但是她从一个后宫的普通才人，能够摆脱老死椒房的悲惨命运，不但独占君王恩宠，而且一脚踢开从古以来对女性根深蒂固的成见与压力，踏上女皇帝的宝座，臣有天下，开中国历史未有的先河，这绝不是简单的事。……我缺乏渊博的历史知识，只好根据我可能搜集到的有限的史料，来确定主角的性格。我用贫弱的分析和想像力，描画了一个这样的轮廓：她是倔强的，美，机警，有才干，有手段，因为在压迫和冷淡中生长，对人世仿佛有先天的宿恨，睚眦必报，一切别人不敢做的事她敢于尝试，勇敢得近于

---

[1]《武则天正传》，第381页。
[2] 同上书，第467页。

第三章 传记文学的结构原理

变态。……我堪定剧本的思想重心,是一个被压迫女性对环境的反抗与报复。但驱使她行动的是人类的本性,而不是经过澄滤和磨炼的,清醒的政治意图。我不想把她写成一个宏图卓识、澄清天下的女政治家。[1]

尽管柯灵自己承认剧本"最大的缺点,是武则天的骄横狠毒过于刺目",[2]但我们毕竟看到了作者清晰的创作意图。他试图通过冷静的历史分析,勾勒出武则天更近人情的一面,而不是用世代因袭的脸谱化方式,重塑一个青面獠牙的杀人魔王。时隔半个世纪之后,武则天再度成为红人。小说、电视、电影随着女权主义的大潮汹涌而起,纷纷瞄准这位武媚娘。然而,正如金克木所指出的,"可惜看得见的(指电视剧)没有一个"是"我心中的形象"。[3]他认为:"武女士实在是中华民族(不只是汉族)的复杂心理凝结的晶体。……她一生关键是在出宫入庙当尼姑'闭关'修行时。"[4]接着,文章大谈武则天如何青灯黄卷,面壁修法,最后恍然大悟。我怀疑金克木教授是否有意借武则天的这段特殊经历做自己的"文化的解说",但有一点是值得肯定的,他为我们揭示了武则天性格内涵中新的一维。武则天决非扁平人物。

那么,林语堂为什么把武则天描写成"一副没有血肉的骨架",没能跳出一千多年前骆宾王界定的"杀姊屠兄弑君鸩母"的形象范围呢?我们认为,主要原因是传记作者林语堂并没有把传主当作人来刻画,而是把她作为类来处理。因此,在传记中,我们读到的不是变幻如虹的个性展示,而是一种品质的愈演愈烈的程度递进。它缺乏一部传记名著应有的剖析深度。其次,作者写传的目的是以人为个案来研究某个社会问题(智能型犯罪),而忘却了诗人亚

---

[1]《柯灵杂文集》,第234—235页。
[2] 同上书,第236页。
[3] 金克木:《蜗角古今谈》,沈阳:辽宁教育出版社,1995年,第107页。
[4] 同上书,第104页。

133

传记文学理论

历山大·蒲伯(Alexander Pope)的忠告,"人类研究的本体是人(The proper study of mankind is Man)",[1]这也是传记的鹄的。以人为手段来研究问题势必只关注某个方面的规律性,而容易忽略个体生命的复杂性。如果说类化造成的"扁平性格"[2]没有达到艺术的完整性,那么,问题化所带来的单面性也同样破坏了认识的整体感。排异性传记的问题远不止这些,但这两个问题无疑较为普遍。

综上所述,整体性是传记选择隐而不见的基石。没有它,一部传记或倾斜,或变形,或断裂。纪念、认同和排异三种动机不必对它俯首称臣,而是力求与它融为一体。

---

[1] Alexander Pope, "An Essay on Man", *The Norton Anthology of English Literature*, Vol. I, ed. M. H. Abrams et al (New York: W. W. Norton & Company, 1979), p.2250.

[2] E.M.Forster, *Aspects of the Novel* (Harmondsworth: Penguin Books, 1927), p.75.

第四章 传记文学的阐释策略

传记文学不但叙述事实,而且还阐释事实。传记家斯特雷奇说:"未经阐释的真实就像深埋在地下的金子一样没有用处,艺术是一位了不起的阐释者。"[1]传记文学的阐释之所以重要,是因为解释事实的过程就是一个给事实赋予意义的过程。在传记文学的阐释里,作者的做传目的常常决定他们采取种种不同的阐释策略。尽管阐释策略千差万别,但它们的背后却有一个共同点:作者往往在自传事实、传记事实和历史事实中依赖某种事实为主打以达到其阐释的目的。道格拉斯写传的目的是把自述写成一部推翻奴隶制的使命书。瞿秋白写《多余的话》时言不由衷,他把自传写成了非我篇,其用意与其说是自我否定,还不如说是为了"自了"——与历史结账。在给达·芬奇立传时,弗洛伊德的意图非常明确:达·芬奇不过是手段,目的是为了证明自己的心理学说。梁启超写英雄传是为了"新民"。由于做传的目的迥异,他们的阐释策略往往大相径庭。通过详细剖析这些写作目的和阐释策略截然不同的作品,我们将探讨传记文学阐释的合理性和共性,特别是这种共性对传记文学写作和阅读的意义。

第一节 使命书:制度性自我

制度是文明的拳头产品。制度的建立有一个过程,血与火的

---

[1] Lytton Strachey, "A New History of Rome", *Spectator*, 102 (2 January 1909): 20-21.

洗礼,利与害的冲突,爱与恨的激荡,这是一个脱胎换骨的过程。对制度的建立者来说,他们的制度是天经地义的,但制度的挑战者没有一刻不在磨刀霍霍,随时准备与制度决裂。革命,遏制不住的罗曼蒂克,它的不朽引力来自没有遮掩的血淋淋的格斗——制度与自我。把制度与自我捆绑在一起的人,往往怀有一种终极关怀。终极关怀的具体表现就是把自我投身于一项事业。在事业的感召下,他们义无返顾地把自传书写成一部使命书,或建立完善某种制度,或破坏推翻某种制度。层出不穷的帝王传,卷帙浩繁的圣徒传,洋洋洒洒的烈士传,无一不把一个个曾经活过的血肉之躯升华为泣鬼神惊天地的纪念碑上的浮雕。《道格拉斯自述》也不例外,但它的经典性表明,它把自传作为使命书的各种阐释方式推向了极致。

制度的系统定性

表面上看,制度的合理性和制度的合法性是两回事,互不相干。前者更多地牵涉到道德的问题,后者纯粹属于法律的范畴。但从制度嬗变史的角度出发,制度的合理性和制度的合法性常常会互为因果,并不是井水和河水互不相犯。合法地位的确立,一成不变逐渐演进为僵化,久而久之制度就会束缚变动不居的发展,暴露出它的不合理性。对合理性的质疑,甚至谴责,往往会成为对合法性挑战的先声。当制度性腐败变得穷凶极恶时,它就有可能成为一个导火线,随时会诱发大规模的暴力行为,促成其合法性的死亡。

道格拉斯是历史的宠儿。身为黑奴,他经历了美国内战,亲眼目睹了奴隶制度的死亡。更为重要的是,他是这一制度最有力的掘墓人,因为他的一生主要致力于对奴隶制的道德谴责。事实上,在林肯总统把奴隶制的不合法性公布于世之前,道格拉斯已经用他的如椽大笔从根基上动摇了这个制度的合理性。檄文之一就是

第四章 传记文学的阐释策略

他的自述。

在《道格拉斯自述》里,道格拉斯坦陈,他大量的演说和不倦的著述都离不开一个目的——"我的同胞们的事业"(the cause of my brethren)。[1]在自传的结尾处,他曲终奏雅,再一次重提自己的做传动机:

> 我真诚而郑重地希望,这本小书能对人们认识美国的奴隶制度,并对促使千百万在水深火热中的兄弟得到解放这一快乐的日子早些到来,多少起点作用。只有全心全意地依靠真理、爱和正义的力量,他们才能得到解放。为了祈求自己微薄的力量能得到成功——我庄严地保证要重新把全部力量投入这场神圣的事业,——我特亲笔签名如下:
>
> 弗烈德里克·道格拉斯
> 1845年4月28日于马萨诸塞州林恩[2]

在"同胞的事业"和"神圣的事业"面前,我们可以感受到他的一贯谦卑。这种谦卑和他对自己使命的清醒认识是一致的:"暴露等级制度的荒谬,并在某种程度上把人从它的桎梏下解放出来,这是我的一部分使命。"[3]限定词的使用,显得低调,有分寸,它既避免了那种把"同胞的事业"放在嘴边的伪崇高,又没有"神圣的事业"光环下的蹈空感。道格拉斯不着痕迹地把制度和自我粘合在一起,但从他一生的经历来看,上述种种承诺确实是他使命的全部,至少《道格拉斯自述》如此。

---

〔1〕 Frederick Douglass, *Narrative of the Life of Frederick Douglass, An American Slave Written by Himself*, ed. Benjamin Quarles (Cambridge, Massachusetts: The Belknap Press of Harvard University, 1960), p.153.

〔2〕 道格拉斯:《道格拉斯自述》,李文俊译,北京:三联书店,1988年,第121—122页。

〔3〕 See Rebecca Chalmers Barton, *Witnesses for Freedom: Negro Americans in Autobiography* (New York and London: Harper & Brothers Publishers, 1948), p.174.

传记文学理论

道格拉斯专家本杰明·夸尔思(Benjamin Quarles)认为,"《自述》最鲜明的特色或许是道格拉斯混合论点和事件的能力。"[1]詹姆斯·古得温(James Goodwin)指出:

> 道格拉斯《自述》之所以至今魅力不衰,其原因在于它的叙述和话语之间有着密切的关联。书中的叙述把他作为奴隶的经验个性化了,而话语则把这种经验普式化了。[2]

夸尔思和古得温虽然用词不同,但从他们的举例里可以看出,他们的看法大同小异。道格拉斯擅长用故事来阐述他的观点,换言之,《自述》的长处在于对作为奴隶经验的各种事件的阐释。

如果用一个词来概括道格拉斯对奴隶制的阐释的话,这个词无疑是"残酷"。"窒杀灵魂"是他给奴隶制的另一个归纳。读完几起血淋淋的事件之后,读者很容易接受道格拉斯的结论,但《自述》不同凡响的地方是,它不但把定性阐释跟事件叙述密切挂钩,以免流于凿空之论,更为关键的是,在这百页左右的短制里,他对制度的定性却具有惊人的系统性。

首先,他从最基本的家庭关系入手来揭露奴隶制的灭绝人性。母爱是人性中最神圣而不可侵犯的部分,可是奴隶制却与人类的这一天性格格不入,根本无视母爱的存在。当婴儿被生下来的时候,奴隶主常常采取的一个措施是母婴分离。这样做的目的很明确,疏远家庭关系,从而使奴隶成为"畜生",纯粹意义上的工具。然而,母爱是遏止不住的,总是以最顽强的韧性不放过任何一个表达的机会。据道格拉斯回忆,他的母亲只能在晚上来看他,因为整个白天她要在地里干活。即使如此,在他的记忆里,他一生只见过

---

[1] Benjamin Quarles, "Introduction", *Narrative of the Life of Frederick Douglass, An American Slave Written by Himself*, p. xvii.

[2] James Goodwin, *Autobiography: The Self Made Text* (New York: Twayne Publishers, 1993), p. 49.

第四章 传记文学的阐释策略

母亲四五次,因为奴隶主的鞭子随时有可能给每一次见面留下血的记录。由于他自幼没有享受到多少母爱,母亲去世时奴隶主又不让他们母子见最后一面,所以他对母亲的死亡反应木然。奴隶制的人为障碍确实起到了它预期的效果。

母子关系如此,父子关系更暴露出奴隶制的惨无人道。道格拉斯对自己的父亲是谁,一直蒙在鼓里。由于他母亲的早逝,他连他父亲是谁的线索也失去了。通过道听途说,他得知他的父亲就是他的主人。这一传闻是真是假,他无从判断。但从当时的某些习俗来看,道格拉斯比较倾向于相信这是事实。因为奴隶主为了满足自己的兽欲,同时又为了增加自己的私人财产,在"不少情况下,奴隶主对他的奴隶都有着既是主人又是父亲的双重身份"。[1] 这样的黑奴日子更不好过。他的女主人随时想消除这块心头之患,其结果,"主人为了尊重白人太太的感情,往往不得不把这一类的奴隶卖掉;一个人把自己的亲骨肉卖给人口贩子,这种事谁都会觉得残酷,但是他这样做还往往是从人道出发;因为,如果不这样做,他就非但不得不自己鞭打亲骨肉,而且还要站在一旁看他的白皮肤的儿子捆上皮肤稍深的兄弟,将凝着血块的鞭子往兄弟赤裸裸的背上抽去……"[2] 卖亲骨肉是"残酷"的,可动机却是"人道"的,残酷的人道,人道的残酷,这是奴隶制固有的悖论。所以,道格拉斯说,奴隶制"不认父亲"。[3]

奴隶制最令人发指的地方是它对老外婆的处置。道格拉斯的老外婆一生坎坷,饱受凌辱。她一手把自己的主人带大,最后还为他送终。在她漫长的一生中,她为主人生了十二个儿女。孙辈、重孙辈更是难计其数。可是当老外婆年老多病时,这么多子女儿孙

---

[1]《道格拉斯自述》,第10页。
[2] 同上书,第10—11页。
[3] Frederick Douglass, *Life and Times of Frederick Douglass* (New York: Collier Books, 1962), p.29.

却没有一个被允许留在她的身边。更有甚者,她竟然被遗弃在野外的森林里,任其在孤寂中惨然死去。对此,道格拉斯义愤填膺:

> 如果说在我的经历中有一件事比任何别的事都更能加深我对奴隶制邪恶本质的认识,更能使我对奴隶主充满难以言喻的憎恨,那就是他们对我可怜的老外婆的忘恩负义了。[1]

可见,奴隶制对家庭关系是全面的摧残。它不但给它的受害者以心灵的重创,它也同样玷污了这个制度的受惠者的品质。暂且不谈它的最大受惠者种植园里的奴隶主,就连偶然接触到奴隶制的城市白人,也会因此而逐渐丧失人性。最显著的例子就是他在巴尔的摩的女主人。道格拉斯刚到巴尔的摩时,他觉得女主人对他来说有如天使。她善良,和蔼可亲,平等待人。她还意想不到地给了道格拉斯一件他一生中最重要的礼物。她把 ABC 教给了小道格拉斯。可是她一旦在丈夫的开导下,意识到一个有文化的奴隶最靠不住,她就立即判若两人。她不但不再教道格拉斯识字,而且还千方百计地剥夺道格拉斯任何学习的机会。对于女主人的这种大转变,道格拉斯毫不迟疑地把这笔账算在了奴隶制的头上:

> 蓄奴制很快就显示出自己有能力败坏她这种天使般的品质。在这种制度的影响下,她那柔软的心肠变成了铁石,羊羔般的禀性让位给母虎似的凶狠。[2]

当然,奴隶制的最大罪恶是视奴隶的生命如草芥,任意践踏。确切地说,一部《道格拉斯自述》就是一部血淋淋的黑奴被鞭笞史。赫斯特阿姨由于违背了主人的意志,晚上去同情人幽会。发现之后,她被剥光衣服,打得皮开肉胀,死去活来。她那撕裂人心的尖叫声成了种植园的"小夜曲"。玛丽只有十四岁,可她的外号叫"小

---

[1]《道格拉斯自述》,第50页。
[2] 同上书,第40—41页。

第四章　传记文学的阐释策略

挨刀的",因为她的身上布满了溃烂的创伤。命运比赫斯特阿姨和玛丽更惨的是道格拉斯妻子的一个表姐。仅仅因为过度劳累,晚上没有听到婴儿的哭声,她就被她的女主人黑克太太打断了鼻梁和胸骨,当场死去。黑克太太的橡木棍比起莱曼先生的斧头来可谓小巫见大巫。莱曼先生一共杀过两个奴隶,其中一个硬是被他用斧头劈开了脑袋。他不但不为自己的血腥行为忏悔,反而自诩为"惟一为国家立过功的人",因为"如果别人都同他一样,白人就可以把'该死的黑鬼'清除掉了"。[1]

道格拉斯把火力的重点放在抨击奴隶制"残酷"的一面,但他也同样不放过这个制度"慈善"的一面。圣诞节假日是奴隶主给奴隶开恩的日子,而道格拉斯一针见血地揭露了这个假日的实质:"这些假日起了一个使被奴役者叛逆精神泄走的避雷针或安全阀的作用",它们"是对受尽践踏的奴隶的最恶劣的欺骗"。[2] 例如,假日一来临,奴隶主就想尽一切办法把奴隶灌醉,使他们饱尝"酒的奴隶"的滋味。奴隶们打发完这几天醉生梦死的日子之后,自然对所谓的"自由"产生了倦意。这种用酒瓶来扭曲自由的方式是奴隶制的一个秘密武器。如果说皮鞭是对奴隶肉体的施暴,那么酒瓶则是对他们精神的麻醉。奴隶主软硬其手,大棒与胡萝卜兼用,目的只有一个,就是给残酷的奴隶制穿上一件糖衣。

家庭关系、城市白人、黑人奴隶、圣诞假日,无不因为奴隶制,神圣受到践踏,纯洁遭到玷污,无辜生灵涂炭,自由蒙受欺诈。此外,道格拉斯还从宗教信仰的虚伪和南北经济的比较来说明奴隶制的"窒杀灵魂"。在这样系统的定性之下,奴隶制的真面目暴露无遗。难怪在《道格拉斯自述》的序言里,废奴运动的领袖劳亦德·盖里逊(Wm. Lloyd Garrison)大声疾呼:"它(指奴隶制)为什么能

---

[1]《道格拉斯自述》,第29页。
[2] 同上书,第74—75页。

传记文学理论

够苟延残喘一小时？它是罪恶，纯粹的罪恶，永远的罪恶，难道不是吗？"[1]无疑，道格拉斯通过阐释也完成了他自传叙述的使命：奴隶制是他自述里惟一的历史事实。

传记事实的类型归纳

奴隶主是奴隶制的化身。如果说"残酷"是这个制度的代名词，那么它的代理人则是奴隶主以及他们的爪牙监工。道格拉斯通过自己的切身体验充分认识了他们的重要性，因此他把他们作为自传里最重要的传记事实加以描述。在处理这些传记事实时，道格拉斯采取了同一个叙述策略。他把这些奴隶主和监工写成一个类型，他们之间只有程度的不同，没有个性的差异。这样的类型化描述用意不在刻画千差万别的性格，而是为了深化主题性阐释。《道格拉斯自述》给读者的一个强烈印象是，这个奴隶主或者那个监工的名字也许记不住了，但奴隶主和监工作为一个群体所犯的累累罪行却是难以忘怀的。这就是类型化归纳的力量所在。

有没有好监工？有，霍浦金斯先生就是一例。奴隶们之所以对他感恩戴德，称他为"好监工"，是因为尽管他也鞭打黑奴，但他不是那种嗜血成性的人。可是这样的"好监工"毕竟凤毛麟角，而且他很快被替换掉了，原因可能是他的心不够黑。在《道格拉斯自述》里，黑心肝的监工比比皆是。泼辣墨先生(Mr. Plummer)是地道的"恶魔"，他的拿手好戏就是挥舞皮鞭和粗棍，把女奴打得头破血流。塞尾鳄先生(Mr. Severe)名副其实，"一个残酷的人"。他的记录是，在他的鞭打之下，女奴顿时血流如注，达半小时之久。[2]

---

[1] Wm. Lloyd Garrison, "Preface", *Narrative of the Life of Frederick Douglass, An American Slave Written by Himself*, p.11. 注：李文俊说，译文依据的是1960年夸尔思编的哈佛文库本，但不知为什么省略了近二十页极具研究价值的前言，这是应该提醒读者留意的。

[2] Douglass, *Narrative of the Life of Frederick Douglass, An American Slave Written by Himself*, p.34.

第四章 传记文学的阐释策略

监工的手段一个比一个残忍,但首屈一指者当数高尔先生。当皮鞭够不着的时候,他就干脆用枪把跳进河里的邓姆贝打得血肉模糊。他还扬言,这是杀一儆百。高尔先生是"狡诈、残酷、偏执"的集大成者。[1]

如果把这些监工物化一下的话,那么他们都是皮鞭的替身。这一类人全都通过血淋淋的鞭打来显示自己的存在。爪牙如此,奴隶主更是魔高一丈。安东尼船长有时觉得他的监工泼辣墨先生出手太辣,过于残忍,但他本人的表现可以说是有过之而无不及。他那"凝结了血块的牛皮鞭子"专拣女奴身上流血最多的地方抽。[2]老巴内尔为劳埃上校含辛茹苦一辈子,可上校仍然命令一个年近花甲的老人脱去衣帽,跪在刺骨的地上,在他身上"一口气抽了三十多下鞭子"。[3]然而他们的残忍跟"蛇"比起来,就不免大为逊色。"蛇"是科维先生的外号,因为他不但阴险毒辣,而且还诡计多端。他用各种手段像贼一样监视自己的奴隶,他还用不道德的通奸方式让自己的女奴为他生育更多的奴隶。他的残忍更是远近闻名。他一气之下打断三根大树枝,使道格拉斯"背上的肉一条条肿得足足有小手指那么粗"。[4]

很明显,如果说监工是一根皮鞭的话,那么奴隶主则是一根更粗的"凝结了血块的牛皮鞭子"。在道格拉斯的笔下,除了少数监工和奴隶主之外,他们的绝大多数只有一种主导品质——残忍。这是他们的通性,他们惟一的不同之处就是一个人残忍得一塌糊涂,另一个人残忍得十恶不赦,第三个人残忍得千夫所指。这种程度愈演愈烈的类型化描述实际上起到了一个高度抽象的作用。它

---

[1] Douglass, *Narrative of the Life of Frederick Douglass, An American Slave Written by Himself*, p.45.
[2] 《道格拉斯自述》,第12页。
[3] 同上书,第23页。
[4] 同上书,第60页。

把一个个具体可感的人全部抽象成一个单一的品质。其结果,读者就会情不自禁地追寻这个单一品质后面的深层结构。化身的原形是什么? 一个自然而然的结论是,"凝结了血块的牛皮鞭子"后面有一张大网——制度。

面对这张制度的恢恢大网,自我怎么办?

制度性自我

道格拉斯一生写过三部自传,但是他"几乎从来不让我们看到他作为人类的个体而存在,他对他的全部复杂性鲜有涉及。因此,在关于他的那些传记里,道格拉斯只是作为一股历史势力或一个历史存在而存在,根本看不到那个多姿多采的极富人性的个人。毫无疑问,他是后者"。[1]盖茨(Henry Louis Gates, Jr.)接着指出,在新一代黑人领袖卜可·华盛顿(Booker T. Washington)的笔下,道格拉斯成了圣徒约翰。黑人名作家查尔斯·切斯纳特(Charles Chesnutt)把道格拉斯的生平用作反社会达尔文主义的有力个案。对夸尔思来说,道格拉斯是卡耐基《财富》的化身。菲力浦·佛那(Philip Foner)则认为,道格拉斯是第一位马克思主义阶级战争中涌现出来的伟大黑人元帅。可见,无论是道格拉斯自己的自传,还是别人写的有关他的传记,都没有把他刻画为一个有血有肉的个人,而是不约而同地把他写成某种势力的象征。那么,道格拉斯是怎样成为"所有被压迫者的英雄典范"[2]——"第一位"黑人的"代表性人物"呢?[3]

自我变成一个象征,道格拉斯采取的方法不少,但最重要的途

---

[1] Henry Louis Gates, Jr., *Figures in Black: Words, Signs and the "Racial" Self* (New York: Oxford University Press, 1987), pp.109–110.

[2] Ronald Gottesman et al, ed., *The Norton Anthology of American Literature*, 2nd ed., Vol.1 (New York: W. W. Norton, 1985), p.1867.

[3] William L. Andrews, ed., *African American Autobiography: A Collection of Critical Essays* (Englewood Cliffs, N.J.: Prentice Hall, 1993), p.56.

第四章 传记文学的阐释策略

径无疑是通过阐释知识和自由的关系把自我与制度联系在一起,构成一个制度性自我。

教育是奴隶解放的必由之路。这构成了大量奴隶自述的母题,正如古得温所说:"教育和解放在自传作者的生活里有着一种扣人心弦的关系,叙述生活里的这种关系是许多非裔美国(黑人)自传的社会和文化力量所在。"[1]对黑人运动领袖来说,教育始终是他们关注的焦点,卜可·华盛顿和杜波依斯(W. E. B. Du Bois)观点虽然各异,但他们都没有忽略黑人传统里教育和解放的双重奏。[2]追根溯源,这一传统的奠基人是道格拉斯,而对知识和自由关系的经典描述则来自他的《道格拉斯自述》:

> 我来到奥德先生、奥德太太家后不久,她非常和蔼地开始教我认 A、B、C。在我学会了字母以后,她又帮我学由三、四个字母组成的词儿的拼法。就在我学到这个阶段时,奥德先生发现我们在干什么,他立即不让奥德太太继续教我,除了举出一般性的原因之外,还特地说,教会一个奴隶识字是不合法的,同时又是不安全的。用他的原话来说,那就是:"要是你给一个黑鬼一寸,他就要一尺。黑鬼除了懂得服从主人,照主人吩咐的去做之外,别的是不必知道的。学习只会惯坏世界上最好的黑鬼。"他还说,"要是你教会了那个黑鬼(指我)识字,你就再也养不住他了。他一旦有了文化,就再也不适合当奴隶了。他会马上变得不服管教,对主人来说那就一点用也没有了。对他自己来说,有文化也毫无益处,反会带来许多祸害。他会变得不满足与不快活。"这一番话深深进入我的心底,搅动了在那里沉睡不醒的感情,使我产生一个接一个新的

---

[1] Goodwin, *Autobiography: The Self Made Text*, p.45.

[2] See Charles McGrath, ed., *Books of the Century: A Hundred Years of Authors, Ideas and Literature from the New York Times Book Review* (New York: Random House, 1998), p.11-13.

想法。这对我来说是一种新的、特殊的启发,解释清了许多晦暗、神秘的事物,我那年轻的心灵也曾对这些事情苦苦思索,却百思不得其解。我现在弄清了过去对我来说曾是一个最不可解的难题——那就是,白人奴役黑人的能力究竟何在。这是一个很大的成就,我对此是很珍视的。从那时起,我懂得了从奴役通向自由的途径何在。[1]

这是道格拉斯一生的转折点。自我从"沉睡不醒"中突然顿悟:奴隶制的本质原来如此。奥德太太虽然只教了ABC,但她根本没有想到她的学生却学到关于一个制度的ABC。这不是一般意义上的"学习",而是一次改变终生的"教育"。所以当道格拉斯说他"懂得了从奴役通向自由的途径"时,他实际上在说他找到了制度和自我之间的接点。

然而,没有不付出代价的教育。道格拉斯也为自己的启蒙付出了代价。没有老师,他就跟街上的白人穷孩子拉关系,随时向他们学习;没有时间,他就想各种办法把外出跑腿的时间尽量压缩,以便挤出时间来读书。这些外在的障碍都没有令他却步,相反,他进步神速。可是,一旦启蒙,睁大了眼睛却看不到希望和光明,来自内心的痛苦才是教育的"甜头":

> 学会读书真是一个祸害而不是一件好事。它让我看清自己的悲惨境况,却不提供任何疗救手段。它使我睁开眼睛见到可怕的深渊,却不让我找到那个可以从中爬出去的梯子。在痛苦的时刻里,我不禁羡慕起奴隶同伴们的浑浑噩噩来了。我常常希望自己是个畜生。[2]

识字的忧患使他意识到,他不是"牲畜"。威廉·安德鲁斯(William L. Andrews)指出:"道格拉斯要自我实现,成为自由人和

---

[1]《道格拉斯自述》,第37—38页。
[2] 同上书,第43—44页。

第四章 传记文学的阐释策略

上帝的选民,不但需要内在意识的发展,而且还需要外在的有时甚至是暴力的革命。"[1]显然,痛苦的觉醒是道格拉斯"内在意识""发展"的第一步,他的反抗、他的出逃是其必然的结果。道格拉斯是"英雄的逃亡者",但他绝不是"英雄的孤独者",[2]因为他不但组织同伴出逃,而且还教给他们获取自由的知识:

> 教我的奴隶伙伴们识字是我有生以来最最甜蜜的工作。我们全都相亲相爱,在安息日结束时离开他们的确是个很大的痛苦。我想起这些亲爱的人今天依然陷在奴隶制的囹圄里,便不能自已。[3]

道格拉斯的叙述非常典型。这里,"我"和"我们"息息相关,所以伊丽莎白·舒尔茨(Elizabeth Schultz)说:"黑人自传的特点是,个人和社群不是对立的两极;尽管自传模式和自传作者的视野不同,但这个社群的任何一部自传里都存在着'我'与'我们'的基本认同。"[4]事实上,除了个体和群体的基本认同之外,还有一个更重要的认同——制度性认同。"我想起这些亲爱的人今天依然陷在奴隶制的囹圄里,便不能自已。"正是这无所不在的制度将"我"和"我们"联系在一起。道格拉斯之所以在自传里大力描述作为历史事实的奴隶制和作为传记事实的奴隶主及其爪牙,目的就是为了重点凸显他的制度性自我——"一个美国奴隶"(An American Slave)。他把这一身份醒目地写在了自传的标题上:《弗雷德里

---

[1] William L. Andrews, *To Tell a Free Story: The First Century of Afro-American Autobiography*, 1760 – 1865 (Urbana: University of Illinois Press, 1986), p. 126.

[2] David L. Dudley, *My Father's Shadow: Intergenerational Conflict in African American Men's Autobiography* (Philadelphia: University of Pennsylvania Press, 1991), p. 35.

[3]《道格拉斯自述》,第 80 页。

[4] Elizabeth Schultz, "To Be Black and Blue: The Blues Genre in Black American Autobiography", *The American Autobiography*, ed. Albert E. Stone (Englewood, Cliffs, N.J.: Prentice-Hall, Inc. 1981), pp. 110 – 111.

克·道格拉斯,一个美国奴隶的生平自述,由他本人亲自撰写》(*Narrative of the Life of Frederick Douglass, An American Slave Written by Himself*)。这实际上是对《独立宣言》的暗讽:在信奉"自明之理"的国度,却有"美国奴隶"的存在。《独立宣言》罗列了大量的英国劣迹作为"事实",《道格拉斯自述》也写了"事实",不过不是蘸墨水写就的,而是用鲜血刻画的。"美国奴隶"怎么独立?《道格拉斯自述》是启示录。觉醒,抗争,但最关键的是,教育。通过自我教育,通过社群学习,通过整个黑人种族的求知,道格拉斯试图指出一条"从奴役通向自由的途径"。这才是他终生的使命。

黑人"通向自由的途径"如此,其他人种难道例外吗?

第二节　非我篇:否定的隐喻

"'智识阶级'的使命"是什么?瞿秋白借题发挥,用高尔基一生的"际遇"为突破口,说明"智识阶级"应该"'为人类的文化'做点事情"。[1] 其实,这也是瞿秋白本人的表白。

《饿乡纪程》与其说是一部记游之书,还不如说是一本言志之作。别出心裁的标题,显豁地袒露了作者的心志:

> 清管异之称伯夷叔齐的首阳山为饿乡,——他们实际心理上的要求之实力,胜过他爱吃"周粟"的经济欲望。——我现在有了我的饿乡了,——苏维埃俄国。……世界革命的中心点,东西文化的接触地。[2]

实际上,瞿秋白当时去俄国的风险很大。兵祸天灾之后,俄国

---

[1] 瞿秋白:《瞿秋白文集·文学编》第二卷,北京:人民文学出版社,1986年,第108—109页。

[2] 瞿秋白:《饿乡纪程》,《瞿秋白文集·文学编》第一卷,第31页。

第四章 传记文学的阐释策略

处处饥荒,尸横遍野。[1] 那时候去俄国,生命没有一点保障,随时会成为路边倒。他的堂哥瞿纯白就把俄国看做是"绝地",一再劝告,多方阻止。但瞿秋白却说,他"不是为生乃是为死而走"。[2] 对于生死大事,瞿秋白尽管年轻,却有过一番深思熟虑。他之所以自投"绝地","为死而走",是因为他要"求一个'中国问题'的相当解决,——略尽一分引导中国社会新生路的责任。"[3] 具体地说,他要"担一份中国再生时代思想发展的责任",[4] "做以文化救中国的功夫"。[5] 把个人微不足道的"死"和国家千秋大业的"生"联系在一起,瞿秋白责无旁贷地在自己的肩上"鞍"了一个重如泰山的使命。

可是,《多余的话》却来了一个 180 度的大转弯,丝毫没有透露出"文化救中国"的使命感。相反,我们读到的是瞿秋白对自我的全盘否定。他说,他没有"'治国平天下'的大志","根本不想做'王者之师',不想做'诸葛亮'","从来没有想做侠客","甚至不配做一个起码的革命者"。如此一长串的否定之后,他说,他只不过是一个"没有任何一种具体的智识"的、"无聊"的"文人"。[6] 显然,《饿乡纪程》与《多余的话》形成了瞿秋白作品的两极。如果说前者是一部使命书,那么后者则是一部不折不扣的非我篇。我们所关心的问题是,"饿乡"与"非我"有什么关系,瞿秋白使用了什么阐释策略,把《多余的话》写成了一部非我篇。

---

[1] 参阅姚守中、马光仁、耿易编著:《瞿秋白年谱长编》,南京:江苏人民出版社,1993 年,第 64 页。
[2] 瞿秋白:《饿乡纪程》,《瞿秋白文集·文学编》第一卷,第 17 页。
[3] 同上书,第 8 页。
[4] 同上书,第 31 页。
[5] 同上书,第 25 页。
[6] 瞿秋白:《多余的话》,《瞿秋白文集·政治理论篇》第七卷,第 695—719 页。

非历史之我

在谈唯物论时,瞿秋白对"互辩律"(瞿秋白对辩证法的翻译)十分看重,而对"历史意识"落墨较少。《多余的话》则正好相反,历史意识跳跃到前台,"互辩律"反而屈居暗线。"历史的纠葛"、"历史的误会"、"历史的偶然"、"历史的最公开的裁判"、"历史是不能够,也不应当欺骗的"[1]等等自始至终,通贯全传。浓郁的历史意识弥漫着《多余的话》的每一个章节,可是一个值得注意的事实是,瞿秋白对历史事实的阐释却是非历史的。

首先,他切断历史,给非历史性阐释提供了契机。《多余的话》省略了在瞿秋白短暂的一生里掀起涟漪的重大历史事实。最明显的例子是辛亥革命。辛亥革命爆发时,瞿秋白只有十三岁,但这场革命给他留下了难以磨灭的影响。"国丧"的故事是瞿秋白早年生活的一个里程碑。杨之华和羊牧之在他们的回忆文章里都不约而同地叙述了这个故事。瞿秋白的妹妹是当事人,她给我们提供的亲历记无疑更为详实可靠:

> 哥哥在我们兄弟姐妹中是最年长的。我比他小两岁。他在幼年时期一些不同凡响的言谈举动,我至今还历历在目。他在中学读书时,为辛亥革命前后的时代风云所激荡,已经忧国忧民,深深思索国家的命运和革命的前途了。他在周围的人中,最早剪掉了那象征种族压迫的辫子。我现在还记得他高擎着自己剪掉的辫子,在天井里欢呼雀跃的样子。在当时他幼小的心里,以为国家已经有救了。但到了第二年,他的思想有了很大变化。那年的双十节,即辛亥革命后的第一个国庆节,许多人家都挂上红灯笼,表示庆祝,有的还在灯笼上写上"国庆"。哥哥却与众不同,弄了个白灯笼,写上"国丧"两

---

[1] 瞿秋白:《多余的话》,第694—720页。

第四章 传记文学的阐释策略

字,挂在侧门上。我那时已经懂事,怕惹出祸来,赶忙摘下,他又去挂上;我再去摘下,他还是去挂上,还追来追去地要打我。我终于拗不过他,只好听凭这盏"国丧"白灯笼悬挂门外,直到天明。事后,我听他对人说,这时孙中山已经退位,袁世凯当了大总统,并且抓着兵权,还有什么可"庆"的呢!这个"民国"就要名存实亡了。这一年,哥哥也只不过十二岁(下注:应为十四岁),却怀着这样深沉的忧国之心,这样明晰的政治见识,现在想来真令人惊讶!实际上,他在这时候,已经树立起革命的志向了。〔1〕

我们暂且不去讨论"这个故事证明秋白从小就爱国",〔2〕或者十四岁的瞿秋白就"已经忧国忧民,深深思索国家的命运和革命的前途了",我们先来看一看略去"国丧"这个故事的最直接的后果是什么。如果说辛亥革命——五四运动——八七会议是主流历史的一条干线,同时又是瞿秋白一生的三段生命线,那么截去"国丧"的故事,一方面割断了历史和个人的纽带,更重要的是切掉了个人发展史的源头。历史纵向发展的来龙去脉切断了,瞿秋白的三段生命线自然衔接不上。所以,他说参加五四运动是"历史的误会",就不显得那么突兀了。

把参加五四运动解释为"历史的误会",这是瞿秋白非历史性阐释的范例。他这样叙述那段如火如荼的经历:"事情是这样的——五四运动一开始,我就当了俄文专修馆的总代表之一,当时的一些同学里,谁也不愿意干,结果,我得做这一学校的'政治领袖',我得组织同学群众去参加当时的政治运动。"〔3〕两个"得"字,一副无奈的神情跃然纸上。那么,瞿秋白是不是真的如他所说的那

---

〔1〕 瞿轶群:"怀念哥哥秋白",王凌志、华云山 整理,《文汇报》,1980年6月20日。
〔2〕 杨之华:"忆秋白",《忆秋白》编辑小组编,北京:人民文学出版社,1981年,第192页。
〔3〕 瞿秋白:《多余的话》,第696页。

样被动和无奈呢？事实上，瞿秋白对这一运动"抱着不可思议的'热烈'"。[1] 表现在行动上就是忘我的投入："因为疲劳过度，他回校以后，当天即肺病发作，口吐鲜血，但仍奋不顾身，第二天又积极响应全市专科学校总罢课的号召，作为俄文专修馆学生会的负责人，积极领导俄专学生进行罢课斗争。"[2] 对于他在五四的表现，瞿秋白的好友郑振铎提供了极为珍贵的第一手回忆资料，其中有一句话正好回应了瞿秋白怎样当上"政治领袖"的："秋白在我们之中成为主要的'谋主'，在学生会方面也以他的出众的辩才，起了很大的作用，使我们的活动，正确而富有灵活性，显出他的领导天才。"[3] 也许，瞿秋白说的"谁也不愿意干"是事实，但瞿秋白在解释这一事实时，却省略了一个更为重要的事实——郑振铎所提供的事实。也就是说，他之所以做上"政治领袖"，并不是完全因为外在的原因，而是因为他内在的品质——"出众的辩才"和"领导的天才"——脱颖而出，更不用说他长期的精神准备。在俄文专修馆时，他"哲学研究不辍，一天工作十一小时以上的刻苦生涯"。[4]

五四运动是一件大事，需要全景式的透视，可是瞿秋白却大事化小，拈出一点事实，从一个角度入手，轻描淡写两笔，就把它打发掉了。他不想内外结合，多方位地解释这段历史。这样非历史处理的结果，瞿秋白模糊了个人发展史的内在逻辑，完完全全掩盖了他那颗"浪漫派"（下面加点为原作者原强调点，下同）的心。这颗心"时时想超越范围，突进猛出，有一番惊愕歌泣之奇迹"。[5] "'我'无限"[6] 是瞿秋白"无涯"诗的基调。可是省略了辛亥革

---

[1] 参见朱钧侃等编：《总想为大家辟一条光明的路——瞿秋白大事记述》，南京：南京大学出版社，1999年，第90页。
[2] 王士菁：《瞿秋白传》，成都：四川人民出版社，1985年，第22—23页。
[3] 郑振铎："记瞿秋白同志早年的二三事"，《新观察》，1955年第12期。
[4] 瞿秋白：《饿乡纪程》，第25页。
[5] 同上书，第220页。
[6] 同上书，第6页。

命,淡化了五四运动,没有了永恒的历史,怎么能体现"无限"的"我"?

非社会之我

关键性传记事实的缺席是《多余的话》的又一个显著特点。瞿秋白曾经是学生运动的领袖,当过驻外记者,执教过上海大学,后又身居党内要职,交游可谓遍及海内外。跟他有过交往或交锋的主要人物包括:斯大林、布哈林、鲍罗亭、米夫、陈独秀、李大钊、毛泽东、张太雷、李立三、戴季陶、汪精卫、蒋介石、王明、胡适、鲁迅、茅盾、郭沫若、丁玲等。这些人构成了瞿秋白自传里不可或缺的传记事实。可是《多余的话》只偶尔提及一两个人,造成了传记事实的大片空白。

对瞿秋白的传记作家来说,核心的传记事实是鲁迅。然而,

> 在《多余的话》中,瞿秋白对1931年夏初到1933年底,他在上海同鲁迅一起战斗的生活,一个字也未提。只是说他离开中央政治局以后,"告了长假休养医病","大病,时发时止,耗费了三年时间"。[1]

瞿秋白只字不提鲁迅的原因是显而易见的。在国民党的监狱里,他当然不能写他"和鲁迅特别致力于当时文化战线上政治的思想理论的斗争,对反苏反共的所谓'民族主义文学',对标榜为'自由人'、'第三种人'的'文艺自由论',进行了密切的协同作战"。[2]他更不能叙述他在鲁迅家三次难忘的避难生活,特别是"他们两人谈不完的话语,就像电影胶卷似地连续不断地涌现出来,实在融洽之极。……对文化界复杂斗争形势,对国民党反动势力的打击,对

---

[1] 陈铁健:"重评《多余的话》",《瞿秋白研究文选》,丁景唐、陈铁健、王关兴、王铁仙著,天津:天津人民出版社,1984年,第177页。

[2] 杨之华:《回忆秋白》,洪久成整理,北京:人民出版社,1984年,第129页。

帝国主义的横暴和'九一八'东北沦亡的哀愁,这时也都在朝夕相见中相互交谈,精心策划"。[1] 协同作战的经历不能诉诸文字,同样,鲁迅对他无微不至的照顾,他也不敢答谢于笔端。作为当事人的鲁迅对此自然三缄其口。对于这些珍贵的传记事实,我们只能从第三者那里得到记叙:

> 秋白生活上困难,又不肯接受鲁迅的馈赠,鲁迅总是想办法让秋白出版一些书,以便获得一些稿费版税维持生活。例如1933年萧伯纳到上海,在上海的中外各家报纸对萧伯纳的记载和评论很多,鲁迅收集了这些材料,让秋白编成书,自己作序出版了。对自己的劳动所得,秋白是不可能反对的。鲁迅也心安了。[2]

瞿秋白跟鲁迅是"这样亲密的人",《多余的话》却把这种亲密无间的关系隐蔽得天衣无缝。忍痛割爱心泣血,也许可以概括瞿秋白当时的部分心境。鲁迅不能写,但对于把他"一棍子敲出党外"的王明,他也同样做了个"甄士隐"。王明的为人、作风、个性,瞿秋白是领教过的。作为最直接、最大的受害者,他是为数不多的有发言权的人。在《多余的话》里,他用于自我剖析的手术刀锐利无比。如果他花十分之一的力气用这把手术刀在王明身上试一试,哪怕是做一个小手术,那么他就有可能触及王明的恶性肿瘤——"残酷斗争"的实质。至于"无情打击"的后果,瞿秋白更是滋味尝尽。他在被排挤后长时间分配不到工作。从上海调来苏区时,他沉疴在身,生活很难自理。他请求能让他的妻子随从照顾,但"上级"对他的这一最低限度的保命要求却托词拒绝。长征不带他走,躺在担架上的他怎么跟敌人打游击?坐而待毙是意料之中的事。瞿秋白是一个重"感觉"的人,对于这些,他异常敏感,感慨

---

[1] 许广平:《鲁迅回忆录》,北京:作家出版社,1961年,第122页。
[2] 周建人:"我所知道的瞿秋白",《解放军报》,1980年3月16日。

第四章 传记文学的阐释策略

万千。可是,这一切的一切,他都有意略而不谈。对一个写了500多万字的人来说,这是怎样的沉默。

割断了自我与他人的关系,特别是对他一生有决定性影响的人物之关系,就使得《多余的话》成了一座"孤岛"。这正是"把一切社会问题,作为一个整体来看"[1]的瞿秋白所不愿做的事。事实上,在人生的开始阶段,瞿秋白就对"人与人的关系"倾注了大量的心力,这也许是他后来致力于思考群体的"人与人的关系"——"阶级关系"的源头。《饿乡纪程》是他心路历程的起点站。表面上看,这是一部游记,可实际上瞿秋白把它写成了半部"心史"。在这里,频频提及的一个主题就是"人与人的关系"。"'人与人的关系'已在我心中成了一绝大的问题。"[2]在他敏感的心中,这个问题常常一触即发。他在北京堂哥家的"寄生生涯"就"时时重新触动我社会问题的疑问——'人与人之关系的疑问'"[3]。不久我们就发现,这些感性的体悟绝不是年轻人昙花一现的喟叹。几年之后,他把这些感性的、流动的问题凝结成了社会学的原理。"社会学是研究人与人之间的关系和互动……"[4]"关系"和"互动"是瞿秋白社会学讲义里的关键词。没有人与人之间的特定"关系",社会难免一盘散沙;没有人与人之间的不断"互动",社会势必古井自枯。因此,瞿秋白说:

> 社会是一种"系统",——社会之内许多个人之间有极复杂的错综交互的互动关系。……他是人的互动的结果。……社会之外决无独立的个人。[5]

如此重视人与人之间的关系,瞿秋白不可能不写传记事实。

---

[1] 郑振铎:"记瞿秋白同志早年的二三事",《新观察》,1955年,第12期。
[2] 瞿秋白:《饿乡纪程》,第15页。
[3] 同上书,第25页。
[4] 瞿秋白,《现代社会学》,《瞿秋白文集·政治理论编》第二卷,第404页。
[5] 同上书,第472—475页。

事实上,他在狱中留下的《未成稿目录》里写了详细的写作子目,其中自传性作品《痕迹》里就有几乎一半是写别人的。[1]可见,在《多余的话》里,瞿秋白省略传记事实是有目的的。

《多余的话》专写"多余的人",却没有多余的人。掏空传记事实,瞿秋白对可能的曲解早有准备。所以他在自传的一开头就赫然引用了《诗经》里的两句诗:

> 知我者,谓我心忧;
> 不知我者,谓我何求。

如此微妙的"知"与"不知",在"白刀子进去,红刀子出来"的年代,很难灵犀点通。在上纲上线的岁月,《多余的话》更是在劫难逃。不写他自杀的母亲,不写王剑虹,不写丁玲,不写杨之华,不写鲁迅,瞿秋白的"心影心响"则了无痕迹,"关系"之网因何而生?不写彭述之,不写戴季陶,不写王明,不写米夫,"互动"之果缘何而结?"关系"的隐灭,"互动"的架空,给《多余的话》造成了一种极度的不确定性。这就构成了各种诠释的基础,"叛徒说"、"心忧说"、"临终表"、"光辉为主说"等应运而生。[2]

瞿秋白对这些传记事实保持了惊人的沉默,根本的原因是不得不然。如果说自传是"文学共和国里最民主的省份"[3],那么对于一个身陷囹圄的人来说,写自传则是一种"酷刑"。战友要是被点名了,无异于出卖;党内的斗争一旦公开,就是泄密;亲人更加需要保护,不能受到丝毫的株连。他左躲右藏,前瞻后顾,出路只有一条,只好以笔为刀,在自己身上解剖。而自我剖析时,他采取了

---

[1] 参见陈铁健:《从书生到领袖——瞿秋白》,上海人民出版社,1995年,第497页。

[2] 参阅赵庚林:"《多余的话》研究史略",《瞿秋白百周年纪念——全国瞿秋白思想研讨会论文集》,北京:中央文献出版社,1999年,第152—161页。

[3] William Dean Howells, "Autobiography, a New Form of Literature", *Harper's Monthly* 119 (1909):798.

第四章 传记文学的阐释策略

一个特别的阐释策略——否定性身份认同。

非身份之我

瞿秋白自命"文人"。在《多余的话》里,他一而再、再而三地解释这个概念,想给它赋予一个不同一般的内涵。他首先给"文人"定下了一个否定性的基调——"一为文人,便无足观"。"的确,所谓'文人',正是无用的人。"[1]瞿秋白说惯了"或是"、"也许"、"也难说",这么截然的语气当然不是他的一贯风格,因此,他这里所表达的与其说是一种现实,还不如说是一种心绪,一时的意气。透过这种心绪和意气,瞿秋白引导人们探究其后的言外之旨,弦外之音。

接着,瞿秋白又通过不断的否定来界定什么是"文人"。他说,"文人"不能跟现代意义上的文学家、作家和文学评论家相提并论,混为一谈。他们也不是"学术界的人"。那么,什么是"文人"呢?

> 这并不是现代意义的文学家、作家或是文艺评论家,这是咏风弄月的"名士",或者是……说简单些,读书的高等游民。他什么都懂得一点,可是一点没有真实的智识……"文人"是中国中世纪的残余和"遗产"—— 一份很坏的遗产。…… 不幸,我自己不能够否认自己正是"文人"之中的一种。[2]

对于"文人",瞿秋白似乎是全盘否定的。然而,值得注意的是,瞿秋白常常把"文人"放在引号内使用。通过圈定这个词的特别含义,他试图给读者提供一个暗示,而这个暗示又不是"羚羊挂角,无迹可求"的。那么,瞿秋白是不是真是他所说的那种"文人",也就是他再三强调的"高等游民"呢?

答案显然是否定的。《多余的话》篇幅不长,我们很容易找到

---

[1] 瞿秋白:《多余的话》,第712—713页。
[2] 同上书,第713页。

具有说服力的内证：

> 从1920年直到1931年初，整整十年——除却躺在床上不能行动神智昏瞀的几天以外——我的脑筋从没有得到休息的日子。在负责的时期，神经的紧张自然是很厉害的，往往十天八天连续的不安眠，为着写一篇政治论文或者报告。这继续十几年的不休息，也许是我精神疲劳和十分厉害的神经衰弱的原因，然而究竟我离衰老时期还很远。这十几年的辛劳，确实算起来，也不能说怎么了不得，而我竟成了颓丧残废的废人了。[1]

这里，话说得极为明白显豁。整整十年，瞿秋白几乎没有一天过着"高等游民"的日子。很难想像，一个游手好闲的"高等游民"可以十年如一日，常常十天八天不睡觉去赶写一篇政治论文或报告。同样，对于"吟风弄月的'名士'"来说，用"十几年的辛劳"，换来一个"颓丧残废的废人"，这也是不可思议的事。要概括瞿秋白这十年劳绩，我们可以用诸葛亮的八个大字："鞠躬尽瘁，死而后已"。如果深究一下瞿秋白"十年磨一剑"的心志，我们说，如果没有一种使命感，一种"总想为大家辟一条光明的路"[2]的"内的要求"驱使着他，用一个带病的躯体来支撑一个超负荷运转的脑筋十多年，是几乎不可能的。瞿秋白不是"吟风弄月的'名士'"，而是呼风唤雨的斗士。他不是"高等游民"，而是"高级策士"。

瞿秋白心之所系是文艺。他把文艺，特别是他心爱的俄国文学的研究，视为"自己的家"，[3]并且一再地表白，他要回到自己的家里去。可是，一想到他有可能永远也不会回到这个"家"里时，他又一次对自己"盖棺定论"：

---

[1] 瞿秋白：《多余的话》，第700—701页。
[2] 瞿秋白：《瞿秋白文集·文学编》第一卷，第5页。
[3] 瞿秋白：《多余的话》，第711页。

第四章 传记文学的阐释策略

是不是太迟了呢？太迟了！

徒然抱着对文艺的爱好和怀念，起先是自己的头脑，和身体被"外物"所占领了。后来是非常的疲乏笼罩了我三四年，始终没有在文艺的方面认真的用力。书是乱七八糟着[看]了一些，也许走进了现代文艺水平线以上的境界，不致于辨别不出趣味的高低。我曾经发表的一些文艺方面的意见，都驳杂得很，也是一知半解的。

时间过得很快。一切都荒疏了。眼高手低是这必然的结果。自己写的东西——类似于文艺的东西是不能使自己满意的，我至多不过是一个"读者"。[1]

如果说瞿秋白不是他所界定的那种"高等游民"式的"文人"，那么从这几段文字里，我们也同样可以看出，他否定了他是另一种意义上的"文人"。这种"文人"与"现代意义的文学家，作家或者是文艺评论家"截然不同，他们是"咏风弄月的'名士'"。瞿秋白说，他"至多不过是一个'读者'"，发表的评论"驳杂得很，也是一知半解的"，这也是为"知我者"而写的。实际上，细心的读者不难发现他对自己的真实评价："书是乱七八糟着[看]了一些，也许走进了现代文艺水平线以上的境界，不致于辨别不出趣味的高低。"一个"读者"具有这样的境界、这样的趣味，那种"样样都懂一点，其实样样都是外行"[2]的"文人"自然是望尘莫及的。对于瞿秋白"一知半解"的"文艺方面的意见"，鲁迅的评语是："真是皇皇大论！在国内文艺界，能够写这样论文的，现在还没有第二个人！"[3] 其中，他的代表性成果——《〈鲁迅杂感选集〉序言》则是一篇划时代的力作。在相当长的时间内，这篇论文一直"居于领先的权威地

---

[1] 瞿秋白：《瞿秋白文集·文学编》第一卷，第718页。
[2] 瞿秋白：《多余的话》，第716页。
[3] 冯雪峰："关于鲁迅和瞿秋白同志的友谊"，《忆秋白》，第262—263页。

位,被誉为一座未能逾越的高峰"。[1]而文学史家则把他的"指导性文字"视为"丰碑"。[2]凡此种种,我们很自然地得出结论,瞿秋白是一位"现代意义的文学家,作家或者是文艺评论家",而决非他自认的"文人"。

此外,瞿秋白的这几段话也暗示着他根本不具备成为"文人"的客观硬件。"徒然抱着对文艺的爱好和怀念,起先是自己的头脑,和身体被'外物'所占领了。"这个"外物"是什么?通读《多余的话》全文,我们还可以看到类似的言辞:"谁知越到后来就越没有功夫继续研究文学,不久就宣(喧)宾夺主了。"[3]在此,"'外物'"和"喧宾"是一致的,也就是说,在瞿秋白短短的一生中,他的主要精力始终没有能够放在"文艺"上,他一直在扮演着一个更为重要的角色:

> 但是我想,如果叫我做一个"戏子"——舞台上的演员,倒很会有些成绩,因为十几年我一直觉得自己一直在扮演一定的角色。扮觉(着)大学教授,扮着政治家,也会真正忘记自己而完全成为"剧中人"。虽然这对于我很苦,得每天盼望着散会,盼望同我谈政治的朋友走开,让我卸下戏装,还我本来面目——躺在床上去极疲乏的念着"回'家'去罢,回'家'去罢",这的确是很苦的。然而在舞台上的时候,大致总还扮得不差,像煞有介事的。[4]

心里想着"回'家'去罢,回'家'去罢"是一回事,但有没有真正回到企慕已久的"自己的家"是另一回事。事实上,铁窗后面的瞿秋白对能够回到"自己的家"早已不抱什么奢望了,所以,他感慨"太迟

---

[1] 吴奔星:"重读瞿秋白《〈鲁迅杂感选集〉序言》",《瞿秋白研究文集》,陈铁健等编,北京:中共党史出版社,1987年,第263页。
[2] 王瑶:《中国新文学史稿》(上),上海:上海文艺出版社,1982年,第334页。
[3] 瞿秋白:《多余的话》,第705页。
[4] 同上书,第715—716页。

第四章 传记文学的阐释策略

了",并且还在自述的最后一章奉上了一首天鹅之歌——"告别"。"还我本来面目",当然不是指他想像中要扮演的那个"文"的角色,而应该实指十几年来他一直在扮演的角色——"政治家"。这才是他的真实身份。更何况他用"戏子"设喻,曲尽其义地表达了他对自己这一身份的真实评价:"扮着政治家,也会真正忘记自己而完全成为'剧中人'"。"在舞台上的时候,大致总还扮得不差,像煞有介事的。"

尽管瞿秋白话说得很晦暗,常常一句肯定三句否定,但他所期待的"隐含读者"总能读破纸背。唐弢的观点可谓一语中的:"他(瞿秋白)以书生从事革命,而勤敏练达,气魄博大,要非捏笔杆的朋友所能望其项背!"[1]对此,夏衍也有同感:

> 从仪表,从谈吐,乃至从他日常生活来看,秋白同志是一个典型的"书生"。常常穿一件灰色的哔叽袍子,平顶头,举止斯文得很,善于欣赏各种美好的东西,读到一篇好的文章他会反复背诵,逢人介绍,可是,当接触到工作,接触到理论斗争,他就一变而为一个淬厉无前的勇猛的斗士。[2]

茅盾的回忆可以说更为忠实地回应了《多余的话》:

> 他(瞿秋白)和郑振铎在北京就是老相识,通过振铎,我与秋白接近也多了,又渐渐觉得,他不只具有文人的气质,而且,主要是政治家。他经常深夜写文章,文思敏捷,但多半是很有煽动力的政论文,用于内部讲演,很少公开发表。间或他也翻译点文艺作品,写点文艺短评,因此,郑振铎就拉他参加了文学研究会;但那时的政治形势,不允许他发挥文学的天才。[3]

---

[1]《晦庵书话》,第 330—331 页。
[2] 夏衍:"追念瞿秋白同志",《文艺报》,1955 年 12 期。
[3] 茅盾:"回忆秋白烈士",《红旗》,1980 年第 6 期。

不错,他曾是"书生",也"具有文人的气质",但他"勤敏练达,气魄博大",他"主要是政治家"。

不难看出,瞿秋白给自己一个否定性的身份,但通过内证的互文性,他事实上把这种否定性身份又否定了。这样的"否定之否定"一方面可以理解为出于文本生存的考虑。对瞿秋白来说,《多余的话》可能有两种死法。他身陷囹圄,写的东西自然要过国民党审查这一关,这是第一考虑。如果这一关不过,《多余的话》就会胎死腹中。那些嫌《多余的话》"低沉"、"伤感",甚至"怀疑他晚节不忠"[1]的人,如果设身处地地替瞿秋白想一想,就会理解他"有意低徊"的苦衷。此外,他说,他的这部《多余的话》是他"最后'谈天'的机会"。[2]实际上,他想说的是,通过着这次"最后'谈天'的机会",他希望明眼人窥见其中的"天机"。如果说国民党的审查是第一个"关"的话,那么,本党同志的理解是第二"关"。给第一关的审查人,瞿秋白用了第一重否定。不用说,这是一种障眼法。他显然顺利通过了第一关。在国民党的刊物首次登出《多余的话》时,刊头的案语是:"瞿之狡猾恶毒,真可谓至死不变,进既无悔祸之决心,退亦包藏颠倒黑白之蓄意。所以瞿之处死,实属无疑义。"[3]为第二关的自己人,瞿秋白隐设了第二重否定。唐弢、夏衍、茅盾都能轻而易举地破译这一层否定。由于一手接触,丁玲对瞿秋白有着不一般的理解。她的话一语道破"天机":《多余的话》尽管"迂回婉转",但"秋白对政治是极端热情的"。[4]我们还能说秋白是他自命的"文人"吗?

《多余的话》除了内证的互文性之外还和《饿乡纪程》形成文本间的互文性。"我的饿乡"——俄国——满足的是"内的要求","心

---

[1] 李维汉:"怀念秋白",《北京日报》,1980年7月14日。
[2] 瞿秋白:《多余的话》,第695页。
[3] 姚守中、马光仁、耿易编著:《瞿秋白年谱长编》,第427页。
[4] 丁玲:"我所认识的瞿秋白同志——回忆与随想",《忆秋白》,第151—152页。

第四章 传记文学的阐释策略

理上的要求"。瞿秋白一再表示,他"自己的家"是苏俄文艺。丁守和指出,《多余的话》与"多余的人"一脉相传。[1] 那么,瞿秋白是怎么解释俄国文学里的"多余的人"呢?

> 从杜格涅夫和龚察罗夫的小说,我们可以看出当时俄国知识界的通病,就是所谓"多余的人"。"多余的人"大概多不会实践,只会空谈,其实这些人的确是很好的公民,是想要做而不能做的英雄。这亦是过渡时代青黄不接期间的当然的现象。[2]

其实,"多余的人"就是《多余的话》里的"文人"——"往往会把自己变成一大堆抽象名词的化身。……对于实际生活,总像雾里看花似的,隔着一层膜。"[3] 瞿秋白通过对"文人"的否定实际上承继了俄罗斯文学的精髓:

> 文葛尔诺夫(Vengernov)却又注意俄国文学的"英雄性"——利他主义;他说西欧文学的标语是"我,我,我!"——俄国文学的标语是"非我,非我,非我!"[4]

"非我,非我,非我",这个"我"是指"文人"之"我",这才是《多余的话》的隐喻法。

第三节 心理说:理念幻想曲

传记阐释中起决定作用的因素是什么?

---

[1] "瞿秋白写了《多余的话》,我们还看到他在1921年12月写过一篇《中国之"多余的人"》,虽然相隔十五年,中间经历了剧烈的变动,……然而在思想的脉络、情感和性格气质方面,这两篇文字却也有某些内在联系和某些相似之处。如果将这两篇文字联系起来研究一下,对于认识瞿秋白的性格特点将会是有益的。"参见丁守和:《瞿秋白思想研究》,成都:四川人民出版社,1985年,第578页。

[2] 《瞿秋白文集·文学编》第二卷,第177页。

[3] 瞿秋白:《多余的话》,第716页。

[4] 《瞿秋白文集·文学编》第二卷,第233页。

传记文学理论

梁启超和弗洛伊德的答案截然不同。从梁启超众多的传记作品中,我们可以看到他阐释的一贯侧重点。时势、国家、经济、法律可以说是他的四大法宝,也是他传记阐释的四个基本点。如果我们概括一下他的传记阐释特征的话,我们不妨说,他更看重那些独立于个人的外在因素。这些因素构筑了他传记阐释的主体结构。弗洛伊德正好相反。梁启超传记里的这个阐释框架对他来说几乎是不存在的。他有他自己的"法律"——精神分析原理。在他的眼里,内在的东西更具有普遍的意义。儿童的早期记忆、潜意识、性压抑才是"看不见的手"。弗洛伊德与梁启超,一主内,一重外,表面上看南辕北辙,但他们解释传主的策略却是一致的。或过分倚重某种事实,或完全锁定一类事实,而忽视传记文学里自传事实、传记事实和历史事实所构成的事实三要素,这是他们的通性。也就是说,三种事实的关联和互动不是他们的首要关切点,他们最关心的是自己的理念如何系统地在传主身上闪耀出亮色。

这体现在对事实的筛选上。弗洛伊德的过人之处在于,他独具只眼,往往把微不足道的传记事实或自传事实无限上纲,逐步"翻译"为牵一发而动全身的心理事实。是直译,意译,误译,还是过度翻译,迄今为止论者仍然根据自己对精神分析的理解褒贬不一。单就传记阐释而言,弗洛伊德的《列奥那多·达·芬奇和他儿童时代的记忆》(*Leonardo da Vinci and a Memory of His Childhood*, 1910)不失为一部理想的范本。突出的长处,明显的误点,很少有传记能像这部达·芬奇传那样毫不掩饰地揭示了传记阐释的全过程。

弗洛伊德的一个突破口是笔误。在达·芬奇的笔记本里,他曾写过这样一个段落:

> 1504年7月9日,星期三,7点,塞尔·皮耳洛·达·芬奇,长官府书记,我的父亲,死于7点。他享年80岁,有10个儿

第四章 传记文学的阐释策略

子和2个女儿。[1]

父亲去世,达·芬奇没有流露一点感情,而短短两句话,涉及的数字却达7处(在原文里7月用的是单词)。他的多数传记作家都注意到了这个现象,但很少有人像弗洛伊德那样抓住两个"7点"在同一句话里的笔误,专在这一点上做文章。事实上,弗洛伊德对其他数字后面的问题是知道的,不过是有意不顾其余。他在该传的注释里就指出了这个段落里的更大错误,如把父亲的年龄77岁写成了80岁。弟妹的数量也不准确。此外,还有一个弗洛伊德没有发现的错误,7月9日不是星期三,而是星期二。[2]按理说,这么多的数字问题分析起来更具有普遍意义,可它们都没有成为弗洛伊德精神分析的问题。相反,他只关心"7点",把它的重复称作持续言语症。把这个特定的传记事实转换成心理事实,弗洛伊德有他自己的解释:

> 它只是一个微小的细节,任何一个不是精神分析学家的人都会觉得它无关紧要。他甚至不会注意到它,即使注意到了,他可能会说在散神或动感情的时候,这样的事情在任何人身上都会发生。因此,它没有什么别的意义。可是精神分析学家却不这样看。对他而言,再小的事也能揭示出隐蔽的精神过程。他从长期的经验里获知,这些遗忘或重复的情况意义非同一般,正是因为"散神"才使那些本来可以隐蔽的本能暴露出来了。[3]

既然"7点"这个微小的细节如此重要,我们很希望了解弗洛

---

[1] E. Müntz, *Léonard de Vinci* (Paris,1899), p.13n.

[2] Antonina Vallentin, *Leonardo da Vinci: The Tragic Pursuit of Perfection* (New York: The Viking Press, 1938), p.343.

[3] Sigmund Freud, *Art and Literature: Jensen's 'Gradiva', Leonardo da Vinci and Other Works* (Harmondsworth: Penguin Books, 1985), p.212.

伊德如何通过它把达·芬奇和他的父亲联系在一起的。令人失望的是，这么重大的"微小的细节"跟紧随其后的阐释风马牛不相及。弗洛伊德认为，私生子达·芬奇5岁左右才与父亲团聚，因此他对其父的认同没有在他的性生活里留下痕迹，却对他的艺术生涯和科学成就影响巨大。例如，达·芬奇留下大量的作品没有完成，为后人诟病，这是因为他的父亲对自己的"作品"——达·芬奇——也是漠不关心，一丢就是好几年，不闻不问。在说明"7点"这个重复蕴涵着浓厚的感情色彩时，弗洛伊德引用了但丁《天堂》里重复了三次的"位置"为例。同样，为了证实达·芬奇"未完待续"的习惯来自他的父亲，弗洛伊德用达·芬奇的保护人索浮扎公爵为例，说明此公也有此"雅好"。难道说弗洛伊德本人也有此"雅好"，使他的"7点"只有头没有尾，无疾而终？弗洛伊德的问题不是一次性的偶尔闪失，而是来自于他固有的阐释方式。不去理清自传事实、传记事实、历史事实背后的盘根错节，而是孤零零地拽出心理事实，他当然不能左右逢源。其结果，他就不得不诉诸于类比的方法。可是，但丁《天堂》里"位置"的重复与达·芬奇"7点"的重复、索浮扎公爵的未竟事业与达·芬奇的未完作品有什么内在的关联，弗洛伊德语焉不详。他试图给人一个幻觉：一经类比，自己解释的结论就不言自明了。问题是，"隐蔽的心理过程"怎么可以通过与干系不大的事例类比一下就原形毕露了呢？

"秃鹫幻想"是弗洛伊德的滑铁卢。它不但说明弗洛伊德阐释方式的弊端，而且更暴露了从理念出发来解释传主的武断。

首先，我们来看一下弗洛伊德是怎样"翻译"秃鹫幻想的。达·芬奇的原文是：

> 看来，总是把秃鹫牢牢地放在心上，这是我命中注定的。因为在我最初的记忆里，我还记得当我在摇篮里的时候，一只秃鹫从天上飞下来，用它的尾巴打开我的嘴，并用尾巴在我的嘴唇上多次拍打。

第四章 传记文学的阐释策略

弗洛伊德的译文如下：

>……我们不妨把这个幻想的特别语言翻译成普遍好懂的词句。译文涉及性爱的内容。尾巴是最为熟悉的象征之一，男性器官的替代词。意大利语里是这样，其他语言也是如此。幻想里的情景，秃鹫打开小孩的嘴，并用尾巴在里面有力地击打，相当于口交，也就是把阴茎插入嘴里的性行为。[1]

弗洛伊德的翻译，大有"译"不惊人死不休的意味。他也意识到读者会对他"玷污"大师的行为义愤填膺，因此他为自己大胆的翻译所做的两条辩护性解释占了第二部分的主体。首先他用远古的历史撰写法做类比，说明秃鹫幻想这个事实的心理内涵。在弗洛伊德看来，秃鹫的情景不是达·芬奇的真实记忆，而是一种幻想。这个幻想是后来形成的，然后移位到儿童时代。这个过程跟远古的历史书写法是一样的。古人一开始没有历史，他们忙于打猎、种田、掠地。只是在丰衣足食之后，他们抚今追昔，决定写一写自己的历史。可是关于过去的记忆大多荡然无存。怎么办？他们就根据目前的愿望和眼下的需要，收集传奇，梳理传统，解释古代残存的习俗。此外，他们书写历史的动机不是为了满足客观的好奇心，而是本着古为今用、振奋人心、以史为鉴的目的。这样写出来的历史必然是真伪并存，歪曲和误解合流。弗洛伊德认为，这种历史也是现实的反映，其价值不可等闲视之。我们如果下一番去伪存真、纠歪正误的功夫，传奇性材料背后的历史真相，如隐蔽的动机等，就会水落石出。儿童的记忆或幻想也是如此。

>一个人会觉得，他记住了孩提时代的某些东西。这些东西不是无足轻重的。一般来说，对这些残留的记忆，他自己也无法理解，可是它们所遮盖的证据却是无价之宝，因为这些证

---

[1] Sigmund Freud, *Art and Literature: Jensen's 'Gradiva', Leonardo da Vinci and Other Works*, pp.172–176.

传记文学理论

据能够揭示出他心理发展的最重要的特征。由于精神分析的技术为我们提供了一流的方法来阐明隐蔽的材料,我们不妨大胆地分析列奥那多儿童时代的幻想,用以填补他生平故事里的空白。[1]

弗洛伊德的苦心是可以理解的。他圈定秃鹫幻想,目的在于把这个自传事实转换为心理事实,并以此为突破口,一睹达·芬奇内心的隐秘。所以他暗示这类事实可以"揭示出他心理发展的最重要的特征"。可是他用古史撰述法来作类比,充其量只能说明"翻译"的必要性。既然这些证据有真,有假,有歪曲,有误解,"翻译"当然势在必行。然而这种类比丝毫没有解释他"翻译"的合理性。弗洛伊德的"译文"别出心裁,惊世骇俗,为它的合理性辩护远比说明它的必要性来得重要。弗洛伊德不能用历史书写法的类比为"译文"的合理性辩护,这表明他的"翻译"不是追求忠实于原文的直译,而是倾向于六经注我式的意译。

如果说远古史的类比没有给弗洛伊德的传记阐释提供有力的内证,那么他通过埃及的象形文字把秃鹫和母亲联系在一起的努力也是徒劳的。"我们把这个幻想阐释为他在被母亲喂奶。我们发现,他母亲的替代物是秃鹫",因此弗洛伊德认定,达·芬奇是一个"秃鹫儿童"。[2]这个解释有一个复杂的过程,但论证的轮廓是这样的:在埃及的象形文字里,母亲是用秃鹫来表示的。秃鹫只有母的,和风而孕。这个观念从埃及传到希腊和罗马的先哲那里,达·芬奇博览群书,可能读到过这个典故。即使没有这个可能性,他也肯定知道这个典故,因为教堂的神父几乎都用秃鹫比喻圣母,来反驳那些不信圣母处女而孕的人。这个典故使达·芬奇联想到

---

[1] Sigmund Freud, *Art and Literature*: *Jensen's 'Gradiva'*, *Leonardo da Vinci and Other Works*, pp. 175 – 176.

[2] Ibid., p.178.

第四章 传记文学的阐释策略

自己的身世:他曾经是一个只有母亲,没有父亲的儿童。这样他的脑海里就诞生了秃鹫幻想,因为"列奥那多的私生子出身这一事实跟秃鹫幻想是吻合的,正是由于这个缘故他才把自己比作秃鹫儿童"。[1]

不难看出,弗洛伊德的阐释是建基在严密的逻辑推理之上的,一环扣一环。然而问题偏偏出在第一环上。"秃鹫"这个词在达·芬奇的原文里根本就不存在。"秃鹫幻想"成了弗洛伊德所精心构筑的空中楼阁,一个名副其实的"幻想"。原来在达·芬奇的笔记里,他用的词是"*nibio*"(现代意大利语为 *nibbio*)。这个词的意思不是"秃鹫",而是"鸢"。弗洛伊德没有直接去读达·芬奇的原文,他所依据的是德文译本。在德文译本里,"*nibio*"(鸢)被误译成了"Geier"(秃鹫)。一词之差,整个阐释全部搁浅,因为鸢不具有秃鹫的任何象征意义。然而部分弗洛伊德专家却认为,尽管翻译有误,但阐释还是不错的。耶鲁大学的彼得·盖(Peter Gay)指出:

> 弗洛伊德对列奥那多早期情感发展的重构可以跟这个误译及其后果分隔开来。他的重构是站得住,还是跌下去,全靠自身的原因。[2]

《列奥那多·达·芬奇和他儿童时代的记忆》第二部分和第三部分的核心是秃鹫幻想,即使最后的第五部分,弗洛伊德还在声称,"我们仍然没有处理完列奥那多的秃鹫幻想。"[3]可见,秃鹫幻想不是那种可以"分隔开来"的孤立的个案,它是这部传记的结构性主题。它一旦站不住,那么整个传记就得跌下去。难怪里德·卫狄

---

[1] Sigmund Freud, *Art and Literature: Jensen's 'Gradiva', Leonardo da Vinci and Other Works*, p.181.

[2] Peter Gay, ed., *The Freud Reader* (New York and London: W. W. Norton & Company, 1989), p.455.

[3] Sigmund Freud, *Art and Literature: Jensen's 'Gradiva', Leonardo da Vinci and Other Works*, p.199.

默发出这样的感慨:"在弗洛伊德之前,有谁把一部传记系在一只儿童时代的秃鹫或鸢身上?"[1]

面对这样的大是大非,弗洛伊德的门人厄内斯特·琼斯(Ernest Jones)仍然宣布这部达·芬奇传是"1910年杰出的文学事件","在这里他不但阐明了那位伟人内在的本质,他生活里两个主要动机的冲突,而且还表明儿童初期的事件是怎样影响他的。"[2]上述详尽的分析证实,弗洛伊德既没有用充分的论据,又缺乏过硬的事实,他怎么"阐明",如何"表明"?传记大家乔治·裴因特(George Painter)一针见血地指出:"他一再展示他的理论,好像他在科学地证明它们似的。他的文本毫无证据可言。"[3]这才是弗洛伊德的"硬伤"。

弗洛伊德对症候异常重视,[4]我们不妨以其之道还治其身,把他的"硬伤"看做一个症候,发掘一下它背后隐藏的动机。

理查德·沃尔海姆(Richard Wollheim)认为,"确实有旁证显示弗洛伊德在达·芬奇一文中的兴趣主要是传记的。"[5]实际上,不但有旁证,而且还有主证。弗洛伊德写给荣格的信(1909年10月17日)是最好的旁证:

> 传记也必须是我们的天下……我忽然顿悟了列奥那多·达·芬奇的性格之谜。这将会是传记的第一步。[6]

---

[1] Reed Whittemore, *Whole Lives: Shapers of Modern Biography*, p.87.

[2] Ernest Jones, *The Life and Work of Sigmund Freud*, ed. Lionel Trilling and Steven Marcus (New York: Basic Books, Inc. 1961), p.294.

[3] Phyllis Grosskurth, "An Interview with George Painter," *Salmagundi*, 6 (1983): 33.

[4] 参阅弗洛伊德:《精神分析引论》,高觉敷译,北京:商务印书馆,1986年,第201页。

[5] Richard Wollheim, "Freud and the Understanding of Art," *British Journal of Aesthetics*, 10 (1970): 216.

[6] Peter Gay, *Freud: A Life for Our Time* (New York: Norton, 1988), p.268.

第四章 传记文学的阐释策略

《列奥那多·达·芬奇和他儿童时代的记忆》的第六部分是传记研究里引用最多的章节之一,可是说是精神分析传记的独立宣言。这里弗洛伊德提供了难得的主证:"精神分析能在传记领域里有多大作为,对于它的极限,我们必须有一个相当宽泛的界定。"[1]从这两处引文里,我们可以看到,弗洛伊德对传记的兴趣是显而易见的,但不仅仅如此。他对传记有兴趣,但对精神分析的兴趣更大。确切地说,他之所以对传记有兴趣,是因为他要完成他的"弗洛伊德的使命"[2]——探索"精神分析能在传记领域里有多大作为",从而使"传记也必须是我们的天下"。精神分析是目的,传记不过是手段而已。

本着这样的做传动机,弗洛伊德自然不会像职业传记作家那样去发掘自传事实、传记事实和历史事实,然后梳理它们的关系,并在此基础上重构达·芬奇的生平。除了上面讨论的几个自传事实和传记事实之外,他的事实来源多半是第二手的。他从其他达·芬奇传记作家,如吉奥尔吉奥·瓦沙理(Giorgio Vasari)和埃得孟多·索尔米(Edmondo Solmi),那里寻找事实,甚至德米特里·麦列日科夫斯基(Dmitry Merezhkovsky)的历史小说《列奥那多·达·芬奇的传奇》也成为他传记阐释的主要依据。更重要的是,达·芬奇的传记事实本来就很有限,但弗洛伊德却把它们浓缩在达·芬奇传第一部分的最后一段,以便后面论证时随时取用。这里可以看出弗洛伊德对事实的态度:事实是次要的,解释才是第一位的。例如,他在传记的第三部分把秃鹫幻想解释为达·芬奇的同性恋行为时,他几乎找不到什么事实,但这并不妨碍他把问题阐释得一清二楚。他先从埃及神话出发,说明秃鹫是雌雄同体,然后借助幼儿性

---

[1] Sigmund Freud, *Art and Literature: Jensen's 'Gradiva', Leonardo da Vinci and Other Works*, p.228.

[2] Cf. Erich Fromm, *Sigmund Freud's Mission: An Analysis of His Personality and Influence* (New York: Harper and Row), 1972.

传记文学理论

理论,并运用两个类比,一个类比源于原始时代的阳具崇拜,另一个类比来自生物学,最后回到自己的论点:达·芬奇的同性恋。而事实仍然只有一个,那只子虚乌有的秃鹫:

> 不管怎么说,这个(秃鹫)幻想最鲜明的特征就是它把吮吸母乳的行为变成了被人喂奶。毫无疑问,这种被动性本质上是同性恋的。[1]

整个阐释过程跟上述分析过的两个例子几乎如出一辙:神话、类比、理论、推断等。跟阐释直接关系不大的成分一应俱备,缺少的正是内在事实的支持系统。如果我们把安东尼那·瓦伦亭(Antonina Vallentin)的达·芬奇传与弗洛伊德的这部达·芬奇传对照一下的话,我们就可以看到两种截然不同的运用事实的方法,阐释的结果自然大相径庭。

瓦伦亭认为,达·芬奇之所以有大鸟飞翔的梦,因为他自己想在地球上腾飞的愿望久萦于心。自传事实、传记事实和历史事实在他的传记里熔于一炉,这使他的阐释具有很强的说服力。首先,读者可以依稀感受到一个历史背景的存在。瓦伦亭提到米兰的军事工程以及战争岁月所需要的陆地和海上的制空权。他把达·芬奇的梦和这个需要联系在一起,特别提到达·芬奇对他的保护人索浮扎公爵的承诺。达·芬奇希望通过自己对飞行装置的实验能为公爵获得制空权助上一臂之力。尽管瓦伦亭是从达·芬奇的角度出发叙述历史背景的,但这两点历史事实为达·芬奇的梦铺设了一个相当结实的现实基础。为了说明达·芬奇的梦跟飞行器的研制有关,瓦伦亭从达·芬奇的笔记里摘引了大量的论述,因此,在这部传记里,我们看到达·芬奇如何用老鹰来研究空气中的运动原理,怎样模仿鸟翼设计各种机翼和他对飞行的大量实验。这些全部出

---

[1] Sigmund Freud, *Art and Literature: Jensen's 'Gradiva', Leonardo da Vinci and Other Works*, p. 189.

第四章 传记文学的阐释策略

自达·芬奇笔记里的自传事实,特别是他对老鹰,而不是秃鹫的关注,说明他的梦更多地牵涉他对飞行器的痴迷,而与恋母情结或同性恋关系甚微。瓦伦亭也没有忘记提到两处重要的传记事实。一是达·芬奇的先驱者罗吉尔·培根(Roger Bacon)对想像中的飞行器的描述。达·芬奇在米兰时期正好在读他的作品。另一个传记事实是数学家吉奥瓦尼·巴迪斯塔·但丁(Giovanni Battista Danti)在一个婚礼上所做的飞行表演。这与达·芬奇自己的飞行实验几乎同步,他顿时感受到一个强劲的对手。此外,瓦伦亭在传记里还用了达·芬奇亲手绘制的两幅素描作插图,一幅是飞行器设计图,一幅是飞行器机翼设计图。如此缜密的事实交织,我们很难不信服瓦伦亭的解释。[1]相比之下,弗洛伊德把全部阐释系在个别事实上的做法就显得孤注一掷。

"作为传记里捕捉事实的方法,精神分析毫无价值可言。"德沃托(De Voto)直言不讳地指出,"迄今所写的精神分析传记没有一部可以视之为严肃读物,我指的是作为事实。"[2]事实是精神分析传记的致命伤,然而严肃的传记作家并没有因此而对弗洛伊德的传记尝试全盘封杀。噶拉笛总结了弗洛伊德对传记文学的四点贡献,其中包括重视"表面上不起眼的细节"和"坦率处理""性的作用"。[3]传记大家艾尔曼(Richard Ellmann)认为,弗洛伊德对传记文学的影响是革命性的:"传记作家不再把自己置身于传主的精神世界之外,而是置身其内。他不再观察,而是鼬探。"[4]

弗洛伊德成在此,败更在此。不"观察"事实之间的内在关联,

---

[1] Antonina Vallentin, *Leonardo da Vinci: The Tragic Pursuit of Perfection*, pp. 310–317.

[2] Bernard De Voto, "The Sceptical Biographer", *Harper's Magazine*, 166 (1933): 183.

[3] John A. Garraty, *The Nature of Biography*, pp. 115–116.

[4] Richard Ellmann, "Freud and Literary Biography", *American Scholar*, 53 (Autumn 1984): 472.

而用理念去"鼩探""表面上不起眼的细节",其"坦率处理"的"性的作用"难免会变成"秃鹫"幻想曲。或许,这是弗洛伊德给传记阐释的最大遗产。

第四节　时势论:英雄无心影

确切地说,梁启超的传记不是传记,而是传论。他无心走中国传统的记事性史传的正道,却开启了中国阐释性传记的先河。他的几部主要传记,如《李鸿章》(1901)、《王荆公》(1908)、《管子传》(1909),不是以栩栩如生的描述见长,而是用汪洋恣意的宏论作主打。梁启超传记的这一特色,他自己也颇为自得。在《李鸿章》的序例中,他开门见山地写道:

> 一、此书全仿西人传记之体,载述李鸿章一生行事,而加以论断,使后之读者,知其为人。一、中国旧文体,凡记载一人事迹者,或以传,或以年谱,或以行状,类皆记事,不下论赞,其有之则附于篇末耳。然夹叙夹论,其例实创自太史公,《史记》"伯夷列传"、"屈原列传"、"货殖列传"等篇皆是也。后人短于史识,不敢学之耳。著者不敏,窃附斯义。[1]

实际上,梁启超说他要"载述李鸿章一生行事",不过是虚晃一枪,他想显露的是实实在在的"论断"和"史识"。也就是说,在叙述和阐释之间,梁启超对后者情有独钟,而阐释时,他的火力主要集中在"政术"上。

"政术为第一义"

写传记而声称以"政术为第一义",这在世界传记史上并不多

---

[1] 梁启超:《李鸿章》,《饮冰室合集·专集》第二册,林志钧编,上海:中华书局,1936年,第1页。

第四章 传记文学的阐释策略

见。不过,梁启超意在破格,他的传记倒是名副其实的以"政术为第一义":

> 读中国近世史者,势不得不口李鸿章,而读李鸿章传者,亦势不得不手中国近世史,此有识者所同认也。故吾今此书,虽名之为"同光以来大事记"可也。[1]
>
> 一、本书以发挥荆公政术为第一义,故于其所创诸新法内容及其得失,言之特详。[2]
>
> 一、本编以发明管子政术为主,其他杂事不备载。
>
> 一、管子政术,以法制主义及经济政策为两大纲领,故论之特详。[3]

在梁启超那里,政术是一个较为宽泛的词。《王荆公》的传记明确标示了政术的范围:民政、财政、军政、教育及选举。这是王安石传的主干。《管子传》的政术也大致涵盖了这些内容,占全书篇幅百分之八十之多。《李鸿章》虽然没有明写政术,但全传所写的三件大事——军事、洋务和外交——基本上没有脱离政术的范围。梁启超说,《李鸿章》是"同光以来大事记",不妨说,这三部传记都是"政术""大事记"。一部传记不以人物为第一义,而以政术为第一义,似属跑题,殆无异议。然而,管子、王安石和李鸿章都是政治人物,不谈政术,何以显示政治家的本色。重要的是,传记作家用什么方法来谈论政术,他的侧重点是什么?

博引法是梁启超做传的要法。实际上,梁启超的传记写得快,而且数量多,跟他的博引有关。当然,梁启超并非死心塌地的文抄公。对于自己的博引,他事先打招呼,事后有总结。在《李鸿章》的序例里,梁启超写道:

---

[1] 梁启超:《李鸿章》,《饮冰室合集·专集》第二册,第3页。
[2] 梁启超:《王荆公》,《饮冰室合集·专集》第七册,第1页。
[3] 梁启超:《管子传》,《饮冰室合集·专集》第八册,第1页。

传记文学理论

> 中东和约、中俄密约、义和团和约,皆载其全文。因李鸿章事迹之原因结果,与此等公文关系者甚多,故不辞拖沓,尽录入之。[1]

显然,他已意识到这类政府公文过多地出现在传记里必定令读者不忍卒读。他之所以"不辞拖沓,尽录入之",是因为跟传主的事迹有关。这样的解释能否站得住脚,并非全由作者说了算,主要还要看这些引文在传记中的实际效果。不过,这至少说明一点,梁启超事先对这个问题是有过考虑的。对于博引,《王荆公》的例言里有一段更为清楚的说明:

> 荆公不仅为中国大政治家,亦为中国大文学家,故于其时文采录颇多。其散见于前各章者,皆与政治有关系者也。其仅足为文章模范者,亦撷十数首录入末二章,使读者得缘此以窥全豹。[2]

有政论,政治家的政见可以和盘托出;引诗文,文学家的文才方能表露无遗。两者合璧,还能窥见"全豹"。引文之重要由此可见一斑。

这是梁启超对读者的交代,对于他的学生,他仍然不改初衷。事隔近二十年之后,他在清华讲授"中国历史研究法补编"时,专门讲到"做传的方法"。当时的情景是,他"一面养病,一面讲演,只能就随感所及,随便谈谈,连自己也不满意。将来有机会,可再把新想到的原则,随时添上去"。[3] 遗憾的是,不久他就去世,再也没有机会来添上一些重要的原则。就他所谈的文学家和政治家传记的写作原则而言,每条下面只有两点,第一点谈的是引文问题,第二点谈的也是引文问题。这说明,只要一谈到传记作法,引文问题是他当时想到的第一而且惟一的方法。

---

[1] 梁启超:《李鸿章》,《饮冰室合集·专集》第二册,第1—2页。
[2] 梁启超:《王荆公》,《饮冰室合集·专集》第七册,第2页。
[3] 《中国历史研究法补编》,第72页。

第四章　传记文学的阐释策略

什么是文学家做传的方法呢？梁启超认为：

> 作文学家的传，第一，要转录他本人的代表作品。我们看《史记》、《汉书》各文人传中，往往记载很长的文章。例如《史记》的《司马相如列传》就把几篇赋全给他登上。为什么要费去这么多的篇幅去登作品？何不单称他的赋作得好，并列举各赋的篇名？因为司马相如所以配称为大文学家，就是因那几篇赋有价值。那几篇赋，现在《文选》上有，各种选本上亦有，觉得很普遍；并不难得；但是要知道，如果当初正史上没有记载，也许失去了，我们何从知道他的价值呢？第二，若是不登本人著作，则可转载旁人对于他的批评。……为文学家作传的正当法子，应当像太史公一样，把作品放在本传中。章学诚就是这样的主张。这种方法，虽然很难，但是事实上应该如此。为什么要给司马相如、杜甫作传，就是因为他们的文章好。不载文章，真没有作传的必要。[1]

"不载文章，真没有作传的必要"未免言过其实，与事实不符。写传记而把传主的代表作网罗无遗，在古代传料严重匮乏的情况下，已属万不得已。当然，诚如梁启超所说，这样做，传记的一大功劳就是能够把作品保存下来，流传后世。如果这一点适用于古代的话，它显然不太适用于印刷术和图书馆发达的时代。古人的作品鸿篇巨制不多，操作起来难度不大。如果把这一原则用来写作莎士比亚、托尔斯泰、普鲁斯特，甚至梁启超自己的传记，那么这些传记很可能成为各自的代表作集成。至于在传记里"转载旁人对于他的批评"，也是一条大可商榷的原则。莎士比亚和曹雪芹都"说不尽"，评论文章汗牛充栋，即使有所选择，传记也难以逃脱成为一部莎士比亚或曹雪芹评论集的厄运。尽管这两条原则的普适性不强，但它们却是梁启超传记作法的不二法门，这是什么原因呢？

---

〔1〕《中国历史研究法补编》，第73—74页。

传记文学理论

文学家以文行世,传记里选些作品,自是情理中事。至于选什么、选多少、怎么选,这些才是关键所在。政治家多半是"实践之人",他们的传记是不是不用选作品了呢?答案显然是否定的。在梁启超看来,替政治家做传的方法应该包括:

> 第一要登载他的奏议同他的著作。若是不登这种文章,我们看不出他的主义。《后汉书》的王充、仲长统、王符合传,就把他们三人的政论完全给他登上。为什么三人要合传,为的是学说自成一家,思想颇多吻合。为什么要为他们登载政论,因为他们三人除了政论以外,旁的没有什么可记。……第二,若是政论家同时又是文学家,而政论比文学重要,与其登他的文章,不如登他的政论……《汉书》的《贾生列传》就比《史记》做得好,我们看那转录的《陈政事书》,就可以看出整个的贾谊。像贾谊这样人,在政治上眼光很大,对封建,对匈奴,对风俗,都有精深的见解。他的《陈政事书》,到现在还有价值。太史公没有替他登出,不是只顾发牢骚,就是见识不到,完全不是作史的体裁。[1]

这里有两点值得注意。一是梁启超登录传主奏议和著作的目的。他之所以把转载著作和奏议看作是政治家传记写作的第一义,是因为不这样做就不能显示政治家的"主义"。王充、仲长统、王符三人合传,是因为他们的"学说"、"思想"契合。同样,在"文章"和"政论"之间,他也是先"政论"而后"文章"。"主义"、"学说"、"思想"、"政论",这些才是梁启超做传的侧重点。事实上,他的做传原则绝不是病中"随感所及,随便谈谈",而是他自己写作经验的结晶。《李鸿章》除了全文载录"中东和约"、"中俄密约"、"义和团和约"外,还摘引了部分奏议。如果说第六章关于造船和海防的两个奏

---

[1]《中国历史研究法补编》,第74—75页。

第四章 传记文学的阐释策略

折确实能看出"李鸿章之识,固有远过于寻常人者矣",[1]那么,第十章关于河防的奏议就属于真正的"不辞拖沓,尽录人之"。因为关于河防的奏议不但篇幅巨大,占了几乎长长一整章,而且关键问题是,它不是出自李鸿章的手笔,而是李鸿章采用了西人卢法尔的原稿。不可否认,这份河防文献有其特别的专业价值,可是对它只是"尽录人之",而不进行"深加工",读者就只能看到"政论"、"学说"、"思想",而看不到"政论"、"学说"、"思想"后面的"人物"。这种现象在《王荆公》和《管子传》中更为普遍。看重"主义",淡化"人物",这是梁启超博引法的实质。

其次,他对《史记》的"牢骚"所发的牢骚,凸显了他的传记观。传记是"史的体裁"。这样,在梁启超的笔下,我们看到作为"人的专史"的传记式微了。在《王荆公》里,真正的传记成分,如"荆公之略传"、"荆公之交友"、"荆公之家庭"等微乎其微。王安石的"政术"一统天下。梁启超在《李鸿章》的结论里刚写了几则李鸿章的"奇谈"、"遗闻",马上就言归正传,"著者与李鸿章相交既不深,不能多识其遗闻轶事,又以无关大体,载不胜载,故从阙如。"[2]"载不胜载"是虚,"无关大体"才是真。这个"大体"就是"史的体裁"。在《新史学》里,梁启超写道:"善为史者,以人物为历史之材料,不闻以历史为人物之画像;以人物为时代之代表,不闻以时代为人物之附属。"[3]这里,"人物"是"材料",是手段,历史和时代才是终极目的。如此史观,传记自然写成了历史"大事记"。

司马迁和梁启超都写过管子的传记。如果把这两种传记略加比较,梁启超传记阐释的特点就更加显豁了。

在《史记》的管晏列传中,司马迁曲尽淡装浓抹之术。对于管子,他只撷取了三四件事实,立知音为主脑,以为政作骨架,用私产

―――――――
〔1〕 梁启超:《李鸿章》,《饮冰室合集·专集》第二册,第39页。
〔2〕 同上书,第85页。
〔3〕 梁启超:《新史学》,《饮冰室合集·文集》第四册,第3页。

来收尾。既有大的轮廓,也有细的层次。但回荡至今的仍是"生我者父母,知我者鲍子也"。司马迁之所以轻描管子的政绩,重绘鲍叔的义举,原因可能是,他知道伟大的政治家是一样的,而与一样的政绩相比,特别的知音之叹更能激起千古的共鸣。

司马迁自己的解释是:

> 吾读管氏《牧民》、《山高》、《乘马》、《轻重》、《九府》,及《晏子春秋》,详哉其言之也。既见其著书,欲观其行事,故次其传。至其书,世多有之,是以不论,论其轶事。[1]

当然,正如钱钟书指出的,在《司马相如列传》、《老子韩非列传》、《屈原贾生列传》中,司马迁并没有严格遵守这一义例,不是不论其书,有时甚至"不惜全篇累牍载之"。[2]可是,就《管晏列传》而言,司马迁"不论""其书","论其轶事",可谓深得传记文学的精髓:传写非常之事,树立非常之人。也就是说,他抓住了传记事实。

司马迁匠心独运,可梁启超显然没能别具慧眼,窥破隐机。他抱怨:

> 《管晏列传》叙个人阅涉琐事居太半,……但替两位大政治家作传,用这种走偏锋的观察法,无论如何,我总说是不应该。(因为)所选之点太不关痛痒,总不成为真正的好文章。[3]

"轶事"、"琐事"一字之差,结果却有云泥之别。司马迁的"轶事"乃是正史不载的超逸之事,而梁启超的"琐事"却是"太不关痛痒"的"个人阅涉"。梁启超对"轶事"、"琐事"不分青红皂白,在他的传记中多半一视同仁,打入冷宫,有时他的整部传记甚至也不见有几枝出墙的"红杏"。正是这种对传记本质认识的差异,或许可以归结

---

[1] 司马迁:《史记》卷六十二,第2136页。
[2] 《管锥编》第一册,第309页。
[3] 梁启超:《饮冰室合集·专集》第十五册,第10页。

第四章 传记文学的阐释策略

为梁启超的传记为什么能"动人",而不能"留人"。

不过,梁启超不能对司马迁的《管晏列传》具有一些同情性理解是可以理解的。在他的坐标系中,管子何许人也?"中国之最大政治家,而亦学术思想界一巨子也",[1]而司马迁的《史记》是"别裁之书","其所叙述,往往不依常格",司马迁本人又"幽愤不得志,常借古人一言一事以寄托其孤怨"。因此,他的《管子传》"以发明管子政术为主,其他杂事不备载","政术以法治主义及经济政策为两大纲领,故论之特详"。"读《史记·管子》传,必不足以见管子之真面目。欲求真面目,必于《管子》"。[2]此《管子》,非彼管子也!梁启超说:"写个性是记人之文的主脑,做一传决不可作一篇无论何人都可适用的文字。"[3]略看一下《管子传》的"目次",我们就不难看出它基本违背了梁启超本人的做传宗旨。在"书"与"人"之间,他惟"书"是瞻,目中无"人"。结果,管子传记写成了管子学案。

"世界之人之眼光"

"比较法"是梁启超传记阐释的另一大特色。关于这个特点,他在传记里开宗明义,交代明确。在《王荆公》中,他写道,他要以政术为第一义,会特别论述新法及其得失,"往往以今世欧美政治比较之,使读者于新旧知识咸得融会"。[4]《管子传》的例言几乎是大同小异:他主要讨论管子政术的两大支柱——法制主义和经济政策,"时以东西新学说疏通证明之,使学者得融会之益"。[5]与这两部传记不同,《李鸿章》则"全仿西人传记之体",中国人西方体,比较色彩十分醒目。融入"欧美政治",参以"东西新学说",

---

[1] 梁启超:《管子传》,《饮冰室合集·专集》第八册,第1页。
[2] 同上书,第2—3页。
[3] 梁启超:《中学以上作文教学法》,上海:中华书局,1925年,第16页。
[4] 梁启超:《王荆公》,《饮冰室合集·专集》第七册,第1页。
[5] 梁启超:《管子传》,《饮冰室合集·专集》第八册,第1页。

赋予"西人传记之体",梁启超的传记视野宏阔,气象万千,真正具有一种"世界之人之眼光"。[1]

梁启超的"比较法"主要表现为三种形式。首先,他往往给他的传主设置一个"世界背景"。当然,他对自己也不例外。在《三十自述》里,他写道:"余生同治癸酉正月二十六日,实太平国亡于金陵后十年,清大学士曾国藩卒后一年,普法战争后三年,而意大利建国罗马之岁也。"[2]对于远古和中古人物,梁启超无法为他们搭建世界舞台,但也不放过指出世界性人物缺席的机会。在《管子传》里,他说:"若古代之管子、商君,若中世之荆公,吾盖遍征西史,欲求其匹俦而不可得。"[3]"世界背景"在《李鸿章》中叙述得最为出色:

> 李鸿章之初生也,值法国大革命之风潮已息,绝世英雄拿破仑,窜死于绝域之孤岛。西欧大陆之波澜,既已平复,列国不复自相侵掠,而惟务养精蓄锐,以肆志于东方。于是数千年一统垂裳之中国,遂日以多事,伊犁界约,与俄人违言于北,鸦片战役,与英人肇衅于南。当世界多事之秋,正举国需才之日。加以瓦特氏新发明汽机之理,朦艟轮舰,冲涛跋浪,万里缩地,天涯比邻。苏伊士河,开凿功成,东西相距骤近。西力东渐,奔腾澎湃,如狂飙,如怒潮,啮岸砰崖,黯日蚀月,遏之无可遏,抗之无可抗。盖自李鸿章有生以来,实为中国与世界始有关系之时代,亦为中国与世界交涉最艰之时代。[4]

"世界背景"的铺设,实际上隐含着一种并置比较法:一边是世界大势;另一边是中国人事。"西欧""平复","列国""惟务养精蓄锐,以

---

[1] 梁启超:《管子传》,《饮冰室合集·专集》第八册,第3页。
[2] 梁启超:《三十自述》,《饮冰室合集·文集》第四册,第15页。
[3] 梁启超:《管子传》,《饮冰室合集·专集》第八册,第1页。
[4] 梁启超:《李鸿章》,《饮冰室合集·专集》第二册,第10页。

第四章 传记文学的阐释策略

肆志于东方";"瓦特氏新发明汽机","万里缩地,天涯比邻";"苏伊士河,开凿功成","西力东渐","如狂飙,如怒潮","遏之无可遏,抗之无可抗",形成泰山压顶之势。可是中国的情形如何呢?李鸿章在奏议里写道:"士大夫囿于章句之学,而昧于数千年来一大变局,狃于目前苟安,而遂忘前二三十年之何以创钜而痛深,后千百年只何以安内而治外……"内外局势遥相并置,提出养兵练炮造船为国策,"李鸿章之识,固有远过于寻常人者矣。"[1] 有了世界的大背景,传主才能在特定的历史语境中崭露头角。事实上,梁启超凸显"世界背景",还有其更深远的意图。在为李鸿章做传之前,梁启超写过《中国史叙论》。他把中国历史划分为三大时期:一、"中国的中国"时期,指的是从黄帝到秦统一的上世史;二、"亚洲的中国"时期,包括秦统一到清代乾隆末年;三、"世界的中国"时期,指乾隆末年以降的近世史。[2] 在这样的史观指导下,我们就比较好理解梁启超做传思想的大转变。他写传的目的在"新民":从"学为国人"转变为"学为世界人"。[3] 要"学为世界人","世界背景"自然不可或缺。

"人物比较"是梁启超比较法阐释的重头戏。梁启超长于比较,自己也提倡比较。他的比较思维较为集中地体现在他对合传的论述里。在《中国历史研究法补编》里,梁启超指出:

> 合传这种体裁,在传记中最为良好。因为他是把历史性质相同的人物,或者互有关系的人物,聚在一处,加以说明,比较单独叙述一人,更能表示历史真相。欧洲方面,最有名最古的这类著作要算布鲁达奇的《英雄传》了。全书都是两人合传,每传以一个希腊人与一个罗马人对照,彼此各得其半。这

---

[1] 梁启超:《李鸿章》,《饮冰室合集·专集》第二册,第39页。
[2] 梁启超:《中国史叙论》,《饮冰室合集·文集》第三册,第11页。
[3] 梁启超:《夏威夷游记》,《饮冰室合集·专集》第五册,第185页。

部书的组织,虽然有些地方勉强对比,不免呆板,但以对比论列之故,一面可以发挥本国人的长处,亦可以针砭本国人的短处。两两对照,无主无宾,因此叙述上批评上亦比较公平。[1]

对于比较合传的优势,梁启超在该章的结尾处概括得更加明确:

我的意思是说,伟大人物单独作传,固然可以,但不如两两比较,容易公平,而且效果更大。要说明位置价值及关系,亦较简切省事。至于普通人物,多数的活动,其意味极其深长,有时比伟大人物还重要些,千万不要看轻他们。没有他们,我们看不出社会的真相,看不出风俗的由来。[2]

在梁启超看来,用比较方法写作的合传有两大优势:一是"更能表示历史真相";一是"容易公平,而且效果更大"。但是如果细究一下梁启超把中国人与外国人合传的目的,我们就不难发现他用比较方法的真正意图,特别是这一意图对传记阐释的影响:

本国人与外国人性质相同,事业不同,可以作合传。要作这种传,不单要研究国学,外史知识亦须丰富。两两比较,可以发挥长处,补助短处。例如孔子与苏格拉底,两个都是哲学家,一个是中国的圣人,一个是希腊的圣人,都讲人伦道德,两人合为一传,可以比较出东亚所有人生问题的异同及解决这类问题的方法。再如墨翟与耶稣,两个都是宗教家,一个生当战国,一个生于犹太,都讲博爱和平崇俭信天;合在一块作传,可以看出耶墨两家异同,并可以研究一盛一衰的原故。又如屈原与荷马,两个都是文学家,一个是东方的文豪,一个是西方的诗圣,事迹都不十分明了,各人都有几种传说的;把他们

---

[1]《中国历史研究法补编》,第81页。
[2] 同上书,第92页。

第四章 传记文学的阐释策略

合在一起,可以看出古代文学发达的次序,及许多作品附会到一人名下的情形。更如清圣祖、俄大彼得、法路易十四都是大政治家,三人时代相同,性质相同,彼此都有交涉;彼得、路易的国书,清故宫尚有保存;替他们合作一传,可以代表当时全世界的政治状况,并可以看出这种雄才大略的君主对内对外的方略。[1]

从哲学家、宗教家,到文学家、政治家,梁启超的中外"派对"相当完备。他"两两比较"的意图清晰可辨:两位哲圣"联袂"是为了了解"所有人生问题的异同及解决这类问题的方法";两位宗教家"合璧""可以看出耶墨两家异同,并可以研究一盛一衰的原故";中外文学家的"联姻""可以看出古代文学发达的次序,及许多作品附会到一人名下的情形";三国政治家的"同盟""可以代表当时全世界的政治状况,并可以看出这种雄才大略的君主对内对外的方略"。四种合传虽因传主职业的不同而目的互异,但这些不同之处却含有更大的一致性。无论是"人生问题的异同"、"一盛一衰的原故",还是"古代文学发达的次序"、"全世界的政治状况",梁启超合传的目标不在人,而在史。谈合传,他早就把他给传记所定的"原则"——"写个性是记人之文的主脑"——置诸脑后。他的兴趣是历史的,而决非传记的。我们有理由怀疑,他是否真的全部细读过"布鲁达奇的《英雄传》",不然,他大谈特谈普鲁塔克,却不会不知道《希腊罗马名人传》中关于"历史"与"传记"之别的著名论断。梁启超爱谈传记,但也未能"破格"。他没有能破历史之格:他把传记牢牢钉在"历史研究法"的门框上,却不去发掘传记文学殿堂之幽奥。他的传记阐释始终未能突破历史的大框框。

事实上,梁启超虽然把合传的诸多好处渲染了一番,他自己并没有写作一部详实的比较传记。响应者也几乎寥寥。当然,正如

---

[1]《中国历史研究法补编》,第86—87页。

梁启超所说,要写一部这样的合传,"不单要研究国学,外史知识亦须丰富"。具备这种条件的人不多是一个原因,但关键还在于具体操作的难度。兴之所至,把"东方的文豪"屈原和"西方的诗圣"荷马比附一下,往往不吃力而讨巧,可是,要用"细致"的"绣花针儿"的"工夫"[1]写一部平行列传,则需要焚膏继晷,兀兀穷年,更何况屈原和荷马的生平资料几乎空白,写他们的传记无异于做无米之炊,不能做成自是意料中事。梁启超没有写成比较性的合传,但"人物比较"在他的作品中却是屡见不鲜:

> 梅特涅知民权之利而压之,李鸿章不知民权之利而置之,梅特涅外交政策能操纵群雄,李鸿章外交政策不能安顿一朝鲜,此其所以不论也。[2]

> 当时举朝汹汹,除(王荆)公所共事之数人外,殆无一不致难于青苗。言者咸指为掊克聚敛,损下益上,而公立法之本意,乃适与之相反。……昔罗马伟人格力加士为执政时,倡限民名田之制,全国人民欢声雷动,而议院几乎全数反对之,卒被丛殴以死于院中。盖亦有不利于治道之兴者,而其意非在于法也。[3]

> 昔克林威尔当长期国会纷扰极点之后,独能征爱尔兰,实行重商主义,辉英国国威于海外;昔拿破仑当大革命后,全国为恐怖时代,独能提兵四出,蹂躏全欧,几使法国为世界共主。盖大豪杰之治国家,未有不取积极政策而取消极政策者也。若管子者,诚大国民之模范哉![4]

---

[1] 胡适:《胡适的日记》,北京:中华书局,1985年,第273页。
[2] 梁启超:《李鸿章》,《饮冰室合集·专集》第二册,第82页。
[3] 梁启超:《王荆公》,《饮冰室合集·专集》第七册,第71页。
[4] 梁启超:《管子传》,《饮冰室合集·专集》第八册,第10页。

第四章　传记文学的阐释策略

梁启超常识淹博,往往触类旁通,举一反三,熔中西人物于一炉。平凡的观点一经比物连类,愈显突出;浅显的道理几番中外会通,平添了放之四海而皆准的意味。奥国宰相梅特涅之于李鸿章,罗马伟人格力加士之于王安石,克伦威尔、拿破仑之于管子,志趣是否相似,个性有无一致,人格可否吻合,这些传记的血肉之躯,不是梁启超人物比较的出发点。对梁启超来说,罗列这些人物只是因为他们某方面相同或者相异,而这一点正好有助于他阐述他的某一个观点。要阐述李鸿章只知军政而不懂民政,那么梅特涅是截然的对照;要为王安石辩护,说明官攻击法,其弊在官而不在法,中有王安石,西有罗马伟人格力加士;要证明"盖大豪杰之治国家,未有不取积极政策而取消极政策者也",那么克伦威尔和拿破仑是范例,中国则有管子。"民政"、"立法"、"积极政策",我们不难看出梁启超人物比较的侧重点。他比较中外人物,但比较的重心依然没有越出"政术"的雷池。

人物比较而追求"心有灵犀"的境界,不是梁启超做传的目标。然而,一旦给传主定位定性,他的人物比较却功效卓著。王安石政绩非凡,为了能给他准确定位,梁启超别出心裁,罗致了古今中外十位"成功之政治家"。一经比较,他发现这些"成功之政治家"有一个共同特点:他们都是小国家的大政治家,如管仲、子产、商君、诸葛武侯,"其所统治者,则比今之一省或数州县也。"而"彼来喀瓦士何人耶?梭伦何人耶?吾国之一里正耳。彼士达因何人耶?加富尔何人耶?俾斯麦何人耶?格兰斯顿何人耶?吾国之一巡抚或总督耳。"[1] 梁启超认为,"干涉"为成功政治家的不二法门,而"干涉"政策利于治小国,行之大国则"天下至难之业殆未有过是也"。因此,他的结论是:

> 以荆公之时、荆公之地,而欲行荆公之志,其难也,非周公

---

[1] 梁启超:《王荆公》,《饮冰室合集·专集》第七册,第62页。

比也，非管仲、商君、诸葛武侯比也，非来喀瓦士、梭伦比也，非士达因、加富尔、俾斯麦、格兰斯顿比也。其难如彼，则其所成就仅如此，固其宜也。其难如彼，而其所成就尚能如此，则荆公在古今中外诸政治家中，其位置亦可想见也。[1]

用人物比较来定性更是梁启超的撒手锏。在《李鸿章》的结论里，梁启超大展呼风唤雨之术，把中国的霍光、诸葛亮、郭子仪、王安石、秦桧、曾国藩、左宗棠、李秀成、张之洞、袁世凯，外国的梅特涅、俾斯麦、格兰斯顿、爹亚士、井伊直弼、伊藤博文，与李鸿章一一排比，彰同显异：

> 李鸿章之学问智术胆力，无一能如俾斯麦者，其成就之不能如彼，实优胜劣败之公例然也。[2]

> 格兰斯顿，有道之士也……李鸿章，功名之士也……[3]

> 法总统爹亚士 Thiers，巴黎城下盟时之议和全权也。其当时所处之地位，恰与李鸿章乙未庚子间相仿佛，存亡危急，忍气吞声，诚人情所最难堪哉。但爹亚士不过偶一为之，李鸿章则至再至三焉，爹亚士所当者只一国，李鸿章则数国，其遇更可悲矣。[4]

> 伊（藤博文）有优于李（鸿章）者一事焉，则曾游学欧洲，知政治之本原是也。此伊所以能制定宪法为日本长治久安之计。李鸿章则惟弥缝补苴，画虎效颦，而终无成就也。[5]

博比之下，梁启超给李鸿章的最后定性是："不学无术，不敢破格，

---

[1]梁启超:《王荆公》,《饮冰室合集·专集》第七册,第63页。
[2]梁启超:《李鸿章》,《饮冰室合集·专集》第二册,第82页。
[3][4][5]同上书,第83页。

第四章 传记文学的阐释策略

是其所短也;不避劳苦,不畏谤言,是其所长也。"[1]可见,无论定位,还是定性,梁启超往往以排山倒海之势,众星拱月之术,使传主层层剥笋,显露无遗。这是博比比较法的最大优势,也是梁启超传论的一大创获。

比较法阐释的第三种形式是"源必自中国"。在《王荆公》中,梁启超认为,王安石的诗"赋予皆自我,兼并乃奸回"是一种社会主义思想,并说:

> 其青苗、均输、市易诸法,皆本此意也。此义也,近数十年来乃大盛于欧美两洲,命之曰社会主义。其说以国家为大地主,为大资本家,为大企业家,而人民不得有私财……夫以欧美今日犹未能致者,而荆公乃欲于数百年前之中国致之,其何能淑?……若其学识之精卓,规模之宏远,宅心之慈仁,则真只千古而无双也,温公安足以知之?[2]

就所有制形式而言,宋朝的帝王私有制与社会主义的人民公有制水火不容,但这不是梁启超所关心的问题。他的目的是想用西方的思想来"疏通证明":社会主义思想,王安石早已有之,从而说明王安石真乃"千古而无双"。同样,在论及王安石的教育行政时,梁启超特别指出,当时的大学独辟蹊径,竟然设置了律学和医学。这样的大学"以校诸今日欧美各国,虽未可云备,然观其有律学、医学等学科,与经学并重,则是分科大学之制,实滥觞于是,其起原视英之阿士弗大学为尤古矣"。当然,梁启超对这种大学制度未能延续,扼腕而叹。

> 使非中道废弃,能继续其业以至今日,则岂不足以自豪于世界耶?然即此昙花一现,已足为我国学术史之光矣![3]

---

[1] 梁启超:《李鸿章》,《饮冰室合集·专集》第二册,第85页。
[2] 梁启超:《王荆公》,《饮冰室合集·专集》第七册,第66页。
[3] 同上书,第116页。

传记文学理论

在此,梁启超已不仅仅满足于阐发一种事实,他还惊叹这一事实在世界范围的意义,以及油然而生的民族自豪感和对传主难以遏制的崇拜之情。

阐发和惊叹的双重奏,是梁启超写传的特技。这种方法是梁启超"笔锋常带感情"的自然流露,天性使然。"吾拜之","吾拜之","吾五体投地拜之",[1]梁启超连发轰击,读者往往身如电触,颜色大变。在王安石传的开头,读者就感受到了双重奏的冲击波。说到王安石的德量、气节、文章、事功而不被世人理解,梁启超写道:"吾每读《宋史》,未尝不废书而恸也。"讲起王安石"以不世出之杰,而蒙天下之垢",他又掀波澜:"呜呼!吾每读《宋史》,未尝不废书而恸也。"最后,谈及宋儒之诋荆公,及"光明俊伟之人"立于"千年来不黑不白不疼不痒之世界",梁启超再也抑制不住自己:"呜呼!吾每读《宋史》,未尝不废书而长恸也。"[2]一"阐"三叹,余音绕梁,人非木石,谁不为之愀然动容?

这种"阐叹"双重奏也时常回荡在《管子传》中。由于管子活动的岁月,欧洲还处于荒蛮时期,所以管子但凡有所发明,梁启超均可以替他申请"专利"。这样,"源必自中国"的阐释模式在《管子传》中更为普遍:

> 至最近二三十年间,然后主权在国家之说,翕然为斯学之定论。今世四五强国,皆循斯以勃兴焉。问泰西有能于数千年前发明斯义者乎?曰无之。有之,则惟吾先民管子而已。[3]

> 故法治者,治之极轨也,而通五洲万国数千年间。其最初

---

[1] 梁启超:《克林威尔传》,《饮冰室合集·专集》第四册,第3页。
[2] 梁启超:《王荆公》,《饮冰室合集·专集》第七册,第1页。
[3] 梁启超:《管子传》,《饮冰室合集·专集》第八册,第2页。

第四章 传记文学的阐释策略

发明此法治主义,以成一家之言者谁乎? 则我国之管子也![1]

是故善言经济者,必合全国民而盈虚消长之。此国民经济学所为可贵也。此义也,直至最近二三十年间,始大昌于天下。然吾国有人焉于二千年前导其先河者,则管子也。[2]

国家主权说、法制主义和国民经济学,均"吾先民管子"发明。随着阐发的扩展,梁启超不禁发出由衷的赞叹:

然以二千年前之人,而知银行为匡济生民之要具,其识见之度越寻常,岂可思仪耶![3]

德国硕儒华克拿氏之论财政,极赞叹官业收入之善,谓胜于以租税为财源。……而我国之管子,则于二千年前,已实行此政策,使华克拿见之,其感叹又当何如![4]

又货币价格之于物价必成反比例也,货币数量之与物价必成正比例也。此义直至亚当斯密始发明之,而管子则又审之至熟者也! 夫以当时并世之人,无一人能解此理,无一人能操此术,而惟管子以宏达之识密察之才,其于百物之情状,视之洞若观火,而躬管其机以开阖之,安得不举天下而为之役哉?[5]

然而,这些赞叹并非出自梁启超盲目的"天朝心态"。在《王荆公》

---

[1] 梁启超:《王荆公》,《饮冰室合集・专集》第七册,第12页。
[2] 同上书,第46页。
[3] 梁启超:《管子传》,《饮冰室合集・专集》第八册,第63页。
[4] 同上书,第68页。
[5] 同上书,第80页。

里,他写过这样一则轶事:

> 昔西人有读马可波罗之游记,见所绘罗盘针图,谓此物自中国发明而欧人袭之,其式已视马图精百倍。彼创之之地,历数百年,其改良当更不知何若。乃游中国,适市而购一具,视之则与马氏所图曾无异毫发也,乃嗒然而退。[1]

这则逸闻谈不上对"西学中源"论的一种反弹。在梁启超浩瀚的作品里,它也属于空谷足音。不过,它的意义却非同小可。如果单纯地用中国人的眼光来看西方,而一成不变地得出"天朝自古有之"的结论,难免失之于井底之蛙。梁启超的卓异之处在于,他能不时跳出"天朝自古有之"的定势,用西方人和日本人的眼光来看中国,[2] 从而发现拥有发明权足以自豪,但裹足不前、不图发展也同样足以自嗟。

中国拥有发明权,但却缺乏发展欲。物换星移,沧桑几度,中国江河日下,一落千丈,甚至不少中国人连发明的自信在西方的坚船利炮之下早已灰飞烟灭了。古道热肠,梁启超能不慷慨万千。面对"中国人真的失去自信了吗",梁启超登高四望,振臂高呼。因此,他在传记里采取了一种独特的阐释策略:用世界来阐发中国。在世界范围内,他一旦发现从法制主义到社会主义,中国古已有之,梁启超怎不"手舞之,足蹈之,歌咏之"。边阐发,边赞叹,这有利于梁启超造势。能否造势是梁启超丈量英雄的最高标准。无论是管子,还是王安石,他们都是特殊的英雄——"造时势之英雄"。

"以造时势为究竟"

时势是梁启超传记的主脑。时势造英雄,英雄造时势,这两句

---

[1] 梁启超:《王荆公》,《饮冰室合集·专集》第七册,第49页。
[2] 参阅《李鸿章》绪论里俾斯麦之言;《张博望班定远合传》第一节欧美日本人之常言。

第四章 传记文学的阐释策略

西哲的名言,梁启超像橄榄一样反复玩味咀嚼,不断诉诸笔墨:

> 或云英雄造时势,或云时势造英雄,此二语皆名言也。为前之说者曰:英雄者,人间世之造物主也。人间世之大事业,皆英雄心中所蕴蓄而发现者。虽谓世界之历史,即英雄之传记,殆无不可也。……为后之说者曰:英雄者,乘时者也,非能造时者也。人群之所渐渍积累、旁薄蕴蓄,既已持满而将发,于斯时也,自能孕育英雄,以承其乏。故英雄虽有利益及于人群,要不过以其所受于人群之利益而还付之耳。……余谓两说皆是也。英雄固能造时势,时势亦能造英雄,英雄与时势,二者如形影之相随,未尝少离。……故英雄之能事,以用时势为起点,以造时势为究竟。英雄与时势,互相为因,互相为果,斯结果不断。[1]

"以用时势为起点,以造时势为究竟",这是梁启超英雄传的要领。首先,他的传记多半以时势为起点。时势是他的英雄传不可或缺的"背景"。对于传记的背景写法,梁启超有过相当详尽的阐述:"记一个人的活动,必须知道这个人站在什么地方,当时的环境怎样……所以,做一个人的传,必须讲明此人的时代和地位,然后这人活动所根据的位置才能明了。"[2]这一做传原则在他的简传里有所体现。《张博望班定远合传》共十节,梁启超却用了三节来讲述"西汉时代黄族之实力及匈奴之强盛"、"当时西域之形势"和"班定远之出现及其时势"。时势背景的大铺垫,"于是乎一世之人杰班定远,始得所籍手,以辉祖国名誉于天壤。"[3]《袁崇焕传》里时势背景的叙述更为清晰。梁启超分别从北京政府、东北边将和满洲之势力三个方面来说明"袁督师之时代"。他还把这三种势力列

---

[1] 梁启超:《自由书》,《饮冰室合集·专集》第二册,第9—10页。
[2] 《中学以上作文教学法》,第14—15页。
[3] 梁启超:《张博望班定远合传》,《饮冰室合集·专集》第三册,第9页。

了三张表格,以便读者相互"参观,而大势可知矣"。这个"大势"就是"明季之君庸、帅愎、将疲、卒屠",而清军三次得志,节节获胜。最后,梁启超点明"袁督师乃受命于败军之际"。〔1〕

以时势为背景,这在梁启超的长传里几乎成了固定格式。《李鸿章》用两章的篇幅,详尽地阐述了"中国历史与李鸿章之关系"、"本朝历史与李鸿章之关系"、"欧力东渐之势"、"中国内乱之发生"等"李鸿章未达以前及其时中国之形势"。时势背景在《王荆公》里的交代也是具体入微:

> 自有史以来,中国之不竞,未有甚于宋之时者也。宋之不竞,其故安在?始焉起于太祖之猜忌,中焉成于真仁之泄沓,终焉断送于朋党之挤排。而荆公则不幸而丁夫其间,致命遂志以与时势抗,而卒未能胜之者也。知此则可与语荆公矣。〔2〕

此后,梁启超也同样用了两章来阐发"太祖之猜忌"、"真仁之泄沓"和"朋党之挤排"。有趣的是,梁启超在《管子传》里仍然用第二章和第三章来做他的"时势论":"故欲品评一人物者,必当深察其所生之时,所处之地,相其舞台所凭借,然后其剧技之优劣高下,可得而拟议也。故新史家之为传记者,必谨是。吾亦将以此法观察管子。"观察的结果,梁启超得出四点论断:"第一,管子之时,中央集权之制度未巩固也。""第二,管子之时,君权未确立也。""第三,管子之时,中国种族之争甚剧烈也。""第四,管子之时,中国民业未大兴也。"他的结论是:"管子者,实处此两时代之交点,而为之转捩者也。"阐发之后,梁启超不久就发出赞叹:

> 呜呼!时势造英雄,岂不然哉!天之为一世产大人物,往往产之于最腐败之时代,最危乱之国土!盖非是,则不足以磨

---

〔1〕 梁启超:《袁崇焕传》,《饮冰室合集·专集》第三册,第1—6页。
〔2〕 梁启超:《王荆公》,《饮冰室合集·专集》第七册,第8页。

第四章 传记文学的阐释策略

练其人格,而发表起光芒也。[1]

以时势为起点的优点,梁启超已经两度提及。时势背景能够产生舞台效应。没有舞台,主角无法登台亮相,更谈不上表现"剧技之优劣高下"。把传主放在特定的历史语境里,还他们一个时势大舞台,这不能不说是梁启超传记的一大优势。然而,梁启超的时势论却引发了大问题,这可能是梁启超终其一生蒙在鼓里的。

问题出在"以造时势为究竟"。以时势为起点无可厚非,但以时势为究竟却大可商榷。在梁启超的传记里,"时势"像山脉一样,一旦起头,却势不可挡,横贯全书,构成了传记的主体。在《张博望班定远合传》里,我们看到,紧接着"当时西域之形势"之后是"张博望所通西域诸国"。同样,在"班定远之出现及其时势"之后,我们看到的仍然是"班定远所定西域诸国",然后分十小节把十多个小国的时势一一叙述,传记就进入尾声。除了时势之外,我们读不到多少具体细节,描述"班定远之人格,可以为国民模范者,不徒在其活泼进取也,而尤在其坚忍沈毅"。[2]《李鸿章》是时势文,可谓证据确凿。细看《李鸿章》,我们发现,传记内容择其要者如下:淮军成立与功绩、东捻西捻之役、洋务之治绩与失败之由、中日战争、天津教案、几大条约、义和团事件等等。这些大致涵盖了当时的时势,那就是为什么《李鸿章》一名《中国四十年来大事记》。《王荆公》和《管子传》的"第一义"虽名"政术",改称"时势"也未尚不可。因为这两部传记的主要内容——法制、财经和军事——都属于时势的范畴。事实上,在梁启超眼里,"政术"就是"时势"。无论是"为中国历史上别开一新生面"[3]的管子,还是"卓越千古"[4]的王安石,他们都是通过革故鼎新的"政术"而成为"造时势之英

---

[1] 梁启超:《管子传》,《饮冰室合集·专集》第八册,第6页。
[2] 梁启超:《张博望班定远合传》,《饮冰室合集·专集》第三册,第10页。
[3] 梁启超:《管子传》,《饮冰室合集·专集》第八册,第1页。
[4] 梁启超:《王荆公》,《饮冰室合集·专集》第七册,第24页。

雄"。这两部传记是"以造时势为究竟"的范例。

"时势"是梁启超做传的"究竟"。时势论的实质在于,传记阐释的核心是历史事实,而不是传记事实。这才是梁启超传记的病根所在。

传记一旦以历史事实为重心,那么它怎样处理反映传主个性的传记事实呢?

梁启超大致用了三种方法来打发"记人之文"的内核——传记事实。第一个方法是略传法。如果注意梁启超的传记,我们发现他把重要的传记事实不予展开,而是常常把它们像压缩饼干一样浓缩孤置在一小章或节里。在《张博望班定远合传》里,梁启超只写了短短不到500字的"张博望之略传"。"明季第一重要人物"袁崇焕也只有一点点颇具个性的"履历"。《王荆公》虽然写了三章执政前荆公之"所养",可后面部分又渐渐滑向了政论。在此之前,梁启超也同样写了500字左右的"荆公之略传"。这样的写法有两大弊端。首先,我们看不到传主个性发展的历程,更谈不上透视"人格"的复杂肌理。更为重要的是,传主丰富的个性一经风干,我们就读不到英雄之血肉和历史之大势的互动。梁启超所强调的"英雄与时势,互相为因,互相为果,斯结果不断"的交互性从何谈起。传记记传,可梁启超却略传传略。写传而略传,这本身就是一个悖论。

"他心法"缺少,传记事实难见天日。在谈及"记人之文"的做法时,梁启超很看重"他心法":

> 记一人的事,有时不能专记本人,须兼记他人来做旁衬。因为一人的动作必定加在他人身上,所以不必专写本人,而写因本人动作所发生的事,或别人对于他有什么动作,可以烘托出本人人格。[1]

可是在梁启超本人的传记里,"他心法"却少得出奇。班超的部下

---

[1]《中学以上作文教学法》,第20页。

第四章 传记文学的阐释策略

三十六人可谓是超级特种兵。他仅靠这三十六人威慑鄯善、镇抚于阗、谋制疏勒。最后,他"手定者""五国","袭从者十国",而"所从汉兵仍仅前此之三十六人耳"。[1] 这三十六位神兵却始终是一个数字,没有什么"他心",烘托不出班超的"人格"。

"杂事不备载"导致传记事实的缺席:

> 呜呼!吾侪昔读《加富尔传》,称彼无妻,以意大利为妻,稍有热血者,闻之罔不感叹焉。若袁督师,岂所谓无家而以中国为家者耶?[2]

梁启超"呜呼"不绝,读者也许会愀然动容,身如电触,但较少心潮澎湃,热泪纵横。因为这些感叹是梁启超鼓噪于外的"表层包装",而不是发自情动于中的"内在驱动"。这些英雄既"无妻",也"无家"。甚至像他编译的《罗兰夫人传》,"家事、容貌、恋爱、求婚者、沙龙友人以及在狱中的琐事"[3] 统统被删掉了,我们看到的是足金英雄。对于这种现象,鲁迅说过:

> 给名人作传的人,也大抵一味铺张其特点,李白怎样做诗,怎样耍颠,拿破仑怎样打仗,怎样不睡觉,却不说他们怎样不耍颠,要睡觉。其实,一生中专门耍颠或不睡觉,是一定活不下去的,人之有时能耍颠和不睡觉,就因为倒是有时不耍颠和也睡觉的缘故。然而人们以为这些平凡的都是生活的渣滓,一看也不看。……删夷枝叶的人,决定得不到花果。[4]

实际上,这个道理梁启超也懂,而且写得颇有异曲同工之妙:

> 社会既产一伟大的天才,其言论行事,恒足以供千百年后

---

[1] 梁启超:《张博望班定远合传》,《饮冰室合集·专集》第三册,第11页。
[2] 梁启超:《袁崇焕传》,《饮冰室合集·专集》第三册,第23页。
[3] 松尾洋二:"梁启超与史传——东亚近代精神史的奔流",《梁启超·明治日本·西方》,狭间直树编,北京:社会科学文献出版社,2001年,第265页。
[4] 鲁迅:《且介亭杂文末编》,《鲁迅全集》第六卷,第601页。

辈之感发兴奋,然非有**严密之传记以写其心影**,则感兴之力亦不大。[1]

没有心影,这是英雄传的心病。

从对上述几个具体的个案分析中,我们可以看到哪些阐释策略是合理的,哪些阐释策略的问题较大。如果说这些不同的阐释策略有一个共性的话,那就是它们都过分依赖一类事实。作为历史事实的制度在道格拉斯的自述里占有压倒一切的分量,所以,盖茨说,尽管道格拉斯是一个很有个性的人,可我们却看不到他作为人的一面。把自传写成了使命书,道格拉斯付出了代价。在各种关于他的传记里,他始终是作为一股势力而存在,而不是作为一个人而活着。"文革"时的"讨瞿战报"说明,历史事实和传记事实在《多余的话》里的缺席给瞿秋白的名誉造成了怎样的伤害。弗洛伊德锁定秃鹫幻想这个事实,而不顾其他自传事实,更不去梳理自传事实与传记事实和历史事实的关系,所以他的阐释由于"硬伤"而成了一首幻想曲。梁启超的主要传记之所以被写成"学案",是因为他过于关注作为历史事实的时势。过分依赖一种事实,有意忽略其他事实,这就造成了阐释的排他性。这种排他性说明,如果真正理解传主,传记文学的阐释就离不开三种事实的互文性。此外,传记文学阐释的互文性还包括自传与传记的互文、传记与传记的互文、自传和传记与亚传记类作品(日记、书信、谈话录、人物随笔等)的互文。通过把《道格拉斯自述》与迪克森·J.蒲锐斯顿(Dickson J. Preston)的《青年道格拉斯》互文,我们可以看到制度之外的道格拉斯。《多余的话》一旦与丁玲、唐弢、茅盾和夏衍等的人物随笔并置,瞿秋白的话很容易真相大白。同样,弗洛伊德的达·芬奇

---

[1] 梁启超:《中国近三百年学术史》,《梁启超论清学史两种》,上海:复旦大学出版社,1985年,第468页。黑体为本书作者所加。

第四章 传记文学的阐释策略

与瓦伦亭的达·芬奇对照,秃鹫幻想就不会成为孤证。梁启超的时势传跟各类"心影"性自述并置,感兴之力则会更大。因此,对读者来说,认识到阐释的策略性,就意味着传记文学的互文性不可或缺。

马克·龙加克(Mark Longaker)认为:"事实的主要价值在于对它的正确阐释。"[1]上述的分析说明,作者的单向阐释容易流于偏颇,而要达到对事实的正确阐释,互文性就显得尤为关键。

---

[1] Mark Longaker, *Contemporary Biography* (Philadelphia: University of Pennsylvania Press, 1934), p. 51.

第五章 传记文学的经典诉求

第一节 新传记的三板斧

20世纪尘埃落定。回头看,世界文坛的百年风云虽然不能尽收眼底,但一些巨变是有目共睹的,其中之一就是非虚构作品的崛起。

简单地说,非虚构作品的勃兴有两个原因。一是人类自身发展的原因。由于认识的局限,先民们常常虚拟一个想像的世界,以便把握真实的世界,因此各类虚构性文类应运而生。非虚构作品大有后来居上的势头,这是因为经过漫长的成长,人类逐步站立起来,登高一望,他们发现用经验来对付现实的世界更可靠些。文类的自然寿命是非虚构作品发达的又一个原因。虚构作品里的主要文类,如诗歌、戏剧和小说,经过作家几百年,甚至上千年的笔耕,可开垦的领地已经极为有限。时到如今,诗叶凋零,剧场冷清,先锋小说家大胆宣布:"小说已经死亡。"这句话的潜台词是"文学的新大陆何在?"

这时,非虚构作品恰好给人一线彼岸的希望。

非虚构作品的主力军是传记文学。它有一个庞大的家族谱系,包括传记、自传、日记、书信、忏悔录、回忆录、谈话录、人物剪影、人物随笔、墓志铭等。专就传记而论,整个20世纪,它经历了三次大的浪潮,从而使它一而再、再而三地成为世人关注的焦点。新传记旋风掀起了传记领域里第一次经典化浪潮。

第五章　传记文学的经典诉求

新传记传

新传记席卷全球。在英国,《维多利亚名流传》(*Eminent Victorians*)一年多就印刷了 9 次。在新传记的影响下,1916 年至 1930 年之间,仅美国就出版了大约 4800 部传记,其中 1929 年高达 667 部。德国新传记家艾米尔·路德维希(Emil Ludwig)不无自豪地说:

> 我 10 年内写了 12 部传记。……现在我在 25 个国家有 42 个出版商。……《人之子——耶稣传》被译成的文字最多,有 14 到 20 种文字。[1]

那么,什么是新传记呢?它为什么能在文坛掀起这么大的波澜?

新传记这个术语是由英国的大小说家吴尔夫发明的。她用这个词来指 20 世纪初的实验派传记。这派传记的创作在二三十年代达到高潮,主要成员有英国的斯特雷奇、尼科尔森和菲力普·桂达拉(Philip Guedalla),法国的莫洛亚,德国的路德维希和美国的加玛利耶·布拉福德(Gamaliel Bradford)。新传记并不是一个统一的团体,传记作家之间几乎没有什么来往,有的甚至相互抵触。他们之所以被挂上同一个牌子,不在于他们之间的不同,而是由于他们与传统的传记太不同了。

新传记,顾名思义,是对旧传记的反动。一提起 19 世纪的老式传记,读者马上就会想到"传记的病"。而传记的病根多半出在维多利亚的传记里。高斯说:

> 在英国,我们把死者供在两卷本的大灵柩台上——5×7.5 英寸版本的两卷本。这样我们才心旷神怡,就像主持了一

---

[1] Quoted in Mark Longaker, *Contemporary Biography*, p.127.

个仪式。或许,仪式本身不怎么美,但它却不可或缺,而且极为体面。……毫无疑问,我们根本没有意识到,写长传记的习惯已经成了我们公认的风气,这种风气在世界上只有英国才有。[1]

卡莱尔指出:

> 英国传记,多么谨慎,多么得体。……英国传记作家真可怜,德谟克利斯的"体面"之剑永远挂在他们的头上。淫威面前,他们动弹不得,几乎瘫痪。[2]

尼科尔森更深一层地挖病根。他认为:"维多利亚传记的失败是灾难性的,其责任在于宗教虔诚……维多利亚人的福音主义。"这是因为:

> 宗教虔诚不但带来偶像传记的全部毛病(证明主张和树立榜样的愿望,以及为了达到这些目的而对事实的歪曲),而且它使传记作家对传主失去兴趣。……宗教虔诚还会把人诱入二元主义的境地,在物质和精神、身体和心灵、死亡和不朽之间划出截然的界线。这种事情对传记危害极大。因为在人身上没有这样的二元主义。他身上只有人格。如果用二元主义来考察人格,那么我们就会一无所获。"[3]

旧传记的种种弊端直接导致了新传记崛起。新传记的新气息首先在《维多利亚名流传》的序言里散发出来。这篇序言虽然不长,但它在传记史上却举足轻重。它是新传记的革命"宣言"。大

---

[1] Edmund Gosse, "The Custom of Biography", *The Anglo-Saxon Review*, VIII (March 1901):195.

[2] Thomas Carlyle, "Memoirs of the Life of Sir Walter Scott," *The London and Westminster Review*, (1838): 299.

[3] Harold Nicolson, *The Development of English Biography* (London: The Hogarth Press, 1927), p.111.

第五章　传记文学的经典诉求

卫·诺瓦河(David Novarr)认为,它在传记史上的地位可以跟华兹华斯《抒情歌谣集》的序言在诗歌史上的地位相媲美。[1]这篇序言的核心观点是:

> 毫无疑问,传记家的首要任务是要保持一种恰当的简洁。就是说,他要删除一切冗长累赘的东西,但又不能删掉丝毫重要的材料。同样确定无疑的是,他的第二个任务就是要保持精神上的自由。他的工作不是恭维别人,他的工作是把他所理解的事实揭示出来。这就是我写这部书的目的:把我所理解的事实,冷静地,公正地,不怀私心地揭示出来。[2]

不难看出,这篇"宣言"几乎是对症下药。它针对的正是旧传记的肥胖症、面子病和宗教狂。

破固然容易,但立才是根本。在立的方面,新传记家们砍下了三板斧,为传记文学在20世纪的经典化辟出了第一块"自己的园地"。

艺术第一

艺术是传记的不二法门,这是新传记家的共识。斯特雷奇认为:"历史学家的第一责任就是要当一名艺术家。"[3]史学家如此,传记家自然不能例外。布拉福德说:"传记必须写得有趣,漂亮。它必须是一场精心构思、巧妙编导、完整无缺的演出。"[4]桂达拉也持相同的看法。在《帕墨斯顿传》(*Life of Palmerston*)里,他写

---

[1] David Novarr, *The Lines of Life: Theories of Biography*, 1880–1970 (West Lafayette, Indiana: Purdue University Press, 1986), p. 27.

[2] Lytton Strachey, *Eminent Victorians* (London: Chatto and Windus, 1929), pp. viii–ix.

[3] Lytton Strachey, "A New History of Rome", *Spectator*, 102 (2 January 1909): 20–21.

[4] Quoted in Albert Britt, *The Great Biographers* (New York: Whittlesey House, 1936), p. 188.

道:"我总是认为,历史手法之外,(传记)还有一位缪诗(Muse)。"[1]这些观点在吴尔夫那里总结得极为凝练:传记家"选择,综合。总之,他不再充当编年史家,他成了艺术家"。[2]

艺术的路像通往罗马的路一样多,新传记家往往独辟蹊径,各走一途,甚至数途,但他们也有一些交叉点,对画的态度就是其中之一。

新传记家很在意传记里画的境界。传中有画,虽然不是他们的明确口号,但读者感觉是,他们的传主形象"悦目"。[3]

路德维希写传记的第一步是看像。

> 在读其他文献之前,我先看多年来熟悉的传主的肖像。我的所有传记,不管长短,都是这样开始的。如果画家不诚实,我可以用其他东西来比较,最好是相片,或者早期的面部模型。

在路德维希眼里,肖像画之所以关键,是因为"人的本性都浓缩在肖像里了"。这些图像资料跟"书信、回忆录、演讲词、对话录……还有笔迹"一样有价值。因此,如果传记家不以肖像为出发点的话,他就"不能大功告成"。[4]对于这样的做传方法,龙加克颇不以为然。他认为,图像资料用来做描写人物的外部特征可以,但不能替代主要文献来做性格分析,它们毕竟是"表象"。正确的程序应该是,先细读书信、回忆录和其他相关文献,然后在再用肖像和相片来核实,而不是相反。

---

[1] Quoted in Albert Britt, *The Great Biographers* (New York: Whittlesey House, 1936), p.211.

[2] Virginia Woolf, "The New Biography", *New York Herald Tribune*, 30 October 1927.

[3] Raymond Mortimer, "Mr. Strachey's Past", *The Dial*, LXXIII (September, 1922):338.

[4] Quoted in Longaker, *Contemporary Biography*, p.133.

第五章 传记文学的经典诉求

龙加克好为刻薄之言,但他的论点是经不起推敲的。肖像确实是"表象",但那是"作为画家意志"的"表象"。画家用心把对象的性格提炼过了。"表象"就成了克莱夫·贝尔所说的"有意味的形式"。更何况路德维希点明,那不是一般的肖像,而是"多年来熟悉的传主的肖像"。这等于说他所选的肖像是经过时间检验的。把肖像做横向的比较,路德维希又做了一道鉴别真伪的工作。至于说在写传程序上文字材料和图像材料的谁先谁后,其实关系不大,关键在于阐释以及阐释的准确性。但路德维希把肖像放在第一位,这说明形象先行是他的立传原则。

文坛上的传记类似画苑里的肖像,因此,肖像几乎成了传记的代名词。诗画不同,这个莱辛专攻的古老命题延续到画传上了。布拉福德说,肖像不能概括他的传记创作。把一门艺术的术语移植到另一门艺术里会"误导"。主要原因在于,肖像只能"描绘一个阶段、一种情景、一组条件和境遇里的性格"。因此,他"力图把握尽量多的瞬间,不是只给读者展示一个瞬间,而是带给他们所有这些瞬间的不变的总和"。[1] 显然,布拉福德的传记观是静态的。"不变的总和"很像艾略特所说的"止点"(still point),其实并不是"不变"或"静止"的。这种"不变的总和"观使他的所谓"心像"多半停留在他要突破的肖像层面。上述观点发表在 1915 年。此前,他用肖像作为书的标题。之后,他的大量传记,如《妇女肖像》(*Portraits of Women*, 1916)、《联邦肖像》(*Union Portraits*, 1916)、《美国肖像》(*American Portraits*, 1875 – 1900, 1922)等,仍然一如既往。肖像写法是布拉福德传记的长项和特征。他不承认这个长项,这个特征,这是因为他凸显了画的长处,却没有同样发挥出传的潜能。

---

[1] Gamaliel Bradford, "Psychography", *A Naturalist of Souls: Studies in Psychography* (Dodd, Mead and Company, 1917), pp. 3 – 24.

传记文学理论

在《维多利亚名流传》的一开头,斯特雷奇就摊牌了。他不想打正面的阵地战,他要出奇兵,从侧翼或背后袭击。这是他的"妙计"。言外之意,肖像不是他的主战场。他画的是漫画,这已是定论。传记大家高斯、艾达尔和霍尔罗伊德都有这样的看法。不同的是,他们以及其他读者对漫画的评价褒贬不一。高斯说,斯特雷奇"把克若默勋爵弄成了漫画……根本认不出来"。[1]霍尔罗伊德则说,《维多利亚名流传》"具有真正漫画的犀利。它不是文学里的摄影,有些性格的线条跟原形只有粗略的相似。可是这些漫画冷嘲热讽,夸张有度,把一些醒目的特征摹写得栩栩如生。"[2]

实际上,高斯和霍尔罗伊德代表了两派意见。他们的根本分歧在于,一派看重写实,一派心仪写意。传记不是漫画,但不是不可以追求漫画的境界。斯特雷奇是写意派,用写实派的标准来规范他,难免有点像要求天马像骆驼。

《迪斯雷利传》(*Disraeli*)与《维多利亚名流传》不一样。很少有论者说莫洛亚笔下的迪斯雷利是一幅漫画像,然而迪斯雷利跟漫画却有着不解之缘。《胖趣》杂志(*Punch*)执英国滑稽周刊的牛耳,政治漫画尖锐刁钻。这家杂志穷追猛击迪斯雷利三十多年。在莫洛亚看来,它留下了一笔难得的遗产,他没有理由不用。可是,用漫画,传记就有可能被漫画化。这个难题怎么解决?

莫洛亚从两个方面入手。在形式上,他把《胖趣》的漫画系列化,不让一幅漫画一统天下,成为全书的主脑。这样,单一、静止的瞬间印象成了多面、流动的电影镜头。无意中,莫洛亚把漫画的长处长用,短处不用。形象夸张变形得令人过目不忘,这是漫画的长处。短处也在其中,传记的科学性往往成了牺牲品。

---

[1] Edmund Gosse, "The Character of Lord Cromer", *The Times Literary Supplement*, No. 858, June 27, 1918, p. 301.

[2] Michael Holroyd, *Lytton Strachey: A Critical Biography: The Years of Achievement* (1910–1932), Vol. II (London: Holt, Rinehart and Winston, 1968), p. 167–169.

第五章　传记文学的经典诉求

在《迪斯雷利传》里,莫洛亚多次提到《胖趣》杂志的漫画,其中有四处与迪斯雷利的形象有关。迪斯雷利在政治上得势,靠的是他对农场主的承诺,采取保护主义政策。可是当他决定改变政纲时,《胖趣》杂志就把他画成了水性杨花的人、变色龙和乡村的诱奸者。在政治上,迪斯雷利有一老一少两个死对手,较量达二十年之久。经过呕心沥血的角斗,迪斯雷利把老的打垮,少的击败。这时,《胖趣》把他画成一个巨石做成的司芬克斯(Sphinx)。他不是一个虔诚的信徒,可是在牛津他拍案而起,大放厥词:"问题的实质是:人到底是猿猴,还是天使? 我的上帝,我站在天使一边。"[1]《胖趣》不失时机推出一幅漫画:猿猴"迪斯"身穿白袍,羽化而登仙。《胖趣》还把迪斯雷利画做司芬克斯式的强人,因为他对俄罗斯采取高压手段。这一组漫画,分布在迪斯雷利政治生涯的各个关键时期,他的公众形象跃然纸上。

奇怪的是,这些生动的漫画,莫洛亚居然没有用一幅来做传记的插图。这自然使我们想到这些漫画在传记中的功能。它们不是"主部主题",而是用来充当配角的,或调节气氛,或深化主题,或制造效果。水性杨花的迪斯雷利是用来调节气氛的,司芬克斯的迪斯雷利带有深化主题的意味,而身穿白袍、羽化而登仙的猿猴"迪斯"无疑制造了一种令人忍俊不禁的效果。

漫画的长处难以替代。正是本能地认识到这一点,莫洛亚才用其所长,他的传记因漫画而相映成趣。

画的介入只是新传记艺术化的一个途径。反讽、幽默、设问和隐语等四种主要修辞手法的遍地开花;戏剧效果、小说写法、历史叙述和诗歌意境等四种文类的移花接木,在各类文章中已经反复论述,几乎成了新传记的老八股。我想说明的是,这么多手法和文

---

[1] André Maurois, *Disraeli*, trans. Hamish Miles (New York: The Modern Library, 1928), p.260.

类的加盟,这在传记史上还是第一次。经过一次大换血,新传记才新,才别开生面。

务必解释

"决不解释,决不抱怨。"[1]迪斯雷利的这句名言,在莫洛亚的传记里,频频出现,犹如一张封条,贴在了传主的嘴巴上。这句话对身为政治家和演说家的迪斯雷利来说是座右铭,可是新传记家却没有把它奉为圭臬。相反,新传记家的信条是:务必解释。

解释是新传记的一把利斧。在新传记作家手里,这把利斧的功能不是上山伐木,采集新材,而是劈开旧木,暴露出它的内在纹路和结节。在结节上开凿,逆着纹路上色,这是新传记家的拿手好戏。他们一反常规,"倒行逆施"。解释本身不是他们的惟一目的,解释的效果才是他们瞄准的主要鹄的。也就是说,他们不但解释,而且还要"解"不惊人死不休。这样,新传记才让人耳目一新。

斯特雷奇是新传记的第一人,也是大胆解释的第一人。有人称他为砸偶像者(iconoclast),也有人把他贬作"德谤客"。砸偶像者也好,"德谤客"也罢,这都跟他的大胆解释有关。《维多利亚名流传》集中写了维多利亚时期的四位人物,他们是曼宁主教、南丁格尔、阿诺德博士和戈登将军,分布在宗教、慈善、教育和军事四个领域。这四个人在各自的领域开疆拓界,鞠躬尽瘁,为大英帝国立下了汗马功劳。他们是维多利亚时代的道德缩影。可是在斯特雷奇的笔下,他们都是一丘之貉,"一个主题的四个变奏"。用霍尔罗伊德的话说,这个主题就是"在宗教迷信驱使下无限膨胀的野心"。[2]这样的阐释已经十分大胆,但斯特雷奇还要更进一步,挖

---

[1] André Maurois, *Disraeli*, trans. Hamish Miles (New York: The Modern Library, 1928), p.236.

[2] Quoted in Donald H. Simpson, "Lytton Strachey & the Facts", *Encounter*, XLII (January, 1974): 87.

第五章 传记文学的经典诉求

掘出"野心"背后的东西。传记作家不满足于对表面纹理的描绘，他要剖析结节所在。以南丁格尔为例，斯特雷奇首先描写她在公众心目中的形象。接着，他笔锋一转，指出南丁格尔根本不是什么圣洁的、自我牺牲的白衣使者，而是一个"恶魔缠身"的人。出语如此惊人，其效果可想而知。

路德维希也是以见解见长。尽管他的一些论断来得不如斯特雷奇的阐释那样富有颠覆性，但他的解释相对来说更为缜密。他同样别求新解。拿破仑进攻意大利的第一次战斗刚胜利，路德维希就花了一章的篇幅来解释他成功的因素。在书中，他提供了三条理由。年龄和体魄是第一个原因。其次是他的军队。这两者都得益于法国大革命。没有大革命，拿破仑不可能二十七岁就升为一军之帅；没有大革命，他也不可能得到一支人民的军队。第三个原因就是他的民心策略。他不但想尽一切办法不让他的军队扰民，而且还用自由和平等的思想鼓动占领区的人民。平心而论，这三条理由虽然比较全面，但并没有什么新异之处。真正能体现路德维希洞见的，是他指出了拿破仑具有一种非凡的能力——他能同时用不同的武器打两场战役。一场是在意大利前线打的枪炮战，一场是向巴黎的督政官们打的书信战。也就是说，拿破仑不但用枪征服前线的敌人，还用笔征服后方的督政官。枪杆子和笔杆子齐上阵，双管齐下，拿破仑所追求的不仅仅是将军的功名，而且还有政治家的桂冠。

拿破仑是行动的人，但他还是一位语言的巨人。"谁能像拿破仑那样懂得怎样用想像力，而不是靠服从感来影响人心？"[1]转了几个弯之后，路德维希终于亮出了解释的底牌。在这句话的一前一后，他还用了两个问号。三个问号一字排开，谁还怀疑路德维希

---

[1] Emil Ludwig, *Napoleon*, trans. Eden and Cedar Paul(New York: Boni & Liveright, 1926), p.64.

的阐释效果?

拿破仑之所以成为伟人,主要不是依赖士兵们被动的、卑下的"服从感",而是凭借他那令人振奋、催人向上的"想像力"。通过语言的魔力,他让士兵们插上了想像的翅膀。在米兰,他这样对得胜的士兵说:

> 米兰是你们的。……我们是各国人民的朋友,然而,最重要的是,我们是布鲁图、萨比奥以及其他伟人们子孙的朋友。这些伟人是我们的楷模。……意大利是欧洲最美丽的地方,你们给这片土地带来了崭新的面貌,你们的英名将会不朽。……以后当你返回家园时,你们的邻居将会指着你对人说:"他参加过意大利的远征军!"[1]

与过去的伟人为伍,拿破仑借此激发士兵们历史的想像力;他还用不朽的英名和回乡时邻居的耳语来勾起他们未来的想像力。这两种想像力的基石是现实的想像力:"米兰是你们的。"

集三种想像力于一身,这是拿破仑的特别之处。路德维希没有涉及这一层,但是把语言背后的想像力挖掘出来,他找到了结。这不能不说是他的创获。

斯特雷奇单刀直入,路德维希曲径通幽。他们以各自不同的方式取得了同样的阐释效果。如果说新传记作家在阐释方式上有什么共同之处的话,那就是他们都擅长"二元对立"式阐发。

曼宁与纽曼、戈登与贝岭、培根与塞西尔,这样的"二元对立"式阐发在斯特雷奇的传记里屡见不鲜。歌德与席勒的对比是路德维希《歌德传》的一个扎眼点。布拉福德更是这种阐发的高手。在《美国人李将军》一书里,他把内战时期南北两军的主帅写得泾渭分明:

---

[1] Emil Ludwig, *Napoleon*, p. 64.

第五章 传记文学的经典诉求

> 一个人属于18世纪;另一个人属于19世纪。一个人是老美国的象征,另一个人是新美国的化身。戈兰特代表着现代世界。他有着强悍的商业作风,实业家的精力,不顾一切的干事欲望,对仪式、尊严和礼貌没有丝毫雅兴。李将军则不同。他秉承了旧时代的传统,追求高尚的信仰,讲究庄重气派,做事固然要紧,但做事的方式几乎同样要紧。简单地说,戈兰特的美国是林肯的美国,李将军的美国是华盛顿的美国。[1]

这样的阐释方法在莫洛亚手中可以说发挥到了极致:

> 迪斯雷利是教条主义者,但他却以机会主义者为荣。格拉斯通是机会主义者,但他却以教条主义者自居。迪斯雷利表面上讨厌理性,骨子里推理若衡。格拉斯通自认为有一个理性的头脑,可他的行动只听激情指挥。格拉斯通家盈万贯,仍然把每天的开销登记在册。迪斯雷利负债累累,还是花钱如流水。他们两人都喜欢但丁,不过迪斯雷利主要看《地狱篇》,格拉斯通多半读《天堂篇》。[2]

如此天悬地隔,截然两极,谁还能忘记布拉福德对戈兰特和李将军的定性,莫洛亚对迪斯雷利和格拉斯通的分析?"二元对立"式阐发当然有它自身的局限,但从解释的效果来说,它往往是独一无二的。

"未经阐释的真实就像深埋在地下的金子一样没有用处。艺术是一位了不起的阐释者。"[3]斯特雷奇一语道破了新传记家追求阐释,特别是阐释效果的天机。他们所写的不是四平八稳的定

---

[1] Gamaliel Bradford, *Lee the American* (Boston & New York: Houghton Mifflin, 1912), p.50.

[2] André Maurois, *Disraeli*, trans. Hamish Miles (New York: The Modern Library, 1928), pp.222–223.

[3] Lytton Strachey, "A New History of Rome," *Spectator*, 102 (2 January 1909): 20–21.

本传记,而是福科意义上的"有效史"。[1]他们不只是挖出"埋藏的金子",而且还要"按照他自己的理解"来锻造这些金子。因此,他们的"金子",用刘勰的话来说,"风骨"存也。

"心的趣味"

传记就是传料。这个观点跟史学就是史料学的提法一样,后患无穷。它们的致命弱点在于,脑子里只有一根弦,光认蚂蚁搬骨头的功夫,而把鲲鹏展翅九万里的想像抛在了脑后。也就是说,要造一个华盛顿的纪念碑,没有人会说石料无关紧要,但如果少了设计者的匠心,一堆石头是怎么也产生不了凛凛然的崇高之感。新传记作家敬重那种"上穷碧落下黄泉"的资料收集工作。贺拉斯·屈贝尔(Horace Traubel)收集惠特曼的传记资料,细大不捐,网罗无遗。布拉福德对他一丝不苟的作风无比佩服。可是,多数新传记作家声称,他们不想打资料战,却有意去攻心。

不打资料战,而搞攻心术,《希腊罗马名人传》已略显端倪。传记鼻祖普鲁塔克曾强调"心灵的证据",可真正大张旗鼓地挖掘传主的心理,还是数新传记的几位大家。

优秀的传记家应该是心理学家。这是路德维希一贯看法。在一次访谈中,他说,他青年之后"专心从事刻画心理的传记文学"。[2]他的扛鼎之作《拿破仑传》详尽地阐述了他的传记观:

> 在这部书里,我试图写出拿破仑内在的历史。……战争的进程无关紧要,欧洲的政局也无关紧要……甚至将军们的肖像在我的记录里也没有一席之地。这是因为只要不是烛照

---

[1] Michel Foucault, "Nietzsche, Genealogy, History", *Language, Counter-Memory, Practice: Selected Essays and Interviews*, ed. Bouchard (Ithaca: Cornell University Press, 1977), p.154.

[2] 艾米尔·路德维希:《德国人》,杨成绪、潘琪译,北京:三联书店,1991年,第2页。

第五章 传记文学的经典诉求

传主内心的东西,本传一概不收。

因此,在这部传记里,读者看到的是兄弟间的不和,与妻子的情感纠葛,每时每刻的喜怒哀乐,对将军或妇女的一言一行。在路德维希看来,这些更容易"捕捉到内心深处的情愫"。[1]

同样,在《德国人》一书的序言里,路德维希说,他所叙述的"不是德国的历史",而是"日耳曼人的历史","着重于人物心理的剖析"。他这样描写马丁·路德的第一次人生危机:

> 有一次在徒步旅行中,他突然拔出他的剑向自己的腰部动脉上猛刺一刀。幸亏当时离镇子不远,他的同伴及时把他送到一个外科大夫那里,性命才得了救。当他面无血色地躺着,等待生命慢慢恢复的日子里,他又做了些什么呢?他学会了吹笛子。[2]

在这场危机爆发之前,路德维希做了很好的铺垫。他首先描述了路德童年时代的恐惧心理,并指出这种恐惧心理是由于受到父母和老师的虐待而产生的。接着,他写到了路德学生时代难以排解的内心矛盾:对异性的爱和恪守僧侣的贞洁。在恐惧心理和内心矛盾的两面夹击之下,路德才突然拔剑自了。拔剑自了使得路德的内心冲突达到了戏剧性的高潮。但更富有戏剧性的是,他重创未愈,却悠然自得地吹起了笛子。通过这一个又一个戏剧性行为,路德维希想展示变化中传主心灵的两面性:犀利的剑锋与悠扬的笛韵。路德维希尽量避免把传主的内心静态化,而是力图再现一部冲突不断变化万千的心理戏剧。《德国人》是由许多短篇组成的合传,受到形式的限制,心理戏剧的特征不是特别明显。然而,在他的长篇传记中,心理戏剧的色彩尤为突出。《拿破仑传》的第二章不是一部情场与战场滚动交织的心理戏剧吗?

---

[1] Emil Ludwig, *Napoleon*, pp.679–680.
[2] 《德国人》,第67页。

与路德维希不同，布拉福德落墨更多的是心灵的不变本质。

布拉福德的大量传记风靡一时。他给他的传记冠以一个总的名称——"心像"(Psychography)。在关于李将军的传记里，布拉福德点明了他的传记立场：

> 在这本书里，我的目的是描绘心灵。我们生活在一个名称的时代，最近一个新的名称被发明了。那就是心像。我觉得，这门艺术不是指心理学，因为它的对象是一些个人，而不是一般原理。它也不是传记，因为它把编年的条条框框扫地出门。它只写那些富有精神意味的行为、言辞和事迹。[1]

布拉福德多次撰写长文阐述他的"心像"观点，但是如果我们用一个词来概括一下他的传记创作的话，我们不妨说，他是一位"心灵的自然家"。也就是说，跟多数传记作家不同，他不是心灵的史家，他不关心"编年的条条框框"，他注意的是心灵中不变的特征，永恒的品质。他在论述"心像"的文章里写道："在人的整个一生中，行为变化莫测，境遇时好时坏。心像就要在这些不定的因素中提炼出本质的东西，不变的东西，极富特征的东西。"[2]

"心灵"是布拉福德的立传点。这可以一目了然地从他部分传记的标题上看出来。《心灵的自然家——心像研究》(*A Naturalist of Souls: Studies in Psychography*, 1917)、《摧毁的心灵》(*Damaged Souls*, 1923)、《裸露的心灵》(*Bare Souls*, 1924)、《塞缪尔·皮普司的心灵》(*The Soul of Samuel Pepys*, 1924)、《穆笛——心灵工作者》(*D. L. Moody: A Worker in Souls*, 1927,)、《传记与人心》(*Biography and the Human Heart*, 1932)不难让读者发现传

---

[1] Quoted in Garland Greever, "A Heritage of American Personality", *The Dial*, LII (March 1, 1912): 159–162.

[2] Gamaliel Bradford, "Psychography", *A Naturalist of Souls: Studies in Psychography* (New York: Dodd, Mead and Company, 1917), pp. 3–24.

第五章 传记文学的经典诉求

记家的写作重心。其中,《传记与人心》发表于传记家去世那年。即使在晚年,布拉福德仍然对他的心像式写作方法深信不疑。他说,不管有多少材料出现,他对惠特曼的性格描绘都不会有多大出入。那么,他抓住了惠特曼的什么本质特征呢?

在《传记和人心》里,布拉福德对惠特曼有这样的点睛之笔:

> 文学?什么是文学?他既不知道,也不在乎。……"我恨文学,我不喜欢那些为文而文的文人"……
>
> 后来,他忽然想到,既然他是人民的儿子,为什么不做个人民的诗人?他是民主派,他是美国人。民主和美国有一些不为人知的秘密,从来没有人捅破。无穷的可能,无限的希望,无边的身体上和精神上的喜悦,这么了不起的真理却没有人知道。必须有人把这些付诸笔墨。为什么不是他呢?[1]

一系列的连锁问,布拉福德替读者打开了惠特曼的心扉。尽管没有历史发展的线索,也缺乏横向的交流互动,可是布拉福德却揭示了惠特曼心灵里"本质的东西":人民、民主和美国。

然而,这只是这幅心像的一半。布拉福德不仅要让读者看到惠特曼心像上显露的一半,更关键的是,他还要发掘诗人心灵里缺少的另一半。惠特曼是人民诗人,为民主而歌。可是在布拉福德看来,人民诗人的桂冠并不是货真价实的。人民意味着人民的另一半——妇女,而他的诗不是妇女的诗。这倒不是因为在他的诗歌里性太突出了,恰恰相反,性不够突出。惠特曼只展示了性的赤裸裸的一面,这就剥夺了女性的特权。她们不会原谅他。对女性来说,性是柔情。女性在文学里所需要的不是性趣,而是"心趣",

---

[1] Gamaliel Bradford, *Biography and the Human Heart* (Boston and New York: Houghton Mifflin company, 1932), pp. 66 – 67.

而惠特曼的诗歌正好缺乏一种"心趣"。[1]

一分为二,入木三分。布拉福德的心像颗粒清晰,明暗得当。它不是十六的满月,而是如刀似钩的弯月,悠然地挂在天际,给人一种幽远的静意。如果说路德维希把传记写成了心理戏剧,那么布拉福特的"心像"是名副其实的心理肖像。一动一静,他们刻画了心理的两种主要状态。相比之下,斯特雷奇的心理描写更像一部心理小说,特别是《伊丽莎白和埃塞克斯》。新传记家们各有挖掘心理的专长,但也有共同点。他们都不约而同地使传记材料长上了一个跳动的心。他们的任务就是展示"心的趣味"。

新传记的贡献很大,问题也不少。如何解决存在的问题已经不是新传记家的事了。只是对于那些一味挑刺的人,我们想说,传记具有多版本性。新传记不过是其中的一个版本而已。怎样把新传记里优秀的版本经典化,这才是我们的工作。

第二节 文学史的忏悔录

文学史家很少写忏悔录,这是因为他们常常上下几千年,纵横数万里,见多识广,最后与拿破仑达成了共识:"我们从历史中只学到,人不从历史中学道。"(We learn from history only that men do not learn from history.)[2]

可是,学者和学生却不同。作为职业读者,学者不但要读文学史,而且还要教文学史。在多数学校,文学史是必修课,即使为了考试,学生也必须抱文学史的佛脚。施蛰存看不起作为教本的文学史。他指出,"作为教材的文学史,不是学术性的文学史。一个

---

[1] Bradford, *Biography and the Human Heart*, p.71.
[2] Quoted in *Good Reading*, ed., Atwood H. Townsend (New York: Mentor Books, 1954), p.151.

第五章　传记文学的经典诉求

文学史家,一个文学研究工作者,都不能以文学史教本为主要参考资料。……从来没有一篇学术论文后面所附的参考书目中,提到大专院校教本的。"[1]"钦定"文学史与教条文学史是孪生兄弟,贻害无穷,施蛰存把它们逐出学术殿堂,很容易引起万千师生的共鸣。然而,我们因此不看重作为教材的文学史,不用前沿的学术研究来提升教材文学史的品格,不把教材文学史当作学术成果来引证,不把教材文学史作为学术课题来研究,我们实际上自动放弃了最重要的学术领地。因为教材文学史不但是学术传承的重要环节,更重要的是,由于其非凡的影响力,[2]它们还会沉淀到一个民族的文化无意识之中。罗曼·罗兰在中国家喻户晓,影响深远;而普鲁斯特却门庭冷落,少人问津。除了其他原因之外,文学史的经典化作用是举足轻重的。在我国的大多数外国文学史里,罗曼·罗兰不但无一缺席,甚至还独占鳌头,专享一节,大有"20世纪法国文学罗曼·罗兰是第一人兼惟一人"的意味。[3]相比之下,小说大师普鲁斯特在多种文学史里却语焉不详,或者干脆省略。[4]写出这样的文学史,在特殊时期情有可原,但在20世纪末和21世纪初,则是需要忏悔的。

文学史更需要忏悔的,是对忏悔录的忽略。

---

[1]　施蛰存:《文艺百话》,上海:华东师范大学出版社,1994年,第389页。

[2]　教材文学史的广泛影响可以从它们的销量中窥见一斑。游国恩、王起、萧涤非、季镇淮、费振刚主编的《中国文学史》在1983年的印数是801,700;杨周翰、吴达元、赵萝蕤主编的《欧洲文学史》至1984年印数达558,500。这些数字是其他各类文学研究专著难以企及的。

[3]　参阅:《欧洲文学史》(下册)"第八章:第二节　巴黎公社文学、法国批判现实主义文学和罗曼·罗兰",杨周翰、吴达元、赵萝蕤主编,北京:人民文学出版社,1979年;《外国文学史》(下册)"第一章:第四节　罗曼·罗兰",郑克鲁主编,北京:高等教育出版社,1999年;《世界文学史纲》"第十章:第二节　罗曼·罗兰",蒋承勇主编,上海:复旦大学出版社,2002年;《世界文学简史》"第十一章:第二节　法国文学与罗曼·罗兰",李明滨主编,北京:北京大学出版社,2002年。

[4]　朱维之、赵澧主编的《外国文学史》(欧美卷,天津:南开大学出版社,1994年)和李赋宁总主编的《欧洲文学史》(第三卷,北京:商务印书馆,2001年)是少见的例外。

传记文学理论

西方文化是宗教文化,这个论断用来全面概括西方文化难免有笼统之嫌。但在某些时期,宗教确实是西方文化的主角。即使在今天,宗教仍然是维系西方社会的纽带。在宗教文化的直接孕育或间接影响之下,西方产生了一大批文学经典,特别是具有广泛影响的忏悔文学,像奥古斯丁的《忏悔录》、卢梭的《忏悔录》、德·昆西的《一位英国吸食鸦片者的忏悔录》、缪塞的《世纪儿的忏悔录》、夏多布里昂的《墓畔回忆录》和托尔斯泰的《忏悔录》等。除卢梭的《忏悔录》外,这些忏悔文学在我国绝大多数外国文学史里很少涉及。在西方学者看来,奥古斯丁是"西方过去一切观念的基础,比任何人都更能代表西方"。[1]"他的文学观成了中世纪的准绳。"[2]世界文学史上如此关键的作家,周作人的《欧洲文学史》不过寥寥数语,一笔带过;[3]杨周翰、吴达元、赵萝蕤主编的《欧洲文学史》只是仅提其名,点到为止;朱维之、赵澧主编的《外国文学史》(欧美卷)干脆略而不书,整个空白。

忏悔录是西方传记文学的核心,文学史对忏悔录尚且如此,对传记文学里的其他品类更是等而下之,视而不见。

西方文学史是这样,中国文学史对传记文学也常常认识模糊,重视不够。这种现象之所以普遍存在,归结起来,文学史家有两点需要忏悔:

一、文类歧视;

二、史识局限。

文类歧视有多种表现,最主要的是文类的正统观。金克木批评中国现代文学史不能反映"全貌",是因为"正统观念作祟":"它

---

〔1〕 刘意青、罗经国主编:《欧洲文学史》第一卷,北京:商务印书馆,1999年,第91页。

〔2〕 Margaret Drabble, ed., *The Oxford Companion to English Literature* (Oxford: Oxford University Press, 1985), p.51.

〔3〕 周作人:《欧洲文学史、艺术与生活、儿童文学小论、中国新文学的源流》,长沙:岳麓书社,1989年,第110页。

第五章 传记文学的经典诉求

只讲'鲁、郭、茅',到80年代才加上'老、巴、曹',补进'艾、丁、赵'",[1]当然,在90年代,又崇拜"金、钱、张",外添沈从文。作家正统观,我们不妨称之为"大作家主义"。它危害极大,这已是人所共知的事实。所以,陈平原有意"消解大家"。[2]可是,与作家正统观危害不相上下的是文类正统观,这未必人人认同。在《文心雕龙》里,刘勰用二十篇论列各色文类,使人一睹文坛的繁花异彩。可是到文学史里,它们多半被阉割为诗歌、戏剧、小说三大块,散文往往是聊备一格,充当附庸。这是文学史编纂里盛行的另一大痼疾——大文类主义。它让我们很难看到各种文类的嬗变与创获,更谈不上文类之间的互文。30年代的自传文学是我国现代文学史上,乃至整个中国文学史上,极其夺目的华章。一批杰作,如沈从文的《从文自传》、胡适的《四十自述》、郁达夫的《达夫自传》、瞿秋白的《多余的话》、郭沫若的多种自传等,与现代小说、诗歌和戏剧的艺术成就相比,毫不逊色,历史意义甚至有过之而无不及。[3]《从文自传》还被誉为"培养作家的教科书"。[4]然而,这么重要的文学史现象,现代文学史不但没有设整章专节特别论述,而且常常

---

[1]《金克木小品》,第273页。

[2] 陈平原:《二十世纪中国小说史》第一卷,北京:北京大学出版社,1989年,第300页。

[3] "人的文学"的理念与传记文学的勃兴是新文学研究的核心课题,但国内研究者却鲜有论及。See Wendy Larson, *Literary Authority and the Modern Chinese Writer: Ambivalence and Autobiography* (Durham and London: Duke University Press, 1991); Leo Ou-fan Lee, "Afterword: Reflections on Change and Continuity in Modern Chinese Fiction", *From May Forth to June Forth: Fiction and Film in Twentieth-Century China*, ed., Ellen Widmer and David Der-wei Wang (Cambridge, Massachusetts: Harvard University Press, 1993), p.365.

[4] 汪曾祺:《汪曾祺文集·文论卷》,南京:江苏文艺出版社,1994年,第114页。

连提都不大提。[1] 深究起来,大作家主义之外,大文类主义不能不说是一个重要原因。

文学史家的史识局限,是传记文学不受重视的另一个原因。中国史传文学成就辉煌,它对古典小说、戏剧和散文都产生过难以估量的影响。可是文学史家对此却缺乏认识。曾毅的《中国文学史》谈"迁之学识"、"迁之学颇醇于儒"、"迁书之背影"、"迁书之博雅"等,但却忽略了最核心的东西——《史记》的传记文学成就。[2]刘大白的《中国文学史》写两汉文学时一再强调"辞赋所占的领域最大",甚至写司马迁时,也把他作为一位赋家来写。[3]赵景深的《中国文学史新编》更是离谱。他讲汉代文学干脆不提司马迁,只用两讲谈"汉代乐府"和"汉代诗赋"。[4]我们之所以说这些文学史家史识不到家,是因为他们不具有"长时段"的历史眼光。他们只注意盛传一时的辞赋,却看不见藏之名山流传千古的史传。

进入新时期,传记文学异军突起。新时期文学之新,新在人性的复苏。表现之一是,"怀人录"和"回忆录"的大量涌现。怀人录有巴金的《怀念萧珊》、柯灵的《无名氏》、宗璞的《哭小弟》、李一氓的《纪念潘汉年同志》、楼适夷的《痛悼傅雷》、季羡林的《悼念沈从文先生》[5]、唐弢的《记郁达夫》、新凤霞的《怀念老舍先生》等。[6]回忆录更是佳作迭出,如丁玲的《"牛棚"小品》、萧乾的《"文革"杂忆》、梅志的《往事如烟》、陈白尘的《云梦断忆》、新凤霞的《我当小演员的时候》、流沙河的《锯齿啮痕录》等。显然,世纪之交,中国文

---

[1] 参见唐弢主编:《中国现代文学史》,北京:人民文学出版社,1979年;王瑶:《中国新文学史稿》,上海:上海文艺出版社,1982年;钱理群、吴福辉、温儒敏、王超冰:《中国现代文学三十年》,上海:上海文艺出版社,1987年;黄修己:《中国新文学史编纂史》,北京:北京大学出版社,1995年。

[2] 参见曾毅:《中国文学史》上册,上海:泰东图书局,1929年。

[3] 刘大白:《中国文学史》,上海:开明书店,1933年,第140—201页。

[4] 参见赵景深:《中国文学史新编》,上海:北新书局,1936年。

[5] 季羡林的怀人录数量可观,参阅《怀旧集》,北京:北京大学出版社,1996年。

[6] 参见吴泰昌编:《十年散文选》,北京:作家出版社,1986年。

第五章 传记文学的经典诉求

学又经历了一次传记文学的高潮。可是,当代文学史家,由于文类意识的淡漠和历史洞见的缺乏,把本应浓墨重彩地书写的篇章淡化稀释了。最明显的例子是,他们用"'历史'的记忆"、"学者散文"、"文化随笔"等奇怪的分类法来消解传记文学。近十部中国当代文学史大多如出一辙,小说、诗歌、戏剧,外加散文,基本无视当代文学里的"传记文学现象"。

传记文学的经典诉求不能只停留在起诉求告上,这显得被动,有些无奈。"诉求"应该诉诸行动,求得理解,这样传记文学的经典化才有普式的可能。

我的行动之一是[1],罗列当代传记文学十家,以期学者和读者去悉心研读,看看哪些作品可以作为传记文学加以经典化:

傅雷:《傅雷家书》

很少有人像傅雷那样深层地体悟到传记文学的再生作用。在给罗曼·罗兰的信里,傅雷写道:"偶读尊作《贝多芬传》,读罢不禁嚎啕大哭,如受神光烛照,顿获新生之力,自此奇迹般突然振作。此实余性灵生活中之大事。尔后,又得拜读《弥盖朗琪罗传》与《托尔斯泰传》,受益良多。"[2]这也是多数人读《傅雷家书》的感受。

施蛰存说,傅雷"要把他的儿子塑造成符合于他的理想的人物。这种家庭教育是相当危险的,没有几个人能成功,然而傅雷成功了"。[3]原因何在?在家里,道德教育会成为"耳边风"、情感教育易流于"莫名其妙的 gossip"、艺术教育常常令大多数家长力不从心,而傅雷却能把这三者天衣无缝地糅合在家书里。[4]《傅雷

---

[1] 传记文学要经典化,队伍建设、组织活动、教学普及、传媒经营是举足轻重的。这些都需要"实际行动"。

[2] 傅敏编:《傅雷文集·书信卷》(上),罗新璋译,合肥:安徽文艺出版社,1998年,第3页。

[3] 施蛰存:《沙上的脚迹》,沈阳:辽宁教育出版社,1995年,第143页。

[4] 傅雷:《傅雷家书》,傅敏编,北京:三联书店,1998年第5版,第25页。

家书》是罕见的素质读本。

《傅雷家书》销量逾百万,影响整个新时期。可是中国当代文学史不专门论述,特别是现当代传记文学的论著不研究它,这是写史者难辞其咎的。

韩石山:《李健吾传》、《徐志摩传》

韩石山有传才。他历史系出身,受过历史的"训练";供职于作家协会,从事文学的"职业";出版过多部评论集,有着批评的"爱好"。胡适之雅好谈论他的"训练"、"职业"和"爱好",但他集文、史、哲于一身的稀有才能并没有很好地用于传记写作。他的《丁文江的传记》就是一例,板实有余,灵动几无,更谈不上哲人的深邃洞见。韩石山不同。他意识到自己历史"训练"的先天不足,因此东南西北找"东西",积累了颇为可观的第一手资料。这是他史的本钱。他知道文学的"职业"有时会坏事,坏传记的真实之事。对"传记"后面加上"文学"两字,他怀着一种割尾巴的心态,总想割之而后快,但他又说,思考是痛苦的,阅读应该是愉快的。这说明,他的传记追求是文在其中。他"爱好"的批评,属于内攻一路,往往伤骨不伤皮。他的传记常常在硬处点破,让读者尝到吸髓的乐趣。

寓韵事于史实之中[1],别具一格的纵横写法,[2]是韩石山传记的两大特点。大作家往往需要三部作品——成名作、代表作、传世作。在传记领域,《李健吾传》是韩石山的成名作,《徐志摩传》是他的代表作,他的传世作会是什么样子呢?

季羡林:《留德十年》、《牛棚杂忆》

"小大法"是季羡林写传的要法:

---

[1] 韩石山:《寻访林徽因》,北京:人民文学出版社,2001年,第28—55页。
[2] 参见韩石山:《徐志摩传》,北京,北京十月文艺出版社,2001年。

第五章 传记文学的经典诉求

19世纪末,德国医学泰斗微耳和(Virchow)有一次口试学生,他把一盘子猪肝摆在桌子上,问学生道:"这是什么?"学生瞠目结舌,半天说不出话来。他哪里会想到教授会拿猪肝来呢。结果口试落第。微耳和对他说:"一个医学工作者一定要实事求是,眼前看到什么,就说是什么。连这点本领和勇气都没有,怎能当医生呢?"又一次,也是这位微耳和在口试,他指了指自己的衣服,问:"这是什么颜色?"学生端详了一会,郑重答道:"枢密顾问(德国成就卓著的教授的一种荣誉称号)先生!您的衣服曾经是褐色的。"微耳和大笑,立刻说:"你及格了!"因为他不大注意穿着,一身衣服穿了十几年,原来的褐色变成了黑色了。这两个例子虽小,但是意义却极大。它告诉我们,德国教授是怎样处心积虑地培养学生实事求是不受任何外来影响干扰的观察问题的能力。[1]

大学者写小事情,以小寓大,四两敌千斤,是季羡林的一贯风格。沈从文的"小事"、胡适之的"小例子"、吴雨僧和俞平伯的"小玩笑",[2] 都极传神。如果《牛棚杂忆》不仅仅限于小处着眼的话,可能会"意义极大"。

李敖:《李敖回忆录》、《李敖快意恩仇录》

李敖是狂人,狂人没有自知之明,所以写不好自传。不但如此,狂人因为偏激甚至连传记也写不好。《李敖自传》写得不成文,《胡适评传》做得不像样,[3] 自然是意料中的事。可是,狂人是非常之人,特别是一个狂了一辈子而实绩一车子的人,那他就有享受

---

〔1〕 季羡林:《留德十年》,北京:东方出版社,1992年,第55页。
〔2〕 季羡林:《怀旧集》,第81—82页;第70—72页;第139—140页。
〔3〕 李敖自诩:"罗丹为萧伯纳塑像,结果塑像本身,比萧伯纳还动人;李敖写《胡适评传》,也正如此。胡适对李敖说:'你简直比我胡适之还了解胡适之!'李敖了解胡适之,并把胡适分色,泼墨出一代风云。"自写自卖自夸,有艺有术有趣,读其传,言过其实多矣!引文见蔡汉勋编著:《文化顽童·李敖》,北京:中国友谊出版公司,1999年,第263页。

另当别论的特权。

在台湾孤岛,一个人跟一个党对着干,一干就是几十年,宝刀不老,青山才旺,这是李敖的不朽处。仅凭这一点,他的《李敖回忆录》和《李敖快意恩仇录》就将传下去。狂而能密,黄而无色,实而风趣,李敖是为数不多的能把两种相反而相成的品质集于一身的作家。他的文学天分堪称一流,历史功夫非同寻常,这些成就了作为传记家的李敖。他若能割舍"快意"追求,力戒短平急就,笃行"深加工"信条,那么,宣称"人生八十才开始"的李敖很可能在传坛大器大成。

流沙河:《锯齿啮痕录》

"这家伙"是谁?余勋坦?流沙河?曾国藩?好像都是:

> 这家伙瘦得像一条老豇豆悬摇在秋风里。别可怜他,他精神好得很,一天到晚,信口雌黄,废话特多。他那鸟嘴1957年就惹过祸了,至今不肯噤闭。自我表现嘛,不到黄河心不死!
>
> 说他是诗人,我表示怀疑。……[1]

"可怕的曾国藩"这样写道:

> 这家伙,体孔孟思想,用禹墨精神,操儒学以办实事,玩《庄子》以寄闲情,有封建文化培养见识,从传统道德汲取力量。也许厉害就厉害在这里吧?[2]

流沙河鬼智多端,分身有术。他洞悉别人身上的双重和谐,更擅长"演义"多重自我。他与古人叔重先生关于奇书《说文解字》的假想性舌战,就显示了他的对话性自我。这是他自传的一个特色。他

---

[1] 流沙河:《锯齿啮痕录》,北京:三联书店,1988年,第31页。
[2] 流沙河:"可怕的曾国藩",《流沙河随笔》,成都:四川文艺出版社,1995年,第387页。

第五章 传记文学的经典诉求

对日记写作的痴迷,他对实文和虚文的灼见,都说明,"这家伙"写传有一手。

唐德刚:《胡适杂忆》

胡适的传记没有写得特别好的。因为我们可能容易看到台面上"我的朋友"胡适,但不真正了解写"吾我篇"的胡适之,更不能体察做"My Credo and Its Evolution"的 Hu Shih。胡适是月亮型人物,这一点几乎没有传记谈及。

唐德刚可以算得上半个鲍斯威尔,他没有把传记作为一生的志业,这是传记文学的大不幸。即使如此,《胡适杂忆》可以说是极可圈点的传记名著。"磁性人格"、"三分洋货,七分传统","照远不照近的一代文宗",这些论断表明,传记家在学术上是下过"格子功"的。像女孩子一样,把"游泳衣"改写成"夹层连衫围裙",一举两得,既买到了想要的新潮"游泳衣",又得到了"守旧"的老祖父的欢喜,唐德刚不愧为文章高手。唐德刚对胡适的《丁文江的传记》颇有异议,认为胡传有实无文,不禁发问:"'无证不信'先生和'生动活泼'女士为什么就不能琴瑟和谐,而一定要分居离婚呢?我就不相信!"[1]唐德刚高远的传记之道,诉诸他的胡适传,庶几近之。

韦君宜:《思痛录》

中国人会不会忏悔?夏衍说过这样的话:

> 人是社会的细胞,社会剧变,人的思想行为也不能不应顺而变,党走了几十年曲曲折折的道路,作为一个虔诚的党员,不走弯路,不摔跤子也是不可能的。在激流中游泳,碰伤自己也会碰伤别人。我在解放后一直被认为右,但在30年代王明

---

[1]《胡适杂忆》,第142—144页。

当权时期,我也"左"过,教条宗派俱全。1958年大跃进,我也热昏过,文化部大炼钢铁的总指挥就是我。吃了苦,长了智,我觉得没有忏悔的必要。[1]

这是什么态度?这样的态度会导致怎样的后果?这样老犯错误怎么可能吃苦长智?即使你个人是"吃了苦,长了智",但整个民族会因为人口膨胀和生态危机而"吃尽了苦,长不了智"。

冯至认为:"中国文学里也没有奥古斯丁、卢梭那样坦率的'自白',或'忏悔'。"[2]陈平原从文体上别出心裁地指出我国"'忏悔录'之失落"的原因。[3]不过,我们还是有几部自己的忏悔录。尽管《多余的话》正如瞿秋白预言的一样实属"多余",因为到现在它也是应者寥寥。可是《思痛录》的出现,却引起了不小的反响。培育中国人的忏悔意识,它能起点作用吗?

新凤霞:《新凤霞回忆录》、《我当小演员的时候》

黄永玉这样描写错别字连天的新凤霞:"写家信时能把'喝粥'弄成'喝溺',把'捧我'写成'揍我',把'赡养费'说成'折旧费',把'布莱希特'叫成'希特勒'。"[4]这样文化水平的人写出一卷又一卷的回忆录,甚至偶尔一天能写出上万字,这本身就是一个奇迹。

知妇莫若夫。吴祖光认为,新凤霞的回忆录有三点"是别人代替不了的":"深挚朴实的感情","闻所未闻的传奇式的生活经历"和"独具风格的语言"。[5]"太戏"是传奇性回忆录的沉疴,可是演

---

[1] 会林、绍武:《夏衍传》,北京:中国戏剧出版社,1985年,第384页;参见李辉:《沧桑看云》,上海:上海远东出版社,1997年,第206—207页。

[2] 冯至:《冯至选集》第二卷,成都:四川文艺出版社,1985年,第295页。

[3] 陈平原:《中国现代学术之建立——以章太炎、胡适之为中心》,北京:北京大学出版社,1998年,第440—441页。

[4] 黄永玉:"不一定是序",《我当小演员的时候》,北京:三联书店,1985年,第2页。

[5] 吴祖光:"后记",《新凤霞的回忆》,北京:北京出版社,1982年,第174页。

了半辈子戏的新凤霞写作时却一点也没有动用戏法,难怪艾青说,"'美在天真',这太难得了。"[1]

杨　绛:《干校六记》、《将饮茶》、《杂忆与杂写》、《我们仨》

写两类不同的人,杨绛常用两种不同的方法。写家人时,她不是她自认的"小心眼"林黛玉,倒像《红楼梦》里的另一个人物——"甄士隐"。什么"孟婆茶"、什么"隐身衣"、什么"万里长梦"、什么"古驿道",全都有些"甄士隐"的味道。杨绛为何这么写?是郑朝宗所说的"美中不足",或是"她在开玩笑吗?"因为杨绛不写钱钟书如何"博览群书",怎样"下笔惊人",何以"勤修苦练","压倒群英","而大量的篇幅却用在描述钱钟书的'痴气',小时候这样'混混沌沌','不会分辨左右','孜孜读书的时候,对什么都没个计较,放下书本,又全没正经','专爱胡说乱道'……诸如此类叫人摸不着头脑的玩意儿……"[2]孔子见到老子这样感叹:"吾今日见老子,其犹龙邪!"[3]显然,杨绛用的是雕龙法,让神龙云遮其头,微显其尾。

《记钱钟书与〈围城〉》是胡乔木建议写的。《我们仨》有不少记胡乔木的地方:

　　乔木同志常来找钟书谈谈说说,很开心。……到我们家来的乔木同志,不是什么领导,不带任何官职,他只是清华的老同学。……他找到钟书,好像老同学又相逢。
　　有一位乔木同志的相识对我们说:"胡乔木只把他最好的一面给你们看。"[4]

---

[1] 艾青:"美在天真——代序",《新凤霞回忆录》,天津:百花文艺出版社,1980年,第8页。

[2] 郑朝宗:"画龙点睛 恰到好处——读《记钱钟书与〈围城〉》",《文艺报》,1986年8月23日。

[3] 《史记》,第2140页。

[4] 杨绛:《我们仨》,北京:三联书店,2003年,第157—158页。

这是双面法。杨绛写"老王"、"林奶奶"、"温特先生"、"黑皮阿二"、"客气的日本人",〔1〕或隐或显,多用此法,令人两面三思。

张中行:《负暄琐话》、《负暄续话》、《负暄三话》、《流年碎影》

文学史的编者们总是错误地表扬正确的作家,张中行就是一个很好的个案。张中行的文章作得妙,写进文学史,这是正确的。可是一谈到具体作品,往往空泛八股,文不对题。实际上,张中行是传记家。他在一种文类上别擅胜场,那就是"怀人录"。"舍小取大,三本话的主流还是怀念。"他接着总结这三本琐话:"以抒情为本,说实话,浅易,真可以算作优点吗?但总可以算作特点吧?"〔2〕

张中行"怀人录"的特点是什么?

作者似乎在征求读者的意见。用个人的"情、实、浅"对主流的"假、大、空",张中行的"封建道德"加"现代方法",战无不胜,攻无不克。但这主要不是"情、实、浅"的功劳,他还有一件"秘密武器":"张宗子在《五异人传》中说的:'人无癖不可与交,以其无真情也。'"〔3〕写癖异之人,或写人之癖异,也许是张中行的禅外禅吧?

每个人都有自己的经典化议案。当每个人争相拿出自己的议案时,传记文学的经典化历程就大有希望。我的议案不过是砖石,仅供垫底。以上十位传记家如果说有一个共同点的话,那就是他们都"偏爱写人"。〔4〕

---

〔1〕 杨绛:《杂忆与杂写》,广州:花城出版社,1992年,第3—18页;第23—30页;第48—49页。

〔2〕 张中行:《流年碎影》,北京:中国社会科学出版社,1997年,第664—667页。

〔3〕 同上书,第346页。

〔4〕 姜德明:《王府井小集》,北京:作家出版社,1988年,第253页。

结　　语

传记文学是最难写好的文类之一。梁遇春说:"我想天下只有一个人能够写出完善无疵的传记,那是上帝,不过他老人家日理万机,恐怕没有这种闲情逸兴,所以我们微弱的人类只得自己来努力创作。"[1]"努力"的结果,可以看到,传记类作品汗牛充栋。可是,杰出的传记作家却凤毛麟角。面对传记,我们人类真是很"微弱"吗?

传记作品层出不穷,而真正的传记作家屈指可数,造成这个现象的原因有来自外部的政治环境、宗教传统、文化精神,但最重要的原因还是来自传记作家自身。一般来说,诗人、戏剧家和小说家比较熟悉自己的创作传统,对各自文类的"章法"了然于心。尽管他们也会像沈从文那样在创作中乐于接受"章法"之外的失败,但他们毕竟有"章"可循,有"法"可依。丰富的诗论、大量的剧评和系统的小说理论说明,从事这些文类创作的作家有着清醒的职业意识。可是绝大多数传记作者缺乏一种传记家意识。传记家意识的缺乏,归根结底,跟他们对传记文学的理性认识不够有关,而传记文学理论研究的落后是导致理性认识不够的直接原因。

传记文学的写作离不开事实,但传记作家所处理的事实显然不同于历史学家、社会学家和心理学家所处理的事实。只有通过界定传记作家所处理的事实的特殊性,我们才能认识传记文学的本质特征。一般来说,无论是传记作家,还是自传作家,他们主要

---

[1] 梁遇春:"新传记文学谈",《梁遇春散文全编》,杭州:浙江文艺出版社,1992年,第257—258页。

传记文学理论

叙述三类事实——传记事实、自传事实和历史事实。传记事实、自传事实和历史事实构成了传记文学里事实的三维性。这是传记文学本体论的一个核心。这个理论的拓荒意义在于,它解释了长期以来困惑着传记作家的根本问题,即传记作家所叙述的是什么事实、它的本质是什么、这个事实与其他事实形成什么关系。这些问题的解决为树立传记家意识奠定了基石。

传记文学事实理论的另一个重要突破是,打通了传记和自传的当下壁垒,为界定传记和自传提供了本体论依据。西方传记文学研究表明,对传记和自传的认识经历了两个主要阶段。在第一个阶段里,作者和学者几乎都把自传视为传记的附庸,从而忽略了传记文学内部各文类的个性。20世纪后半叶开始的第二阶段矫枉过正。在研究者的著作里,自传完全独立,与传记文学里的其他文类关系不大。在这种思想的指导下,传记研究成果日趋式微,而自传研究队伍不断壮大。从传记文学的出版数量来看,自传的比重虽然逐年递增,但传记仍然是重头。研究和现实的脱节,很容易导致理论的偏颇,不能概括传记文学的全貌。本研究所提出的事实理论和传记文学的结构原理不但可以揭示传记与自传各自的个性,而且还能有助于深入了解它们的共性。

从对传记文学的虚构、结构和阐释的研究来看,我提出了如下的论点:传记文学的真实遵循的是一致的一贯论,它的虚构是一种"死象之骨"式还原;从结构上来说,身份认同是自传作家组织事实的法则,而传记作家在选择事实时注重整体性。传记文学里不同的阐释策略表明,传记文学里三种事实的互文性对传主的正确阐释具有决定性作用。传记文学史和传记文学教材的撰写如果要有质的飞跃还有待于一些具有"典范"(Paradigm)[1]意义的传记文

---

[1] See Thomas S. Kuhn, *The Essential Tension, Selected Studies in Scientific Tradition and Change* (Chicago: Chicago University Press, 1977), pp. 293 – 319.

学理论来指导。因此,我的课题试图在传记文学的核心问题上做一点开拓性的理论探索。

　　这还只是开头……

参考书目

传记作品

艾因哈德:《查理大帝传》,戚国淦译,北京:商务印书馆,1996年。
奥古斯丁:《忏悔录》,周士良译,北京:商务印书馆,1989年。
陈寅恪:《柳如是别传》,上海:上海古籍出版社,1980年。
陈兰村编:《中国古代名人自传选》,北京:中国青年出版社,1997年。
戴名世:《戴名世集》,王树民编校,北京:中华书局,1986年。
道格拉斯:《道格拉斯自述》,李文俊译,北京:三联书店,1988年。
富兰克林:《富兰克林自传》,姚善友译,北京:三联书店,1985年。
傅　雷:《傅雷家书》,北京:三联书店,1981年;增订第五版,1998年。
歌　德:《歌德自传》(原名《诗与真》),刘思慕译,上海:三联书店,1998年。
　　　《歌德谈话录》,爱克曼辑、朱光潜译,北京:人民文学出版社,1985年。
韩石山:《李健吾传》,太原:北岳文艺出版社,1996年。
　　　《徐志摩传》,北京:北京十月文艺出版社,2001年。
胡　适:《四十自述》,上海:亚东图书馆,1933年初版;1941年七版。
　　　《胡适留学日记》,上海:商务印书馆,1947年。
　　　《胡适的日记》,北京:中华书局,1985年。
　　　《胡适口述自传》(唐德刚译注),《胡适文集》第1册,北京:

北京大学出版社,1998年。

季羡林:《留德十年》,北京:东方出版社,1992年。

《牛棚杂忆》,北京:中央党校出版社,1998年。

李　敖:《李敖回忆录》,北京:中国友谊出版公司,1998年。

《李敖快意恩仇录》,北京:中国友谊出版公司,1999年。

林语堂:《武则天正传》,《林语堂文集》第六卷,张振玉译,北京:作家出版社,1996年。

刘半农、商鸿逵:《赛金花本事》,长沙:岳麓书社,1985年。

流沙河:《锯齿啮痕录》,北京:三联书店,1988年。

卢　梭:《忏悔录》,黎星译,北京:人民文学出版社,1980年。

普鲁塔克:《希腊罗马名人传》上册,黄宏煦主编,陆永庭、吴彭鹏等译,北京:商务印书馆,1995年。

瞿秋白:《多余的话》,《瞿秋白文集·政治理论编》第七卷,北京:人民出版社,1991年。

桑逢康:《伤感的行旅——郁达夫传》,太原:北岳文艺出版社,1989年。

司马迁:《史记》,北京:中华书局,1982年。

斯特莱切:《维多利亚女王传》,卞之琳译,北京:商务印书馆,1992年。

斯　通:《梵高传》,常涛译,北京:北京出版社,1987年。

苏维托尼乌斯:《罗马十二帝王传》,张竹明、王乃新、蒋平等译,北京:商务印书馆,1995年。

泰戈尔:《回忆录附我的童年》,谢冰心、金克木译,北京:人民文学出版社,1988年。

唐德刚:《胡适杂忆》,北京:华文出版社,1992年。

韦君宜:《思痛录·露沙的路》,北京:文化艺术出版社,2003年。

温源宁:《一知半解》,南星译,长沙:乐麓书社,1988年。

新凤霞:《新凤霞回忆录》,天津:百花文艺出版社,1980年。

传记文学理论

《我当小演员的时候》,北京:三联书店,1985 年。
杨　绛:《干校六记》,北京:三联书店,1981 年。
《将饮茶》,北京:三联书店,1987 年。
《杂忆与杂写》,广州:花城出版社,1992 年。
《我们仨》,北京:三联书店,2003 年。
张大可:《司马迁评传》,南京:南京大学出版社,1994 年。
张中行:《负暄琐话》,哈尔滨:黑龙江人民出版社,1986 年。
《负暄续话》,哈尔滨:黑龙江人民出版社,1990 年。
《负暄三话》,哈尔滨:黑龙江人民出版社,1994 年。
《流年碎影》,北京:中国社会科学出版社,1997 年。
朱东润:《张居正大传》,上海:开明书店,1943 年。

研究文献

陈兰村、张新科:《中国古典传记论稿》,西安:陕西人民教育出版社,1991 年。
陈兰村、叶志良主编:《20 世纪中国传记文学论》,天津:天津人民出版社,1998 年。
陈兰村主编:《中国传记文学发展史》,北京:语文出版社,1999 年。
川合康三:《中国的自传文学》,蔡毅译,北京:中央编译出版社,1999 年。
郭久麟:《传记文学写作论》,香港:天马图书有限公司,1999 年。
《传记文学写作与鉴赏》,北京:中国三峡出版社,2003 年。
韩兆琦主编:《中国传记文学史》,石家庄:河北教育出版社,1992 年。
韩兆琦:《史记通论》,桂林:广西师范大学出版社,1996 年。
《中国传记艺术》,呼和浩特:内蒙古教育出版社,1998 年。
勒热讷:《自传契约》,杨国政译,北京:三联书店,2001 年。
李祥年:《传记文学概论》,合肥:安徽文艺出版社,1993 年。

《汉魏六朝传记文学史稿》,上海:复旦大学出版社,1995年。
李战子:《语言的人际元功能新探——自传话语的人际意义研究》,北京:军事谊文出版社,2000年。
汪荣祖:《史传通说》,北京:中华书局,1989年。
王锦贵:《中国纪传体文献研究》,北京:北京大学出版社,1996年。
谢尔斯顿:《传记》,李文辉、尚伟译,北京:昆仑出版社,1993年。
许德金:《非裔美国人自传的情景化叙事诗学》,北京:北京大学博士论文,2003年。
杨正润:《传记文学史纲》,南京:江苏教育出版社,1994年。
俞樟华:《中国传记文学理论研究》,长沙:湖南文艺出版社,2000年。
张新科:《唐前史传文学研究》,西安:西北大学出版社,2000年。
赵白生主编:《传记文学通讯》(1—4期),北京:北京大学世界传记中心/中外传记文学研究会,1996—2003年。
中外传记文学研究会:《传记文学研究》,长沙:湖南文艺出版社,1997年。
朱文华:《传记通论》,上海:复旦大学出版社,1993年。

相关文献

阿　英:《小说闲谈四种》,上海:上海古籍出版社,1985年。
曹聚仁:《中国学术思想史随笔》,北京:三联书店,1986年。
陈平原:《中国现代学术之建立——以章太炎、胡适之为中心》,北京:北京大学出版社,1998年。
陈铁健:《从书生到领袖:瞿秋白》,上海:上海人民出版社,1995年。
陈曦钟、侯忠义、鲁玉川辑校:《三国演义会评本》,北京:北京大学出版社,1987年。

丁景唐、陈铁健、王关兴、王铁仙:《瞿秋白研究文选》,天津:天津人民出版社,1984年。
丁守和:《瞿秋白思想研究》,成都:四川人民出版社,1985年。
方孝岳:《中国文学批评》,北京:三联书店,1986年。
郭绍虞:《中国文学批评史》,上海:上海古籍出版社,1979年。
何兆武主编:《历史理论与史学理论——近现代西方史学著作选》,北京:商务印书馆,1999年。
何兆武等主编:《当代西方史学理论》,北京:中国社会科学出版社,1996年。
胡　适:《胡适文存》三集,上海:亚东图书馆,1930年。
　　　　《中国哲学史大纲》卷上,北京:商务印书馆,1919年。
　　　　《胡适文集》,欧阳哲生编,北京:北京大学出版社,1998年。
黄永玉:《罐斋杂记》,北京:三联书店,1985年。
江　南:《江南小语》,北京:中国友谊出版公司,1985年。
姜德明:《书味集》,北京:三联书店,1986年。
　　　　《燕城杂记》,杭州:浙江文艺出版社,1987年。
金克木:《金克木小品》,北京:中国人民大学出版社,1992年。
　　　　《蜗角古今谈》,沈阳:辽宁教育出版社,1995年。
柯　灵:《柯灵杂文集》,北京:三联书店,1984年。
柯林武德:《历史的观念》,何兆武、张文杰译,北京:中国社会科学出版社,1986年。
李长之:《司马迁之人格与风格》,北京:三联书店,1984年。
　　　　《李长之批评文集》,郜元宝、李书编,珠海出版社,1998年。
李泽厚:《美的历程》,北京:文物出版社,1989年。
　　　　《中国古代思想史论》,北京:人民出版社,1986年。
　　　　《中国近代思想史论》,北京:人民出版社,1979年。

　　　　　《中国现代思想史论》,北京:东方出版社,1987年。
梁启超:《中国历史研究法补编》,上海:商务印书馆,1933年。
　　　　　《中国历史研究法》,北京:东方出版社,1996年。
刘　勰:《文心雕龙注》,范文澜注,北京:人民文学出版社,1958年。
　　　　　《文心雕龙校注》,杨明照校注,北京:中华书局,1959年。
刘再复:《论中国文学》,北京:作家出版社,1998年。
柳诒徵编著:《中国文化史》,上海:中国大百科全书出版社,1988年。
罗根泽:《中国文学批评史》,上海:上海古籍出版社,1984年。
卢卡契:《卢卡契文学论文集》第二册,社科院外国文学研究资料丛刊编辑委员会编,北京:中国社会科学出版社,1985年。
鲁　迅:《鲁迅全集》,北京:人民文学出版社,1981年。
茅　盾:《茅盾论创作》,上海:上海文艺出版社,1981年。
浦江清:《浦江清文录》,北京:人民文学出版社,1989。
钱基博:《现代中国文学史》,长沙:岳麓书社,1986年。
　　　　　《中国文学史》,北京:中华书局,1993年。
钱钟书:《谈艺录》,北京:中华书局,1984年。
　　　　　《管锥编》,北京:中华书局,1986年。
　　　　　《写在人生边上》,北京:中国社会科学出版社,1990年。
瞿秋白:《瞿秋白文集·文学编》第一卷,北京:人民文学出版社,1985年。
　　　　　《瞿秋白文集·政治理论编》第七卷,北京:人民出版社,1991年。
荣　格:《心理学与文学》,冯川、苏克译,北京:三联书店,1987年。
沈从文:《抽象的抒情》,长沙:岳麓书社,1992年。
司马光:《资治通鉴》,北京:中华书局,1956年。
苏雪林:《犹大之吻》,台湾:文镜文化事业有限公司,无出版年代。

陶渊明:《陶渊明集》,逯钦立校注,北京:中华书局,1979年。
托波尔斯基:《历史学方法论》,张家哲、王寅、尤天然译,北京:华夏出版社,1990年。
王　充:《论衡》,上海:上海古籍出版社,1990年。
王　绩:《王无功文集》,上海:上海古籍出版社,1987年。
王森然:《近代名家评传》,北京:三联书店,1998年。
王　瑶:《中古文学史论集》,上海:上海古籍出版社,1982年。
　　　《中国新文学史稿》,上海:上海文艺出版社,1982年。
王镇远:《桐城派》,上海:上海古籍出版社,1990年。
王佐良:《风格和风格的背后》,北京:人民日报出版社,1987年。
温儒敏:《中国现代文学批评史》,北京大学出版社,1993年。
沃尔什:《历史哲学——导论》,何兆武、张文杰译,北京:社会科学文献出版社,1991年。
萧　穆:《敬孚类稿》,顶纯文点校,合肥:黄山书社,1992年。
许广平:《鲁迅回忆录》,北京:作家出版社,1961年。
徐文博、石钟扬:《戴名世论稿》,合肥:黄山书社,1985年。
杨　绛:《洗澡》,北京:三联书店,1988年。
杨之华:《回忆秋白》,洪久成整理,北京:人民出版社,1984年。
杨周翰选编:《莎士比亚评论汇编》,北京:中国社会科学出版社,1985年。
姚守中、马光仁、耿易编著:《瞿秋白年谱长编》,南京:江苏人民出版社,1993年。
叶　朗:《中国小说美学》,北京:北京大学出版社,1982年。
郁达夫:《闲书》,北京:中国文联出版公司,1993年。
乐黛云:《比较文学与中国现代文学》,北京:北京大学出版社,1987年。
　　　《比较文学原理》,长沙:湖南文艺出版社,1988年。
　　　《跨文化之桥》,北京:北京大学出版社,2002年。

乐黛云主编:《世界诗学大词典》,沈阳:春风文艺出版社,1993年。
《当代英语世界鲁迅研究》,南昌:江西人民出版社,1993年。
殷海光:《中国文化的展望》,北京:中国和平出版社,1988年。
张　岱:《石匮书·后集》,北京:中华书局,1959年。
章学诚:《章学诚遗书》,北京:文物出版社,1985年。
赵　翼:《陔余丛考》,北京:中华书局,1963年。
宗白华:《美学与意境》,北京:人民出版社,1987年。
朱钧侃等编:《总想为大家辟一条光明的路——瞿秋白大事记述》,南京大学出版社,1999年。

Bibliography

Auto/Biography

Adams, Henry. *The Education of Henry Adams*. Boston: Houghton Mifflin Company, 1918.

Aubrey, John. *Aubrey's Brief Lives*. Ed. Oliver Lawson Dick. Ann Arbor: The University of Michigan Press, 1957.

Bradford, Gamaliel. *Lee the American*. Boston & New York: Houghton Mifflin, 1912.

Boswell, James. *Life of Samuel Johnson*. London: J. M. Dent & Co., 1906.

Douglass, Frederick. *Narrative of the Life of Frederick Douglass, an American Slave, Written by Himself*. Ed. Benjamin Quarles. Cambridge, Massachusetts: The Belknap Press of Harvard University, 1960.

——. *Life and Times of Frederick Douglass*. New York: Collier

Books, 1962.

Franklin, Benjamin. *The Autobiography of Benjamin Franklin*. New Haven: Yale University Press, 1964.

Freud, Sigmund. *Art and Literature*: *Jensen's 'Gradiva', Leonardo da Vinci and Other Works*. Harmondsworth: Penguin Books, 1985.

Fuller, Thomas. *The History of the Worthies of England*. London, 1662.

Holroyd, Michael. *Lytton Strachey*: *A Critical Biography*. London: Holt, Rinehart and Winston, 1967 – 1968.

Jones, Ernest. *The Life and Work of Sigmund Fruend*. Ed. Lionel Trilling and Steve Marcuse. New York: Basic Books, Inc., 1961.

Kingston, Maxine Hong. *The Woman Warrior*: *Memoirs of a Girl among Ghosts*. New York: Random, 1977.

Ludwig, Emil. *Napoleon*. Trans. Eden and Cedar Paul. New York: Boni & Liveright, 1926.

Maurois, André. *Disraeli*. Trans. Hamish Miles. New York: The Modern Library, 1928.

Montaign, Michel de. *The Essays of Montaigne*. Trans. John Florio. New York: The Modern Library, 1933.

Plutarch. *The Lives of the Noble Grecians and Romans*. Trans. John Dryden. New York: The Modern Library, 1932.

Samuels, Ernest. *Henry Adams*. Cambridge, Massachusetts, and London, England : The Belknap Press of Harvard University Press, 1995.

Stein, Gertrude. *The Autobiography of Alice B. Toklas*. Vintage Books edition, 1990.

Strachey, Lytton. *Eminent Victorians*. London: Chatto and Windus, 1929.
Twain, Mark. *The Autobiography of Mark Twain*. Ed. Charles Neider. Harper Perennial, 1990.
Vallentin, Antonina. *Leonardo da Vinci: The Tragic Pursuit of Perfection*, New York: The Viking Press, 1938.
Van Doren, Carl. *Benjamin Franklin*. New York: The Viking Press, 1938.
——, ed. *Benjamin Franklin's Autobiographical Writings*. New York: The Viking Press, 1945.
Weems, Mason L. *The Life of Washington*. Ed. Marcus Cunliffe. Cambridge, Massachusetts: The Belknap Press of Harvard University Press, 1962.

Autobiography Studies

Abbott, Philip. *States of Perfect Freedom: Autobiography and American Political Thought*. Amherst: The University of Massachusetts Press, 1987.
Adams, Timothy Dow. *Telling Lies in Modern American Autobiography*. Chapel Hill and London: The University of North Carolina Press, 1990.
Andrews, William L. *To Tell a Free Story: The First Century of Afro-American Autobiography, 1760 - 1865*. Urbana and Chicago: University of Illinois Press, 1986.
——, ed. *African American Autobiography: A Collection of Critical Essays*. Englewood Cliffs, N. J.: Prentice Hall, 1993.
Barton, Rebecca Chalmers. *Witness for Freedom: Negro Ameri-

cans in Autobiography. New York and London: Harper & Brothers Publishers, 1948.

Bjorklund, Diane. *Interpreting the Self*: *Two Hundred Years of American Autobiography*. Chicago & London: The University of Chicago Press, 1998.

Blasing, Mutlu Konuk. *The Art of Life*: *Studies in American Autobiographical Literature*. Austin & London: University of Texas Press, 1977.

Bruss, Elizabeth W. *Autobiographical Acts*: *The Changing Situation of a Literary Genre*. Baltimore and London: The Johns Hopkins University Press, 1976.

Buckley, Jerome Hamilton. *The Turning Key*. Cambridge, Massachusetts: Harvard University Press, 1984.

Bunkers, Suzanne L. and Cynthia A. Huff, eds. *Inscribing the Daily*: *Critical Essays on Women's Diaries*. Amherst: University of Massachusetts Press, 1996.

Burr, Anna Robeson. *The Autobiography*: *A Critical and Comparative Study*. Boston and New York: Houghton Mifflin Company, 1909.

Cockshut, A. O. J. *The Art of Autobiography in 19th & 20th Century England*. New Haven & London: Yale University Press, 1984.

Coe, Richard N. *When the Grass Was Taller*. New Haven and London: Yale University Press, 1984.

Cooley, Thomas. *Educated Lives*: *The Rise of Modern Autobiography in America*. Columbus: Ohio State University Press, 1976.

Couser, G. Thomas. *American Autobiography*. Amherst: University of Massachusetts Press, 1979.

——. *Altered Egos: Authority in American Autobiography*. New York and Oxford: Oxford University Press, 1989.

——. *Recovering Bodies: Illness, Disability, and Life Writing*. Madison: The University of Wisconsin Press, 1997.

Cox, James M. *Recovering Literature's Lost Ground: Essays in American Autobiography*. Baton Rouge and London: Louisiana State University Press, 1989.

Culley, Margo, ed. *American Women's Autobiography: Fea(s)ts of Memory*. Madison: The University of Wisconsin Press, 1992.

Delany, Paul. *British Autobiography in the Seventeenth Century*. London: Routledge & Kegan Paul; New York: Columbia University, 1969.

Dodd, Phillip, ed. *Modern Selves: Essays on Modern British and American Autobiography*. London: Frank Cass and Company Limited, 1986.

Dorsey, Peter A. *Sacred Estrangement: The Rhetoric of Conversion in Modern American Autobiography*. University Park, Pennsylvania: The Pennsylvania State University Press, 1993.

Dudley, David L. *My Father's Shadow: Intergenerational Conflict in African American Men's Autobiography*. Philadelphia: The University of Pennsylvania Press, 1991.

Eakin, Paul John. *Fictions in Autobiography*. Princeton: Princeton University Press, 1985.

——. *Touching the World: Reference in Autobiography*. Princeton: Princeton University Press, 1992.

——. *How Our Lives Become Stories: Making Selves*. Ithaca and

London: Cornell University Press, 1999.

Earle, William. *The Autobiographical Consciousness*. Chicago: Quadrangle Books, 1972.

Egan, Susanna. *Patterns of Experience in Autobiography*. Chapel Hill and London: The University of North Carolina Press, 1984.

——. *Mirror Talk*: *Genres of Crisis in Contemporary Autobiography*. Chapel Hill and London: The University of North Carolina Press, 1999.

Elbaz, Robert. *The Changing Nature of the Self*: *A Critical Study of the Autobiographical Discourse*. London & Sydney: Croom Helm, 1988.

Finney, Brian. *The Inner I*: *British Literary Autobiography of the Twentieth Century*. London & Boston: Faber and Faber Limited, 1985.

Fleishman, Avrom. *Figures of Autobiography*. Berkeley and Los Angeles: University of California Press, 1983.

Goodwin, James. *Autobiography*: *The Self Made Text*. New York: Twayne Publishers, 1993.

Gunn, Janet Varner. *Autobiography*: *Toward a Poetics of Experience*. Philadelphia: University of Pennsylvania Press, 1982.

Henderson, Heather. *The Victorian Self*: *Autobiography and Biblical Narrative*. Ithaca and London: Cornell University Press, 1989.

Hogan, Rebecca and Joseph Hogan, eds. *a/b*: *Auto/Biography Studies*. The Autobiography Society, 1986 - .

Hornung, Alfred and Ernstpeter Ruhe, eds. *Postcolonialism & Autobiography*. Amsterdam & Atlanta, GA: Rodopi B. V. ,

1998.

Imbarrato, Susan Clair. *Declarations of Independency in Eighteenth-Century American Autobiography*. Knoxville: The University of Tennessee Press, 1998.

Jay, Paul. *Being in the Text: Self-Representation from Wordsworth to Roland Barthes*. Ithaca and London: Cornell University Press, 1984.

Jelinek, Estelle C., ed. *Women's Autobiography*. Bloomington: Indiana University Press, 1980.

——. *The Tradition of Women's Autobiography: From Antiquity to the Present*. Boston: Twayne Publishers, 1986.

Jolly, Margaretta, ed. *Encyclopedia of Life Writing: Autobiographical and Biographical Forms*. London & Chicago: Fitzroy Dearborn Publishers, 2001.

Larson, Wendy. *Literary Authority and the Modern Chinese Writer: Ambivalence and Autobiography*. Durham and London: Duke University Press, 1991.

Lee, A. Robert, ed. *First Person Singular: Studies in American Autobiography*. London: Vision Books & New York: St. Martin's Press, 1988.

Lejeune, Philippe. *L'autobiographie en France*. Paris: Armand Colin, 1971.

——. *On Autobiography*. Ed. Paul John Eakin. Minneapolis: University of Minnesota Press, 1989.

——. *Pour l'autobiographie*. Paris: Seuil, 1998.

——. *Cher écran...: Journal personnel, ordinateur, Internet*. Paris: Seuil, 2000.

Levin, Susan M. *The Romantic Art of Confession: De Quincey,*

Musset, Sand, Lamb, Hogg, Fremy, Soulie, Janin. Camden House, 1998.

Lillard, Richard G. *American Life in Autobiography*. Stanford: Stanford University Press, 1956.

Lionnet, Françoise. *Autobiographical Voices: Race, Gender, Self-Portraiture*. Ithaca and London: Cornell University Press, 1989.

Machann, Clinton. *The Genre of Autobiography in Victorian Literature*. Ann Arbor: The University of Michigan Press, 1994.

Marcuse, Laura. *Auto/biographical Discourses: Theory, Criticism, Practice*. Manchester and New York: Manchester University Press, 1994.

Mehlman, Jeffrey. *A Structural Study of Autobiography*. Ithaca and London: Cornell University Press, 1974.

Misch, Georg. *A History of Autobiography in Antiquity*. Cambridge, Massachusetts: Harvard University Press, 1951.

Nalbantian, Suzanne. *Aesthetic Autobiography*. The Macmillan Press Ltd, 1994.

Olney, James. *Metaphors of Self: The Meaning of Autobiography*. Princeton: Princeton University Press, 1972.

——, ed. *Autobiography: Essays Theoretical and Critical*. Princeton, New Jersey: Princeton University, 1980.

——. *Memory & Narrative: The Weave of Life-writing*. Chicago and London: The University of Chicago Press, 1998.

Pascal, Roy. *Design and Truth in Autobiography*. Cambridge, Massachusetts: Harvard University Press, 1960.

Peterson, Linda H. *Victorian Autobiography*. New Haven and

London: Yale University Press, 1986.

Pilling, John. *Autobiography and Imagination*. London, Boston and Henley: Routledge & Kegan Paul, 1981.

Salaman, Esther. *The Great Confession*. London: Allen Lane The Penguin Press, 1973.

Sartwell, Crispin. *Act Like You Know: African-American Autobiography and White Identity*. Chicago & London: The University of Chicago Press, 1998.

Sayre, Robert F. *The Examined Self: Benjamin Franklin, Henry Adams, Henry James*. 1964. Madison: The University of Wisconsin Press, 1988.

Shea, Daniel B. *Spiritual Autobiography in Early America*. 1968. Madison: The University of Wisconsin Press, 1988.

Shumaker, Wayne. *English Autobiography*. Berkeley and Los Angeles: University of California Press, 1954.

Smith, Sidonie. *Subjectivity, Identity, and the Body: Women's Autobiographical Practices in the Twentieth Century*. Bloomington and Indianapolis: Indiana University Press, 1993.

Spengemann, William C. *The Forms of Autobiography*. New Haven and London: Yale University Press, 1980.

Stone, Albert E. ed. *The American Autobiography*. Englewood Cliffs, N. J.: Prentice Hall,1981.

———. *Autobiographical Occasions and Original Acts*. Philadelphia: University of Pennsylvania Press, 1982.

Taylor, Gordon O. *Studies in Modern American Autobiography*. The Macmillan Press Ltd., 1983.

Weintraub, Karl Joachim. *The Value of the Individual: Self and Circumstance in Autobiography*. Chicago & London: The

传记文学理论

University of Chicago Press, 1978.
Williams, Roland L., Jr. *African American Autobiography and the Quest for Freedom*. Westport, CT: Greenwood Press, 2000.
Wu, Pei-yi. *The Confucian's Progress: Autobiographical Writings in Traditional China*. Princeton: Princeton University Press, 1990.
Zinsser, William. *Inventing the Truth: The Art and Craft of Memoir*. Boston: Houghton Mifflin Company, 1987.

Biography Studies

Aaron, Daniel, ed. *Studies in Biography*. Cambridge, Massachusetts: Harvard University Press, 1978.
Altick, Richard D. *Lives and Letters: A History of Literary Biography in England and America*. New York: Alfred A. Knopf, 1965.
Bowen, Catherine Drinker. *The Writing of Biography* Boston: The Writer, Inc. 1950.
——. *Biography: The Craft and the Calling*. Boston: Little, Brown and Company, 1968.
Bradford, Gamaliel. *A Naturalist of Souls: Studies in Psychography*. New York: Dodd, Mead and Company, 1917.
——. *Biography and the Human Heart*. Boston: Houghton Mifflin, 1932.
Britt, Albert. *The Great Biographers*. New York: Whittlesey House; London: McGraw-Hill Book Company, Inc., 1936.
Casper, Scott E. *Constructing American Lives: Biography and Culture in Nineteenth-century America*. Chapel Hill & Lon-

don: The University of North Carolina Press, 1999.

Clifford, James L., ed. *Biography as an Art: Selected Criticism, 1560-1960*. New York: Oxford University Press, 1962.

———. *From Puzzles to Portraits: Problems of a Literary Biographer*. Chapel Hill: University of North Carolina Press, 1970.

Cockshut, A. O. J. *Truth to Life: The Art of Biography in the Nineteenth Century*. New York: Harcourt Brace Jovanovich, 1974.

Cross, Wilbur L. *An Outline of Biography: From Plutarch to Strachey*. New York: Henry Holt and Company, 1924.

Denzin, Norman K. *Interpretive Biography*. Sage Publications, Inc., 1989.

Dorey, T. A., ed. *Latin Biography*. London: Routledge & Kegan Paul, 1967.

Dunn, Waldo H. *English Biography*. New York: E. P. Dutton & Co., 1916.

Edel, Leon. *Literary Biography*. Bloomington and London: Indiana University Press, 1973.

———. *Writing Lives: Principia Biographica*, New York and London: W.W. Norton & Company, 1984.

Ellmann, Richard. *Golden Codgers*. New York and London: Oxford University Press, 1973.

———. *Literary Biography*. London: Oxford University Press, 1971.

Epstein, William H. *Recognizing Biography*. Philadelphia: University of Pennsylvania Press, 1987.

Friedson, Anthony M. ed. *New Directions in Biography*. Honolulu: University Press of Hawaii, 1981.

传记文学理论

Garraty, John A. *The Nature of Biography*. New York: Alfred A. Knopf, 1957.

Gittings, Robert. *The Nature of Biography*. Seattle: University of Washington Press, 1978.

Hutch, Richard A. *The Meaning of Lives: Biography, Autobiography, and the Spiritual Quest*. London and Washington: Cassell, 1997.

Johnson, Edgar. *One Mighty Torrent: The Drama of Biography*. New York City: Stackpole Sons, 1937.

Kendall, Paul Murray. *The Art of Biography*. New York & London: W. W. Norton & Company, 1985.

Lee, Sidney. *Principles of Biography*. New York: Macmillan, 1911.

Lomask, Milton. *The Biographer's Craft*. New York: Harper & Row, 1986.

Longaker, Mark. *Contemporary Biography*. Philadelphia: University of Pennsylvania Press, 1934.

Maurois, André. *Aspects of Biography*. New York: D. Appleton & Company, 1929.

Meyers, Jeffrey, ed. *The Craft of Literary Biography*. New York: Schocken Books, 1985.

Momigliano, Arnaldo. *The Development of Greek Biography*. Cambridge, Massachusetts: Harvard University Press, 1971.

Nadel, Ira Bruce. *Biography: Fiction, Fact and Form*. New York: St. Martin's Press, 1984.

——, ed. *Victorian Biography: A Collection of Essays from the Period*. New York & London: Garland Publishing, Inc., 1986.

Nicolson, Harold. *The Development of English Biography*. London: Hogarth Press, 1927.

Novarr, David. *The Lines of Life: Theories of Biography,1880 - 1970*. West Lafayette, Ind.: Purdue University Press,1986.

Oates, Stephen B. *Biography as High Adventure: Life-writers Speak on Their Art*. Amherst: The University of Massachusetts Press, 1986.

O'Connor, Ulick. *Biographers and the Art of Biography*. Dublin: Wolfhound Press, 1991.

O' Neill, Edward H. *A History of American Biography 1800 - 1935*. New York: A. S. Barnes & Company, Inc. 1935.

Pachter, Marc. ed. *Telling Lives: The Biographer's Art*. Washington, D.C.: New Republic Books, 1979.

Pearson, Hesketh. *Ventilations: Being Biographical Asides*. Philadelphia: Lippincott, 1930.

Petrie, Dennis W. *Ultimately Fiction: Design in Modern American Literary Biography*. West Lafayette: Purdue University Press,1981.

Reed, Joseph W., Jr. *English Biography in the Early Nineteenth Century*. New Haven and London: Yale University Press, 1966.

Runyan, William McKinley. *Life Histories and Psychobiography: Exploration in Theory and Method*. New York: Oxford University Press, 1982.

Shelston, Alan. *Biography*. London: Methuen, 1977.

Siebenschuh, William R. *Fictional Techniques and Factual Works*. Athens: University of Georgia Press, 1983.

Simson, George and Craig Howes, eds. *Biography: An Interdisci-*

plinary Quarterly. Published by the University of Hawaii Press for the Biographical Research Center, 1978 – .

Stauffer, Donald A. *English Biography Before 1700*. Cambridge, Massachusetts: Harvard University Press, 1930.

——. *The Art of Biography in Eighteenth Century England*, 2 volumes. Princeton: Princeton University Press, 1941.

Stuart, Duane R. *Epochs of Greek and Roman Biography*. Berkeley: University of California Press, 1928.

Thayer, William R. *The Art of Biography*. New York: Scribners, 1920.

Valentine, Alan C. *Biography*. N.Y.: Oxford University Press, 1927.

Whittemore, Reed. *Pure Lives: The Early Biographers*. Baltimore and London: The Johns Hopkins University Press, 1988.

——. *Whole Lives*. Baltimore and London: The Johns Hopkins University Press, 1989.

Winslow, Donald J. *Life-writing: A Glossary of Terms in Biography, Autobiography, and Related Forms*. Honolulu: University Press of Hawaii, 1980.

Woolf, Virginia. *Collected Essays*. London: Hogarth Press, 1967.

大事年表

年表说明

1. 资料来源:大事年表参阅多种资料编纂而成,主要的参考书目是 Margaretta Jolly, ed., *Encyclopedia of Life Writing: Autobiographical and Biographical Forms* (London & Chicago: Fitzroy Dearborn Publishers, 2001), James Goodwin, *Autobiography: The Self Made Text* (New York: Twayne Publishers, 1993), Margaret Drabble, ed., *The Oxford Companion to English Literature* (Oxford: Oxford University Press, 1985),《中国大百科全书·外国文学》(北京·上海:中国大百科全书出版社,1982)等。

2. 时间定位:所列时间一般为作品的出版时间。如果出版时间和写作时间有较大出入或有其他特殊情况,则注撰写时间,出版时间尽可能用括号加以说明。

3. 一期工程:年表是传记文学的基本功。可是,要做一份世界传记文学的大事年表,却是一件令人生畏的事。这里所呈现的只能算是传记文学大事年表的"一期工程",砖玉之意,不言而喻。

c. 479 — 400 B.C.   [中国]《论语》(编纂时代) *Analects*

c. 5th century B.C. – 405   [希伯来]《圣经》 *The Bible*

399 B.C.   [希腊] 苏格拉底:《自辩词》 Socrates, *Apology*

传记文学理论

c. 104—93 B.C.   [中国] 司马迁:《史记》(撰写时间)
Sima Qian, *Historical Records*

58—82   [中国] 班固:《汉书》(编撰时间)
Ban Gu, *The Book of Han*

c. 96   [希腊] 普鲁塔克:《希腊罗马名人传》
Plutarch, *Parallel Lives*

c. 127   [罗马] 苏埃托尼乌斯:《十二恺撒传》
Suetonius, *The Life of the Caesars*

c. 397—400   [罗马] 奥古斯丁:《忏悔录》
Saint Augustine, *Confessions*

432—435   [中国] 范晔:《后汉书》
Fan Ye, *The Book of Late Han*

c. 1000—1010   [日本] 紫式部:《紫式部日记》
Murasaki Shikibu, *The Diary of Lady Murasaki*

c. 1053—1060   [中国] 欧阳修:《新五代史》(1053)、《新唐书》(1060)
Ouyang Xiu, *New History of the Five Dynasties* (1053), *New History of the Tang Dynasty* (1060)

c. 1106—1107   [伊朗] 艾尔-加扎里:《艾尔-加扎理的信仰和实践》(撰写时间)
al-Ghazālī, *The Faith and Practice of Al-Ghazali*

c. 1130—1139   [法国] 阿备拉德和哀洛伊思:《尺牍集》
Peter Abélard and Héloïse, *Epistolae*

1292—1294   [意大利] 但丁:《新生活》(撰写时间)
Dante Alighieri, *La vita nuova* (*The New Life*)

大事年表

1550	[意大利] 瓦沙理:《意大利建筑、绘画和雕塑大师传》
	Giorgio Vasari, *The Lives of the Most Eminent Italian Architects, Painters and Sculptors*
1553—1555	[西班牙] 圣伊格那修斯:《自述》
	Saint Ignatius of Loyola, *The Autobiography of St Ignatius Loyola*
1558—1562	[意大利] 切理尼:《切理尼自述》(1728年出版)
	Benvenuto Cellini, *The Life of Benvenuto Cellini*
1580—1588	[法国] 蒙田:《随笔》
	Michel de Montaigne, *Essais*
1588	[西班牙] 阿维拉的特丽莎:《生命之书》
	Saint Teresa of Avila, *The Book of Her Life*
1660—1669	[英国] 皮普斯:《日记》(1825年出版)
	Samuel Pepys, *The Diary*
1666	[英国] 班扬:《罪人受恩记》
	John Bunyan, *Grace Abounding to the Chief of Sinners*
c.1667—1675	[俄罗斯] 阿瓦克姆:《主祭阿瓦克姆自述》(1861年出版)
	Avvakum, *The Life of the Archpriest Avvakum by Himself*
1673	[丹麦] 列奥诺拉·克丽斯蒂娜:《回忆录》(1869年出版)
	Leonora Christina, *Memoirs*

1670	[英国] 华尔顿：《邓恩博士、沃顿勋爵、胡克先生、赫伯特先生生平集》
	Izaak Walton, *The Lives of Dr John Donne, Sir Henry Wotton, Mr Richard Hooker, Mr George Herbert*
1674	现代哲学意义上的"自我"最早出现在特拉核里的《诗集》里
	Thomas Traherne, *Poetical Works*
1683	英语"传记"一词的最早文献记载出现在德莱顿的《普鲁塔克传》里
	John Dryden, *Life of Plutarch*
1693	[拉丁美洲] 索尔·娲娜：《答复》
	Sor Juana Inés de la Cruz, *The Answer*
1725	[法国] 赛维妮：《赛维妮家书》
	Madame de Sévigné, *Letters from Madame La Marquise de Sévigné*
1728	[意大利] 维科：《维科本人撰写的维科生平》
	Giambattista Vico, *Life of Giambattista Vico Written by Himself*
1739—1752	[法国] 圣西蒙：《回忆录》(1781年出版)
	Saint-Simon, *Mémoires*
1744—1781	[英国] 约翰逊：《赛维之传》(1744)、《诗人传》(1779—1781)
	Samuel Johnson, *The Life of Richard Savage* (1744), *The Lives of the English Poets* (1779-1781)
1767	[俄罗斯] 朵古如凯娅：《回忆录》
	Nataliia Dolgorukaia, *Svoeruchnye zapiski* (*Memoirs*)

大事年表

1771—1772　　[德国] 哥忒雪特:《尺牍集》
　　　　　　　Luise Gottsched, *Letters*
1771—1790　　[美国] 富兰克林:《富兰克林自传》(1868 年出版)
　　　　　　　Benjamin Franklin, *Autobiography*
1782—1789　　[法国] 卢梭:《忏悔录》
　　　　　　　Jean-Jacques Rousseau, *Confessions*
1791　　　　　[苏格兰] 鲍斯威尔:《约翰生传》
　　　　　　　James Boswell, *The Life of Samuel Johnson*
1796　　　　　[英国] 吉朋:《回忆录》
　　　　　　　Edward Gibbon, *Memoirs*
1807　　　　　英文"自传"一词的最早文献记载出自骚塞之笔,发表在《季刊评论》
　　　　　　　Robert Southey, *The Quarterly Review*
1811—1833　　[德国] 歌德:《诗与真》
　　　　　　　Johann Wolfgang von Goethe, *Poetry and Truth*
1822—1828　　[意大利] 卡莎诺瓦:《我的生活史》
　　　　　　　Giovanni Giacomo Casanova, *Histoire de ma vie*
1833—1881　　[苏格兰] 卡莱尔:《成衣匠的改制》(1833—1834)、《斯特林传》(1851)、《追忆》(1881)
　　　　　　　Thomas Carlyle, *Sartor Resartus: The Life and Opinions of Herr Teufelsdröck* (1833–1834), *The Life of John Sterling* (1851), *Reminiscences* (1881)
1836—1848　　[德国] 艾克曼:《歌德谈话录》
　　　　　　　Johann Eckermann, *Conversations with Goethe*

传记文学理论

1845 —1881	[美国] 道格拉斯:《道格拉斯自述》(1845)、《我的奴役和自由》(1855)、《道格拉斯的生平和时代》(1881)
	Frederic Douglass, *Narrative of the Life of Frederick Douglass, an American Slave, Written by Himself* (1845), *My Bondage and My Freedom* (1855), *The Life and Times of Frederick Douglass* (1881)
1849—1850	[法国] 夏多布里昂:《墓畔回忆录》
	Chateaubriand, *Mémoires d'outre-tombe*
1850	[英国] 华滋华斯:《序曲,或诗人心灵的成长》
	William Wordsworth, *The Prelude, or Growth of a Poet's Mind*
1854	[美国] 梭罗:《瓦尔登》
	Henry David Thoreau, *Walden*
1854—1855	[法国] 乔治·桑:《我的生活故事》
	George Sand, *Story of My Life*
1854—1884	[德国] 海涅:《忏悔录》(1854)、《回忆录》(1884)
	Heinrich Heine, *Confessions* (1854), *Memoirs* (1884)
1855	[俄罗斯] 赫尔岑:《往事与随想》
	Aleksandr Herzen, *My Past and Thoughts*
1857	[牙买加] 西可尔:《西可尔夫人多国历险记》
	Mary Seacole, *Wonderful Adventures of Mrs Seacole in Many Lands*
1861	[美国] 雅可布斯:《女奴的生平故事》
	Harriet Jacobs, *Incidents in the Life of a Slave Girl*

大事年表

1872	[奥地利] 葛理尔帕热:《自传》
	Franz Grillparzer, *Autobiography*
1873	[英国] 米尔:《自传》
	John Stuart Mill, *Autobiography*
1878	[中国] 沈复:《浮生六记》
	Shen Fu, *Six Records of a Floating Life*
1879—1917	[俄罗斯] 托尔斯泰:《忏悔录》(1879—1881)、《托尔斯泰日记》(1917)
	Lev Tolstoi, *A Confession* (1879–1881), *The Diaries of Lev Tolstoi* (1917)
1885	《国家传记词典》第一卷出版
	Dictionary of National Biography (*DNB*)
1886—1887	[瑞典] 斯特林堡:《仆人之子》
	August Strindberg, *The Son of a Servant*
1887—1896	[法国] 龚古尔兄弟:《日记》
	Edmond and Jules de Concourt, *Journal des Goncourt: mémoires de la vie littéraire* (*The Goncourt Journals*)
1890	[法国] 司汤达:《亨利·布吕拉德传》
	Stendhal, *Life of Henry Brulard*
1905	[爱尔兰] 王尔德:《从深处》
	Oscar Wilde, *De Profundis*
1899—1907	[英国] 高斯:《邓恩的生平和书信》(1899)、《父与子》(1907)
	Edmund Gosse, *The Life and Letters of John Donne* (1899), *Father and Son: A Study of Two Temperaments* (1907)
1907	[美国] 亚当斯:《亨利·亚当斯的教育》
	Henry Adams, *The Education of Henry Adams*

259

传记文学理论

1898—1909	[中国] 梁启超:《李鸿章》(1898)、《王荆公》(1908)、《管子传》(1909) Liang Qichao, *Li Hongzhang* (1898), *Wang Jinggong* (1908), *Guanzi: A Biography* (1909)
1895—1918	[丹麦] 勃兰代斯:《莎士比亚》(1895)、《歌德》(1915)、《恺撒》(1918) Georg Brandes, *William Shakespeare* (1895), *Wolfgang Goethe* (1915), *Cajus Julius Caesar* (1918)
1898—1923	[俄罗斯] 高尔基:《素描和故事》(1898)、《童年》(1913—1914)、《在人间》(1916)、《追忆托尔斯泰》(1919)《我的大学》(1923) Maksim Gor'kii, *Sketches and Stories* (1898), *My Childhood* (1913-1914), *My Apprenticeship* (1916), *Reminiscences of Leo Nicolayevitch Tolstoy* (1919), *My Universities* (1923)
1900—1928	[奥地利] 弗洛伊德:《梦的解析》(1900)、《达芬奇和他童年的记忆》(1910)、《陀斯妥耶夫斯基和弑父母》(1928) Sigmund Freud, *The Interpretation of Dreams* (1900); *Leonardo da Vinci and a Memory of His Childhood* (1910), *Dostoevsky and Parricide* (1928)
1903—1924	[法国] 罗曼·罗兰:《贝多芬传》(1903)、《托尔斯泰传》(1911)、《甘地》(1924)

大事年表

     Romain Rolland, *Beethoven* (1903), *Tolstoy* (1911), *Mahatma Gandhi* (1924)

1906—1938 [英国] 丘吉尔:《伦道夫·丘吉尔勋爵》(1906)、《我的早年生活》、《马尔巴罗:生平与时代》(1933—1938)

     Winston Churchill, *Lord Randolph Churchill* (1906), *My Early Life* (1930), *Marlborough: His Life and Times* (1933-1938)

1907—1941 [英国] 吴尔夫:《存在的瞬间》(1907—1908 年撰写,1976 年出版)、《激情澎湃的学徒:早年日记,1897—1909》(1990 年出版)、《吴尔夫日记》(1915—1941 年写作,1977—1984 年出版)

     Virginia Woolf, *Moments of Being: Unpublished Autobiographical Writings* (1976), *The Diary* (1977-1984), *A Passionate Apprentice: The Early Journals 1897-1909* (1990)

1911—1945 [印度] 泰戈尔:《回忆录》(1911)、《我的童年》(1940)、《泰戈尔遗书》(1945)

     Rabindranath Tagore, *My Reminiscences* (1911), *My Boyhood Days* (1940), *A Tagore Testament* (1945)

1913—1917 [美国] 詹姆斯:《小男孩及其他》(1913)、《儿子和兄弟的杂记》(1914)、《中年》(1917)

     Henry James, *A Small Boy and Others* (1913); *Notes of a Son and Brother* (1914); *The Middle Years* (1917)

传记文学理论

1916—1928	[丹麦] 乔亘圣:《我的生活传奇》 Johannes Jørgensen, *The Legend of My Life*
1915—1935	[爱尔兰] 叶芝:《童年和青年幻想曲》(1916)、《面纱的颤抖》(1922)、《剧中人》(1935) William Bulter Yeats, *Reveries over Childhood and Youth* (1915); *The Trembling of the Veil* (1922); *Dramatis Personae* (1935)
1918—1928	[英国] 斯特雷奇:《维多利亚名流传》(1918)、《维多利亚女王》(1921)、《伊丽萨白和爱塞克斯》(1928) Lytton Strachey, *Eminent Victorians* (1918), *Queen Victoria* (1921), *Elizabeth and Essex* (1928)
1920—1921	[法国] 纪德:《假如一粒种子不死》 André Gide, *If It Die*
1920—1924	[德国] 路德维希:《歌德传》(1920)、《拿破仑传》(1924) Emil Ludwig, *Goethe* (1920), *Napoleon* (1924)
1920—1968	[美国] 杜波依斯:《黑水》(1920)、《黎明前的黄昏》(1940)、《杜波依斯自传》(1968) W. E. B. Du Bois, *Darkwater: Voices from within the Veil* (1920), *Dusk of Dawn: An Essay toward an Autobiography of a Race Concept* (1940), *The Autobiography of W. E. B. Du Bois: A Soliloquy on Viewing My Life from the Last Decade of Its First Century* (1968)

1923—1949	[法国] 莫洛亚:《艾里尔:雪莱传》(1923)、《迪斯雷利》(1927)、《追忆普鲁斯特》(1949) André Maurois, *Ariel: A Shelley Romance* (1923), *Disraeli* (1927), *The Quest for Proust* (1949)
1924	[德国] 希特勒:《我的奋斗》 Adolf Hitler, *My Struggle*
1925	[印度] 甘地:《甘地自传》 Mohandas K. Gandhi, *The Story of My Experiments with Truth*
1926—1967	[埃及] 塔哈·胡赛因:《日子》 Tāhā Husayn, *The Days: His Autobiography in Three Parts*
1927—1935	[中国] 郁达夫:《日记九种》(1927)、《达夫自传》(1934—1935) Yu Dafu, *Nine Diaries* (1927), *The Autobiography of Dafu* (1934-1935)
1927—1936	[中国] 谢冰莹:《从军日记》(1927)、《一个女兵的自传》(1936) Xie Bingying, *War Diary* (1927), *Girl Rebel* (1936)
1929—1944	[奥地利] 茨威格:《约瑟夫·富犀》(1929)、《异端的权利》(1936)、《昨日的世界》(1944) Stefan Zweig, *Joseph Fouché* (1929), *The Right to Heresy: Castellio against Calvin* (1936), *The World of Yesterday* (1944)

传记文学理论

1931	［德国］施威策:《我的生活和思想:自传》 Albert Schweitzer, *My Life and Thought*: *An Autobiography* ［美国］葛德蔓:《过我的生活》 Emma Goldman, *Living My Life*
1932	［中国］沈从文:《从文自传》 Shen Congwen, *The Autobiography of Congwen* ［美国］布莱克·艾尔克:《布莱克·艾尔克如是说》 Black Elk, *Black Elk Speaks*, *Being the Life Story of a Holy Man of the Oglala Sioux*
1933—1947	［中国］胡适:《四十自述》(1933)、《胡适留学日记》(1947) Hu Shi, *Self Narrative at Age 40* (1933), *Diaries of Hu Shi When Studying Abroad* (1947)
1933—1937	［美国］斯坦因:《艾丽斯·B.托克拉斯自传》(1933)、《人人自传》(1937) Gertrude Stein, *The Autobiography of Alice B. Toklas* (1933), *Everybody's Autobiography* (1937)
1935	［中国］瞿秋白:《多余的话》 Qu Qiubai, *Superfluous Remarks*
1936	《美国传记词典》出版 *Dictionary of American Biography* (DAB) ［印度］尼赫鲁:《自传》 Jawaharlal Nehru, *An Autobiography*

大事年表

1937	[丹麦] 布里克森:《走出非洲》
	Karen Blixen, *Out of Africa*
1939—1976	[法国] 赖理斯:《成人》(1939)、《游戏规则》(1948—1976)
	Michel Leiris, *Manhood* (1939), *Rules of the Game* (1948–1976)
1942—1944	[德国/荷兰] 安妮·弗兰克:《少女日记》
	Ann Frank, *The Diary of a Young Girl*
1945	[美国] 芮特:《黑男孩》
	Richard Wright, *Black Boy: A Record of Childhood and Youth*
1945	[中国] 朱东润:《张居正大传》
	Zhu Dongrun, *Zhang Juzheng: A Big Biography*
1947	[意大利] 李维:《如果这是人》
	Primo Levi, *If This Is a Man*
1947—1948	[中国] 郭沫若:《沫若自传》
	Guo Moruo, *The Autobiography of Moruo*
1949	[法国] 热内:《小偷日记》
	Jean Genet, *The Thief's Journal*
1949—1968	[日本] 三岛由纪夫:《假面告白》(1949)、《太阳与钢铁》(1968)
	Yukio Mishima, *Confessions of a Mask* (1949), *Sun and Steel* (1968)
1951	[印度] 乔都锐:《无名印度人的自传》
	Nirad Chaudhuri, *The Autobiography of an Unknown Indian*
	[阿根廷] 贝隆夫人:《我一生的使命》
	Eva Perón, *My Mission in Life*

265

传记文学理论

1951—1998	[波兰] 赫林-革路德金斯基:《碎片的世界》(1951)、《夜里写的日记》(1970—1998)
	Gustaw Herling-Grudziński, *A World Apart* (1951), *The Diary Written at Night* (1970–1998)
1952—1956	[芬兰—爱沙尼亚] 卡拉斯:《日记》
	Aino Kallas, *Diary*
1953—1972	[美国] 艾达尔:《亨利·詹姆斯》
	Leon Edel, *Henry James*
1955	[法国] 列维·斯特劳斯《热带的忧郁》
	Claude Lévi-Strauss, *Tristes Tropiques*
1956	[爱尔兰] 奥凯西:《屋里的镜子:自传集》
	Sean O'Casey, *Mirror in My House: The Autobiographies*
1957—1966	[波兰] 贡堡罗威奇:《日记》
	Witold Gombrowicz, *Diary*
1957—1993	[印度] 麦塔:《面对面》(1957)、《在牛津》(1993)
	Ved Mehta, *Face to Face* (1957), *Up at Oxford* (1993)
1958	[法国] 波伏娃:《一位尽职女儿的回忆录》
	Simone de Beauvoir, *Memoirs of a Dutiful Daughter*
1959	《加拿大传记词典》英文版正式编撰
	Dictionary of Canadian Biography (*DCB*)/ *Dictionnaire biographique du Canada* (*DBC*)
	[美国] 艾尔曼:《詹姆斯·乔伊思》
	Richard Ellmann, *James Joyce*

1960	[巴西] 德·耶苏:《黑暗的孩子:德·耶苏日记》 Carolina Maria de Jesus, *Child of the Dark: The Diary of Carolina Maria de Jesus*
1961	[瑞士] 荣格:《回忆、梦想、反思》 Carl Jung, *Memories, Dreams, Reflections*
1963	[匈牙利] 斯扎采:《自愿上绞刑架的人》 Béla Szász, *Volunteers for the Gallows: The Anatomy of a Show-Trial*
1963—1972	[法国] 萨特:《词语》(1963)、《家庭的白痴》(1971—1972) Jean-Paul Sartre, *The Words* (1963), *The Family Idiot: Gustave Flaubert* (1971–1972)
1964	[埃及] 艾尔-哈基穆:《生命之狱》 Tawfīq al-Hakīm, *The Prison of Life: An Autobiographical Essay*
1965	[美国] 麦尔考姆·X、黑利:《麦尔考姆·X自传》 Malcolm X (with Alex Haley), *The Autobiography of Malcolm X*
1966	《澳大利亚传记词典》第一卷出版 *Australian Dictionary of Biography* (ADB) [古巴] 巴奈特:《逃亡奴隶自传》 Miguel Barnet, *The Autobiography of a Runaway Slave* [美国] 纳博科夫:《说吧,记忆》 Vladimir Nabokov, *Speak, Memory*
1966—1980	[美国] 宁:《安娜伊斯·宁日记》 Anais Nïn, *The Diary of Anais Nin*

1967	[肯尼亚] 奥定甲:《还不自由:奥定甲自传》
	Oginga Odinga, *Not Yet Uhuru*: *The Autobiography of Oginga Odinga*
1967—1979	[俄罗斯] 金丝堡:《进入旋风》(1967)、《身在旋风》(1979)
	Evgeniia Ginzburg, *Journey into the Whirlwind* (1967), *Within the Whirlwind* (1979)
1967—1992	[英国] 霍尔罗伊德:《斯特雷奇评传》(1967—1968)、《肖伯纳传》(1988—1992)
	Michael Holroyd, *Lytton Strachey*: *A Critical Biography* (1967 - 1968), *Bernard Shaw* (1988 - 1992)
1967—1988	[澳大利亚] 霍尼:《青年唐纳德的教育》(1967)、《新男孩的忏悔录》(1985)、《乐观者肖像》(1988)
	Donald Horne, *The Education of Young Donald* (1967), *Confessions of a New Boy* (1985), *Portrait of an Optimist* (1988)
1969	[美国] 安吉罗:《我知道笼中鸟为什么歌唱》
	Maya Angelou, *I Know Why the Caged Bird Sings*
1972—1981	[尼日利亚] 索因卡:《人死了:狱中杂记》(1972)、《艾基:童年岁月》(1981)
	Wole Soyinka, *The Man Died*: *Prison Notes* (1972), *Aké*: *The Years of Childhood* (1981)

1970—1996	[哥伦比亚] 马尔克斯:《失事水手的故事》(1970)、《铁幕背后90天》(1978)、《绑架的消息》(1996) Gabriel García Márquez, *The Story of a Shipwrecked Sailor* (1970), *90 Days Behind the Iron Curtain* (1978), *News of a Kidnapping* (1996)
1974	[智利] 聂鲁达:《回忆录》 Pablo Neruda, *Memoirs*
1975	[法国] 乐热内:《自传契约》 Philippe Lejeune, *Le Pacte autobiographique* [法] 罗兰·巴特:《罗兰·巴特的罗兰·巴特》 *Roland Barthes by Roland Barthes*
1975—1991	[俄罗斯] 索尔仁尼琴:《橡树与牛犊》(1975)、《看不见的盟友》(1991) Aleksandr Solzhenitsyn, *The Oak and the Calf* (1975), *Invisible Allies* (1991)
1976	[美国] 汤婷婷:《女战士》 Maxine Hong Kingston, *The Woman Warrior: Memoirs of a Girlhood among Ghosts*
1981	[澳大利亚] 怀特:《玻璃上的斑点》 Patrick White, *Flaws in the Glass: A Self-Portrait*
1983	[危地马拉] 门楚:《我,危地马拉的印第安妇女门楚》 Rigoberta Menchú, *I, Rigoberta Menchú: An Indian Woman in Guatemala*

传记文学理论

	[埃及] 艾尔·萨黛微:《女监狱回忆录》 Nawāl al-Sa'dāwī, *Memoirs from the Women's Prison*
1984—1991	[法国] 杜拉丝:《情人》(1984)、《华北情人》(1991) Marguerite Duras, *L'Amant* (*The Lover*, 1984), *L'Amant de la Chine du nord* (*The North China Lover*, 1991)
1985	[南非] 库紫娃友:《叫我女人》 Ellen Kuzwayo, *Call Me Woman*
1989	[新西兰] 弗瑞姆:《自传》 Janet Frame, *An Autobiography* [巴基斯坦/美国] 苏莱丽:《无肉的日子》 Sara Suleri, *Meatless Days*
1991—1997	[缅甸] 昂山素季:《免于恐惧的自由》(1991)、《希望之声》(1997) Aung San Suu Kyi, *Freedom from Fear* (1991), *The Voice of Hope: Conversations with Alan Clements* (1997)
1992	[古巴] 阿锐纳斯:《在夜幕降临之前:回忆录》 Reinaldo Arenas, *Before Night Falls: A Memoir*
1994	[南非] 曼德拉:《曼德拉自传》 Nelson Mandela, *Long Walk to Freedom: The Autobiography of Nelson Mandela*
1999	国际传记文学学会在北京成立 International Auto/Biography Association (IABA)

后　　记

　　后记往往是传记色彩最浓的部分,有自传事实,更有传记事实。罗列这些事实,像是重温一遍记忆的日记,本身就是一种快乐。

　　上世纪90年代初,我在四教的比较所遇到乐黛云先生,她问我在做什么专题。那时,我刚刚写完英美元首的简传,很想了解一下传记文学的理论。不久,又碰到乐老师,她让我写一篇"传记文学教学大纲"登在《中国比较文学通讯》上。出乎意料的是,乐老师第二学期就邀请我给北大中文系同学开设"传记文学比较研究"的课。这时我才体会到"挑战"这个词的火药味,但更感受到乐老师所特有的品质。她善于在不经意中把学生的学术冲动转化为一股持久的理性激情。如果说我在传记文学领域垦荒不辍,干劲十足,那么动力就是来自她在比较文学领域的开拓精神。对我来说,她的自传《面向暴风雨》和《我就是我》是永远的"烟丝披里纯"。

　　一个研究领域是否生机勃勃,"人的因素第一",研究人的传记文学更是如此。如果说中国传记文学研究跟一些人物联系在一起的话,那么韩兆琦先生无疑首当其要冲。他主编的《中国传记文学史》填补了中国传记文学史的空白。他的《中国传记艺术》更以精深的分析和独到的见解而见长。没有他在传记文学史领域的奠基性研究,我的理论研究很难深入。桑逢康研究员写过五部出色的传记作品,这在研究者中是不多见的。在《郁达夫传》的后记里,他从自己的实践出发提出了传记家的"章法"。这给我的启发很大。

　　在本书的写作过程中,胡家峦教授、赵振江教授、任光宣教授、刘意青教授、王邦维教授、程郁缀教授、龙协涛教授、李德恩教授、

传记文学理论

谢天振教授、余中先博士、刘锋老师、魏丽明老师提供过切实的帮助；严绍璗教授、王岳川教授、王一川教授、戴锦华教授、丁尔苏教授给予过具体的指导。道友杨国政博士、李战子博士、许德金博士让我深得切磋之乐。令人难忘的是，申丹教授以她特有的睿智多次对我的书稿提出过建设性的意见。在国外学习期间，我曾得到杜维明教授、李欧梵教授、孙康宜教授的大力支持。William L. Andrews 教授、Lawrence Buell 教授、Paul John Eakin 教授、Susanna Egan 教授、Alfred Hornung 教授、Margaretta Jolly 博士、Philippe Lejeune 教授、David Parker 教授或寄赠图书，或邀请讲学，或当面指导，使我的研究增色不少。我的研究生王琳、陈媛媛为本书查阅核对过资料。北京大学图书馆的夏云立、杜瑢、祝德光、丁世良等老师为我借阅书刊大开方便之门。责编范一亭先生豁达宽容，一次次让我感受到他特有的亲和力。

  对于上述师友，我表示深深的谢意。对于更多没有提到的师友，特别是我的家人，他们对我的指点、帮助和默默奉献，我将铭记于心。